冒険者になりたいと
都に出て行った娘が
Sランクになってた
MY DAUGHTER GREW UP TO "RANK S" ADVENTURER.
11
門司柿家
MOJIKAKIYA
toi8
ILLUSTRATION

PERSONS 登場人物

【異名（？）：赤鬼】
若い頃に夢破れ
故郷に戻った元冒険者。
過去を清算するため
旅に出るようになる。

【異名：黒髪の戦乙女】
ベルグリフの娘で
最高位Ｓランクの冒険者。
お父さん大好き。

アンジェリンとパーティを組む
弓使いのＡＡＡランク冒険者。
３人のパーティでまとめ役を務める。

魔法が得意なＡＡＡランク冒険者。
アンジェリンたちと
パーティを組んでいる。

【異名：天蓋砕き】
ベルグリフの元仲間の一人。
冒険者に復帰した
Ｓランクの大魔導。

【異名：覇王剣】
Ｓランク冒険者である凄腕の剣士。
ベルグリフの元仲間の一人で
時を経て和解することが出来た。

ベルグリフの元仲間で、
メンバーの紅一点。
アンジェリンの母親であることが発覚し
ベルグリフとも夫婦の関係となる。

STORY あらすじ

初めての親子の旅の果てに、最後の仲間、サティと再会した一行は
皆でベルグリフとアンジェリンの故郷、トルネラへと帰郷する。
父の過去を巡る物語は幕を閉じ、過去の仲間たちと
失われた時間を埋めるように穏やかな時間を過ごしていく。

アンジェリンがサティの実の娘であることが発覚したことにより
なし崩し的に夫婦となったベルグリフとサティ。
新婚だというのに熟年夫婦のように落ち着いた二人に対し、
パーシヴァルとカシム、そしてアンジェリンは
来たる春告祭の場で、サプライズで二人の結婚式を開こうと計画する。

祭の最中に突然引っ張り出されたベルグリフとサティは皆に祝福され
大いに戸惑いつつも、乱入したヘルベチカの言葉をきっかけにして

「サティ、好きだ。いや……多分、ずっと好きだった。」
「わたしも……好き、だよ。ベル君……よろしく、お願いします……」

改めて、夫婦として愛を誓い合うのであった。

そしてアンジェリンは再び都へと旅立ち、
ベルグリフは仲間と、妻とともに暮らしながら娘の帰りを待つ。
都に出て行った娘に「おかえり」を言うために。

MY DAUGHTER GROWN UP TO "RANK S" ADVENTURER.

トルネラ
北関所・ヘイリル
北部交易ルート
エリン
ティルディス
東部交易ルート
東関所・ヨベム
ベナレス
アステリノス

MY DAUGHTER GREW UP TO "RANK S" ADVENTURER.
WORLD MAP
エルフ領
ロディナ
古森
ヘイゼル
ボルドー
シド
エルブレン
ガルダ
オルフェン
公都エストガル

CONTENTS

第十一章

一三七 ♦ 月明かりが皓々と降り注ぎ、夜露に濡れた――014
一三八 ♦ 果てのない飢えと渇きが――033
一三九 ♦ 服越しにも雪の冷たさは――054
一四〇 ♦ エルマー図書館はオルフェンの都から少し――071
一四一 ♦ トルネラに雨が降る事は少ない――092
一四二 ♦ 暮れかけて、軒先にちらほらと――113
一四三 ♦ 丘を駆け上がるようにして風が――130
一四四 ♦ 代官屋敷の壁は白亜で美しく――149
一四五 ♦ 鍋から湯気が上がっている。ほんのりと――171
一四六 ♦ 次第に風は秋のものに変わって――193
一四七 ♦ 今すぐにでも帰りたかった。ともかく早く――215
一四八 ♦ 秋の夜は賑やかだ。村の外の――238
一四九 ♦ 車輪を軋ませながら乗合馬車が――260
一五〇 ♦ 春まき小麦の刈り取られた後を――277
一五一 ♦ 薄雲が空にかかり、朝日に照らされて――293
一五二 ♦ 急に風が冷たくなって――316
一五三 ♦ すすり泣くような声に、ベルグリフは――346
一五四 ♦ 靄の向こうの穴を抜けると、再び――367
エピローグ――395

書き下ろし 番外編

EX ♦ おとうさん――408

あとがき――430

第十一章

MY DAUGHTER
GREW UP TO
“RANK S”
ADVENTURER.

一三七　月明かりが皓々と降り注ぎ、夜露に濡れた

月明かりが皓々と降り注ぎ、夜露に濡れた草がきらきら光っていた。昼間の暑さは何処《どこ》へやら、夏の夜は涼しい。

ズボンの裾を濡らしながら、六歳のアンジェリンはベルグリフと手をつないで歩いていた。

晴れた夏の夜には、夕飯の後に軽い散歩に出る。風が肌を柔らかく撫でて、この時期にしか味わえない不思議な心地よさがあるのだ。

月明かりで明るいけれども、だから却って月を見上げながら歩いていたアンジェリンは、凹凸や小さな石を踏んでバランスを崩し、ベルグリフの手を咄嗟にぎゅうと握りしめた。ベルグリフはつないだ手でしっかりと支えてやった。それだけで、小さな体はしっかりと支えられて、転ぶことはなかった。

それが嬉しくて、アンジェリンは時々わざと手を引っ張るようにする時もあった。そんな事が今夜だけで何度もある。

「なんだなんだ、今日はよく転ぶなあ、アンジェは」

「えへへ……」

アンジェリンは父親の大きな手の平が好きだった。温かくて、ごつごつしていて、撫でてもらうのも、手をつなぐのも、ただそれだけでほっと安心した。大きな手の平は、手も頭もしっかりと包み込んでくれる。

「お月さま、きれいだね」

「うん、そうだな。夜露もきらきら光ってる」

銀の粒でも振り撒いたような光景である。

ベルグリフはいたずら気に微笑《ほほえ》むと、「ほら」と言って少し身をかがめてアンジェリンの前に腕を出した。アンジェリンはパッと顔を輝かせてそれに摑まる。ぐいと持ち上げられると、幼いアンジェリンは地面に足が着かない。でもそれが楽しくて、きゃあきゃあ言って足をばたつかせた。

ベルグリフはそのままアンジェリンを抱きかかえた。アンジェリンはベルグリフの首に腕を回し、大きく欠伸《あくび》をした。

「さ、帰ろうか」

「うん……」

唐突に眠くなるようだった。体が奥の方からぽかぽか温かくなって来て、アンジェリンは重くなった瞼《まぶた》を閉じた。

ベルグリフはアンジェリンを抱き直し、家への小道を辿って行った。それを追っかけるように風が吹いた。月明かりはやはり皓々と降り注いでいた。

○

その日は空から雲が垂れ下がって、空気がじっとりと重かった。次第に春が暑気に追いやられて行くようで、体を動かしていると暑くなって、上着を脱ぐ事も多くなっていた。

オルフェン郊外の平原は春の花々が盛りを終え、代わりに萌え出した新緑の葉が木々を緑色に染め上げて、それが風に吹かれる度にざわざわと音を立てた。もう遅霜《おそじも》の心配もとうになくなり、夜はただ夜露ばかりが降りてしっとりと地面を濡らす。外套《がいとう》を羽織って歩く機会も次第に少なくなりつつあった。夏が近い。

剣を鞘に納めたアンジェリンは、じっとりと肌に張り付く服をばたばた振った。

「暑い……なんかべたべたする」

「今日は南から風が上がって来てるみたいだな。ここでこれじゃ、エストガルとか帝都はもっと暑いのかなあ」

仲間しかいないから、普段はきっちりしているアネッサも服の胸元をばたばたやって涼を取っている。マルグリットは毛皮のカーディガンさえ脱いでしまえば胸に巻いた布と短パンばかりだから楽そうだが、ミリアムは杖にもたれてぐったりしていた。

「あじゅいー……」

「そんな分厚いローブ着てるから……」

流石《さすが》に上っ張りくらいは脱いでいるが、ただでさえ髪の毛や尻尾がもこもこしているミリアムは、体の線が出ないくらい分厚いローブを着ている。だから暑いに決まっている。

しかし見られるのが嫌だと体の線を出したがらないミリアムは、よほど耐えきれないくらいにならないと、頑なにそれを脱ごうとしない。

汗を拭っていたマルグリットが言った。

「町中じゃねーんだし、脱げばいいんじゃねーか？」

「この下は肌着なの！　流石のわたしもお外でそういう恰好は恥ずかしい！」

ミリアムはそう言って頰を膨らました。アンジェリンがくすくす笑った。

「ミリィにもそういう羞恥心はあるんだ……」

「なんだよう。あーあ、こんなに暑いなら夏用のローブ着て来ればよかった」

ミリアムは不満そうである。一応同じデザインで、もっと通気性の良い素材を使ったものもあるのだ。まだ涼しかろうと高をくくったのがいけなかったようだ。

今日は調査依頼だった。オルフェン近郊で奇妙な魔獣が出たというので、アンジェリンたちに声がかかったのである。

行ってみると変異種で、それほど強くはなかったが、一般人や下位ランクの冒険者には脅威であったろう。

アンジェリンは足元の死骸を見下ろした。犬程の大きさのある鼠である。しかし尾が長く、その先端に蠍《さそり》のような棘があった。恐らく毒液を溜めているのだろうと思われた。

この鼠が二十匹ほどの集団になって、巣穴を掘っていた。そこを煙でいぶして、飛び出して来たのを手分けして片付けたのである。

アネッサが毒針に注意しながら尾を切り離した。

「アーマーラットの変種かな……一匹だけ持って帰ればいいよな？」

「うん。報告と、調査の材料……」

「大した仕事じゃなかったなー。早く帰って酒飲みに行こうぜ」

マルグリットが頭の後ろで手を組みながら言った。

「さんせーい。涼しい所がいいー」

ミリアムも手を上げて賛成する。

それで四人は連れ立って都へと戻った。まだ日が高いが、雲がかぶさっているせいか、どことなく街並みが憂鬱に染まっているように思われた。

ギルドの裏手に回って、職員に変異種の死骸を渡した。職員はさらさらと書類を書いて寄越した。これを持って受付で手続きをすれば、この仕事はめでたく終わりとなる。

ギルドに入ると人はまばらだった。昼前までの喧騒は何処かへ行っていた。予想外の暑さのせいか集まっている連中に覇気がなく、何となく空気に締まりがない。

パーティメンバーをロビーに待たして受付に行くと、ユーリがにっこり笑って立ち上がった。

「お帰りなさい、アンジェちゃん。流石仕事が早いわねえ」

「ただいまユーリさん……」

アンジェリンは書類をカウンターに置いた。ユーリはさっと目を走らせた。

「……うん、大丈夫。じゃあ、ここにサインして」

一番下の署名欄に名前を書く。これでおしまいだ。アンジェリンはうんと伸びをした。

「今日暑いね……」

「ホントねえ。こっちはカラッとしてるのがいいのに、こんな風にじめじめされちゃたまんないわよねえ」

「なぁに、帝都に比べりゃマシだろうよ」

ユーリの後ろから声がした。見ると、奥の方にエドガーがいた。何かデスクワークをやっているらしい。

「エドさん、今日は事務……？」

「まあな。あれこれ手を広げると、事務仕事も増えるみたいだわ」

エドガーはそう言って、もう冷めている花茶のカップを口に運んだ。

オルフェンのギルドは大手の商会と提携できた事もあって、随分活気付いている。頑張れば頑張った分だけ収入につながるのは、単純にやる気を奮い立たせるには十分だ。若い新米の冒険者も増えているらしい。かつてのアンジェリン程ではないものの、有望株も出て来ているようだ。

ユーリがため息をついた。

「でも、それで無茶して死んだり大怪我したりする子が増えるのも考えものねえ……欲望は頑張る動機にもなるけど、歯止めが利かないと悲惨よ」

「そんな感じなの……？」

アンジェリンは面食らって、言った。あまり下位ランクとの交流がないから、そういう事があるというのを知らなかった。ユーリは頷いた。

「稼げるって分かると、流入して来る人も多くなるものね。なまじ才能があるような子が慣れて来た時にそういう事故が起こるの。その度にこっちは憂鬱よ。前途有望な才能が消えるっていうのは損失だし、悲しいわね」

「若え連中に無茶すんなってのは中々難しいぜ。俺たちもそうだっただろうがよ」

エドガーの言葉にユーリは頰を搔いた。

「でもねえ、この歳になると老婆心が湧くのよね。自分たちがそうだったから余計に……せめてもっと色々教えてあげられればいいけど、中々手が回らないのがじれったいわ」

「分からんでもねえけど、俺らが言ってもな……ベルさんみたいな人に言ってもらえると、若い連中も耳貸すかも知れんけどなあ。アンジェはそれで上手くやれたんだろうし」

二人に見られて、アンジェリンは頰を染めた。

冒険者になる事を打ち明けた時から、ベルグリフから言われ続けた事は、決して無茶をしないという事だった。父親を侮るなど思いもよらないアンジェリンは、この言葉をずっと覚えていた。

感覚的な天才であるアンジェリンは、危険や嫌な予感を察知する事にかけては鋭く、そこに父からの注意も相まって、それで彼女自身も知る事がなかった危機を何度か回避しているのだった。

ユーリが悩まし気な顔をしてカウンターに頰杖を突いた。

「そうね……ベルさんみたいな教導者がいてくれたら、こんなに悩まなくてもいいかもね。この人なら信用できるって、人柄だけでそう思える人がいるのは素敵よね。そんな人がギルドマスターなら尚更」

「ベルさんがギルドマスターか……正直羨ましいよなあ。リオよりも百倍は頼りになりそうだ」

二人の言葉に、アンジェリンはにんまり笑った。

「トルネラのギルドは来る者拒まずだよ、二人とも……」

「悪い誘惑をするんじゃないよ、お前は。ただでさえリオの奴が事あるごとに引退したい、トルネラに行きたいって言ってんだから。こっちは気が気じゃねえんだよ……ったく」

エドガーはそう言って椅子の背にもたれた。ユーリがくすくす笑った。

「冗談半分、本気半分でしょうねえ。そう言うのが気晴らしになってるのよ」

「気持ちは分からんでもねえが……」

エドガーはまたカップを口に運び、中身がないのに気付いて顔をしかめた。

ともかくそれで手続きを終えて、アンジェリンはロビーに戻った。待っていた三人と合流し、後の算段をする。どこかに遅い昼食がてらお酒を飲みに行きたい。今日の不快な陽気からして、冷房魔法《クーラー》の効いている所がいいな、という事はたちまち決まった。

「でも、その前にお風呂行きたい……」

「あー、それいい。そうしようよー」

ミリアムもそう言った。汗とも湿気ともつかぬもので、服がじっとりと肌に張り付くのは気持ちのいいものではない。水風呂にでも浸かればさっぱりしそうだ。

それで一度別れて、風呂の支度をしてまた会おうという事になった。マルグリットは結局ずっとアネッサとミリアムの家に腰を落ち着けていて、パーティも同じになった今、わざわざ別の住居を探そうという気もなくなったようである。

一人家路を行くアンジェリンは、灰色の空を見上げてふと郷愁の念を抱いた。さっきベルグリフの話をしたせいだろう。

「お父さん、何してるかな……」

トルネラも初夏だ。もう麦刈りは終わったかしらと思う。羊の毛刈りも始まっているだろう。気の早い若者はもう川で泳いで唇を青くしているかも知れない。夏のトルネラは周囲の山々も緑に覆われて綺麗だ。しかしやる事も多くて忙しい。ベルグリフとサティの、ちっとも初々しくない新婚夫婦は毎日忙しくしているのだろうか。そんな事を思うと帰りたくなって来る。

秋の帰郷を目的にしながら、もうアンジェリンはふつふつとその思いを胸の内で醸造している。会えない不満をたっぷり溜めておくと、会った時の嬉しさもひとしおというものだ。

「……お父さん分、不足して来たなあ」

そう呟いて、アンジェリンはむふむふと笑った。

前はそわそわするばかりだったその感情も、今となっては妙に嬉しい。余裕が出て来たせいだろうか。故郷が以前に増して楽しい所になりつつあるのも、帰郷の楽しみを盛り上げるようだった。

ベルグリフだけではなく、サティにもグラハムにも、可愛い弟や妹たちにも会いたい。パーシヴァルとカシムだってまだトルネラにいる筈だ。また皆で暖炉の前で談笑するのは定めし楽しかろう。

だから今は頑張るんだ、とアンジェリンは一人で頷いた。頑張れば頑張った分だけ、帰るのがもっと楽しみになるように思われて、アンジェリンはむふむふと笑い、それからハッとして踵《きびす》を返した。家に入る小道を通り過ぎていた。

○

青草を撫でるように風が吹き抜けて、毛を刈られた羊たちが草を食んでいた。

村の羊たちは毛刈りの時期に一度集められた後、さっぱりした姿で再び野原に放たれる。夏の草は羊がいくら食ったところでなくなりはしない。農夫たちは食った傍から伸びると言って笑う。

羊の数が多いケリーの家では、毎年この時期には沢山の人が集まって毛刈りが行われる。羊毛は外貨を稼ぐのに重要な産物だ。トルネラの草をたっぷり食べた羊たちの毛は質が高く、行商人たちも喜んで買い取ってくれる。

まだまだ練習の必要な若者たちが羊を暴れさせてしまうのを見て、教導の中年たちが大笑いする。家の中では女衆が食事を作っている。老人たちは子供たちの様子を見ている。これも一種のお祭りのようなものだ。

そんな毛刈りの場所を遠目に見て、パーシヴァルが腕組みして膨れていた。そこにカシムが面白そうな顔をしてやって来た。

「何してんの、こんな所で」

「俺がいると羊が怖がるって言われんだから、仕方ねえだろう。シャルは厳しいんだ」

パーシヴァルはむくれて言った。すっかり羊の世話にぞっこんのシャルロッテは、前に羊を威圧して追っ払ったパーシヴァルに厳しかった。カシムはけらけら笑った。

「君はおっかないからねえ。ま、羊の本能って奴だろうね」

「やかましい。ま、ああいうのは性に合わねえから構わんが……暇だ」

パーシヴァルは欠伸をして空を眺めた。

「この辺は平和でいいな。俺らみたいなのの出番がないのはいい事だ」

「でもこのままじゃ君はごく潰しだぜ」

「テメーもだろうが、図に乗んな。いいんだよ、俺たちが忙しくなるのはこれからだ」

ダンジョンの話も着々と進行していた。行ったり来たりを繰り返しながら、次第に移住の準備を整えているトルネラ代官のセレンの家造りも進んでいるし、ギルド予定の場所も固まって、今は基礎作りの最中だ。一度はボルドーのギルドマスターのエルモアがセレンと一緒にやって来て、実際の運営や、ボルドーとの提携などについてベルグリフたちとかなり踏み込んだ話もした。

街道の整備も勢いづいており、村から見える範疇《はんちゅう》の道は、でこぼこした土がすっかり突き固められて、白く綺麗に整えられている。この工事の人夫として仕事を得ている若者たちもいて、トルネラの喧騒は昔とやや違うものになりつつあるようだった。

カシムが頭の後ろで手を組んだ。

「やる気十分、ってな感じだよね。はーあ、オイラたちが抑える側になるとはねえ」

「なに、最初だけだ。この村の若い連中は子供の頃からベルに基礎を教わってる。すぐに慣れるさ」

「そうなったらオイラたちは用済みか」

「いいじゃねえか、心置きなく旅に出られる」

カシムは帽子をかぶり直した。

「……まだあの魔獣を捜すつもり？」

「ああ」

「……正直さ、もうあれにこだわらない方がいいと思うぜ？」

「俺もそうするべきだとは思う。だがな、俺は本当の意味で過去を清算できてねえんだ」

パーシヴァルはそう言って、喚声の上がる毛刈りの場を見やった。

「……良い風景だ。こんな場所にずっといられりゃと思う。でも、ふとした時に思い出すのさ、あの時の事を。忘れようとしても中々忘れられるもんじゃねえ」

「君は……その為に長くあちこちで戦い続けたんだもんな」

カシムは息をついて額に手をやった。

「オイラも人の事言えた義理じゃないけど……ま、それでしかめっ面が続いちゃ、子供らが怖がるぜ？」

「はは、そうだな。ま、この怒り皺《じわ》は戻らねえんだが」

パーシヴァルはそう言って、眉間に刻まれた皺を指先で撫でた。

その時ハルとマルの双子が駆けて来た。

「パーシーだ。何してるの？」

「カシムもいるー。あそぼー」

「うわっ、オイラに飛び付く奴があるか！　オイラはパーシーとかベルとは違うんだぞ！」

マルを抱き留めたカシムは足を踏ん張った。パーシヴァルが大笑いした。

「大魔導が子供に負けてどうすんだ！　おらチビども、こっち来い。そんなひょろひょろにぶら下がっても詰まらねえだろ」

「わーい」

双子はパーシヴァルの両腕にそれぞれぶら下がった。パーシヴァルは事もなげに二人をぶら下げたまま、回ったり跳ねたりして双子を喜ばせた。

カシムがやれやれと肩を回していると、自分の仕事を一段落させたらしいベルグリフがやって来た。

「なんだ、賑やかだな」

「おー、ベル。毛刈りはもういいの？」

「俺があんまり出しゃばってもな。もう若い連中に仕事を任せないとケリーたちに怒られるんだよ」

ベルグリフはそう言って笑った。

中年組は様々な仕事が熟達の領域にある。彼らが仕事をすれば早いのはもちろんなのだが、若者たちに仕事を引き継ぐ事を考えなくては、今後の村での仕事が立ち行かなくなる。引き際を見るのも、ベルグリフくらいの歳になると重要な話になって来るようだ。

　カシムがへらへら笑って地面に腰を下ろした。

「仕事を受け継がせなきゃいけないってわけか。大変だねえ」

「まあね。でもそうじゃないとトルネラも回って行かないから」

　村の仕事は一年を通して同じだ。春に畑を起こし、晩春には芋掘り、初夏に麦刈りと羊の毛刈り、秋には春まき小麦の収穫と秋まき小麦の播種《はしゅ》があり、その合間合間に他の野菜の栽培と収穫がある。林檎《りんご》酒を造ったり糸を紡いだりするのも大事な仕事だ。

「麦一つにしても、種のまき方から刈り方、脱穀の時の体使いとか、色々あるんだ」

「へえ、意外に奥が深いね」

「仕事ってのは何でもそうさ。簡単に見えても実は色々ある」

「うん、それはそうだ」

　カシムは頷いて、また頭の後ろで手を組んだ。

「色々あるよなあ。これからはギルドの事も考えなくちゃいけないぜ？」

「ああ……どうにも浮足立つよ。全然経験がないんだから」

　ベルグリフはそう言って苦笑した。Ｅランクで引退し、それからは田舎で畑を耕していた男が突然ギルドマスターになる羽目になったのだ。どうしていいのか分からなくて当たり前である。

　カシムがからから笑った。

「なーに、ベルなら大丈夫さ」

「……皆の言う俺なら大丈夫っていうのが、俺にはさっぱり分からないんだが」

「分かってなくてもいいだろう。なんだかんだ上手くやるのがお前だ」

両腕に双子をぶらさげたパーシヴァルがやって来て、そう言った。ベルグリフは頭を掻いた。

「俺だけじゃ不安だよ。皆がいてくれるから……」

「でもオイラたちじゃ運営の助けにはなんないぜ、へっへっへ」

「ま、領主様の妹君が来てくれるんだから大丈夫だろう。若いのに大したもんだぜ、あの姉妹はよ」

パーシヴァルはそう言いながら腕を上げ下げした。ぶら下がっている双子はきゃあきゃあと歓声を上げた。

「おとーさん、パーシーすごい」

「力もちなんだよー」

「はは、そうだな。よかったなあ」

ベルグリフは笑いながら双子を見、それから毛刈りの方を見た。シャルロッテと一緒になって、ミトまでも鋏《はさみ》を手に羊の毛を刈っている。バーンズが羊を押さえる役目を担っていて、少しずつ仕事が継承されて来ているな、とベルグリフは頬を緩めた。アンジェリンが小さかった時、あんな風に羊の毛刈りをしたものだなと思う。

双子は腕から肩の方に移って、そこに腰かけている。パーシヴァルはそのまま辺りを歩き回っている。カシムが大きく欠伸をした。

「はーあ……パーシーも険がとれたなあ。もうこのままここにいりゃいいのに」

「やっぱり旅に出るって言ってるのか？」

「うん。あの黒い魔獣を捜すんだって。あんまりこだわらなくていいと思うんだけど……でもパーシーの気持ちも分かるんだよなあ」

「……難しいな。俺自身はもう何も気にしちゃいないんだが」

「だろうね。パーシーもそれは分かってる。でも多分、もうベルの事だけじゃないんだ。今はこうやって再会できたけど、それまで苦しみ続けたのは確かだから」

そうかも知れない。輝かしい未来があっても過去を消す事はできない。しかし過去にだけ囚われ続けるのは、その未来の芽すら摘み取る事になりはしないか。ベルグリフはそれが気がかりだった。

「……大丈夫だとは思うが」

「ん？」

「パーシーがさ。今更復讐に目が眩んで視野が狭まるとは思えないよ」

「うん。オイラもそう思いたいな。パーシーはけじめをつけたいんだと思う。誰かに対してというより、自分自身に対してさ」

「そうだな……俺たちのリーダーはそう弱い男じゃない」

「へへへ、違いない」

カシムは膝を抱いて前に後ろに揺れた。

風は涼しげだけれども、陽が高くなって、次第に汗ばむような陽気になって来た。もうすっかり夏が近い。

トルネラの夏は長くないけれど、その分村人たちは短い夏をたっぷりと楽しむ。やるべき仕事も多いけれど、その余暇は心躍る事でいっぱいだ。川で水浴びができるのもこれからの季節の楽しみである。濡らした布で体を拭くよりもさっぱりして気持ちがいい。

遠くから槌《つち》が木を打つ音が聞こえて来る。羊や山羊《やぎ》が鳴いている。

ベルグリフが毛刈りの方に戻って作業を眺めていると、ケリーの家からエプロン姿のサティが出て来た。まだ続いている毛刈り作業を見て感心したような呆れたような声を出した。

「はー、切りがない仕事だねえ。昨日からやってるのにまだ終わらないの」

「何頭もいるからね。でもこうして皆でするとお祭りみたいだろう？」

「ふふ、そうだね。グラハム様のあの恰好ったら」

サティはそう言って笑った。小さな子供たちの世話を任されているグラハムは、髪の毛をひっ詰めて結び、その上から手ぬぐいを巻いて、おかみさんみたいな恰好をしている。人間の間では勿論、エルフの中でも英雄視されている男がそんな恰好で子供にまとわりつかれているのは、サティとしても可笑《おか》しくて仕様がないらしい。

「あ、もう少しでお昼になるよ。皆にそう言ってくれる？」

「ん、分かった……しかし、すっかりそういう姿が板に付いたな」

ベルグリフが言うと、サティはくすくす笑ってエプロンの裾を指でつまんだ。

「お母さんだもの。でも流石に皆手際がいいよねえ。わたし、まだまだ経験が少ないなあって思っちゃったよ」

サティも村の女衆に交ざって色々の手伝いをしているらしい。

家事に慣れたと自負していたサティだったが、村のおかみさんたちはそれ以上に手慣れていて、ひっきりなしにおしゃべりしながらも手が止まる事はないらしく、サティは付いて行くのが精いっぱいという感じのようだ。

「そういえばハルとマルは？　グラハム様が見てくれてるのかな？」

「いや、パーシーと遊んでるよ」

それを聞くとサティは噴き出した。

「あの二人はパーシー君が好きだねえ。どっちもやんちゃだから馬が合うのかな？」

「そうかもな。あいつは力持ちだし、さっきも二人を肩に乗っけてたよ」

「ふふっ、お父さん的には嫉妬しちゃうかな？」

「まさか。それに俺だって同じくらいあの子たちと遊んでるさ。パーシーみたいに振り回したりできないだけで」

「ベル君は優しいからねえ」

「……それは関係あるのか？」

ベルグリフは苦笑した。サティはいたずら気に笑うと、つんとベルグリフの頬をつついて台所に戻って行った。

食器の触れ合う音が聞こえて来る。ぼつぼつ昼餉《ひるげ》の時間だ。

一三八　果てのない飢えと渇きが

果てのない飢えと渇きが続いていた。どれだけ殺しても満たされない。それなのに、本能はひたすらに殺し、食らえと囁《ささや》き続けた。

この暗がりにひそんでどれくらい経ったのだか分からなかった。いつから、そして、なぜという事すら忘れていた。

体を動かすのすら億劫で、一日中うずくまり、しかし獲物の気配が近づくと鼻面を上げ、ジッとその時を待ち、間抜けな獲物がやって来たところに襲い掛かる。そうして肉の一片、血の一滴に至るまで残さず腹に収めてしまう。

しかし狩りが得意なのではなかった。急所を一撃して仕留めるような技量は持ち合わせていなかった。それでも強靱《きようじん》なこの体に相手の攻撃は通用しなかったし、がむしゃらに襲い掛かっても食い尽くす事ができた。一撃で命を奪われなかった相手が苦痛にむせび泣くのを容赦なく食らった事もある。しかし、心には何の感慨も湧かなかった。

そんな事を何回繰り返したか知れなかった。しかし腹も喉の渇きも一向に満たされなかった。ただ心の中に寂しさばかりが充満していた。

ここは暗かった。風もなく、ただ冷たい闇ばかりが重苦しく溜まっていた。前に殺した時からどれくらい経ったのか分からなかったが、ふと何かの気配がした。底の厚いブーツが地面を打つ音がした。元気のいい話し声が聞こえた。

そっと身を縮めた。前足を曲げ、後肢をぐんと踏み締める。これで地面を蹴れば、矢のような鋭さで獲物に向かう事ができるのだ。

見えて来た。若い獲物だった。四人連れらしい。先頭を行く少年はしきりに何か話していて、こちらに気付く様子はない。ここに来るあの二本足は、どいつもこいつも弱っちい。

ぐんと足を踏み込んだ。いつものように飛びかかった。まず一匹、と思った。だが、後ろから別の少年が、先頭の少年を押しのけるようにして飛び出して来た。

口の中が血の味でいっぱいになった。

○

アンジェリンが大きく欠伸をすると、それがうつってマルグリットも大口を開けた。アネッサがぷふっと噴き出して笑った。

「口の大きさを競ってるみたいだぞ」

「んー……」

アンジェリンは口をむにゃむにゃとさせてから、薄荷《はっか》水を一口飲んだ。

「なんか眠そうだね。夜更かしでもしたのー？」

ミリアムが言った。アンジェリンは頷いた。

「お父さんにお手紙書いてたの……でもわたし文章苦手だから書いて捨てて考えて……」

「結局書けたのかよ」とマルグリットが言った。

「まだ途中……」

「なんだそりゃ」

「随分こだわるなあ」

仲間たちは呆れ顔で馬車の縁にもたれた。アンジェリンはいつも手紙が書きたいのだが、いざ書くという段になると、どう言葉をまとめたものかいつも悩んで書き切れない。だからベルグリフに出す手紙も結局いつも簡素なものになっていた。その簡素なものになるまでに何十という書き損じがある。

乗合馬車はがたがたと音を立てて揺れた。頭上に張られた幌が揺れて、微妙に緩んだ幕がばたばたた言った。

簡素な舗装をされた道は、幾度も馬車が行き来するうちに轍《わだち》が刻まれて、あちこちがでこぼこになっている。四つの車輪がそれを踏む度に、銘々から揺れが響いて来て、どうにも落ち着いて腰を下ろしていられない。

アンジェリンは馬車から身を乗り出して地面を眺めた。

「ここ、直さないのかな……」

「どうかな。マリアさんが住んでるって以外は平凡な農村だしな」

「でも魔法使いが結構出入りしてるっていうもんねー。あんなババアに何の用なんだか」

ミリアムが言うと、乗合馬車のお客たちがじろりとそちらを見た。魔法使いが多いらしい。

やがて村が見えて来た。ひなびた小さな農村といった感じで、麦藁や木の皮でふかれた屋根の小屋が建ち並んでいるが、その中に不釣り合いな白い建物があった。その少し奥に小さな木造りの庵《いおり》がある。そこがマリアの家である。

アンジェリンたちは乗合馬車を降りた。

何ともなしに周囲を見回してみる。石と木で作られた農家が多いけれど、停留所周りには新しい商店ができていた。この村はオルフェンへの農産物の販売が主な収入だが、今では商店を構えられるくらい人が来ているようだ。

四人で連れ立ってマリアの庵に行った。家の周りもうろうろしているのがいた。魔法使いらしいのもいるが、冒険者のようなのもいる。音に聞こえた〝灰色〟の大魔導から何か得るものがないかという顔つきをしているが、追い出されたらしいのは様子で分かった。

アンジェリンたちはそんな連中の間を縫って家に近づいた。

「ばあちゃん」

扉越しに呼びかけると「ああん？」と不機嫌そうな声が返って来た。

「アンジェリンだけど……入っていい？」

返事はない。了承の意と見て取ってアンジェリンは扉を開けた。すると埃まみれの空気が外に溢れて来た。マルグリットが目を白黒させる。

「うわ、すご」

「もーっ！　こらーっ！　掃除しろって言ってるだろ、このババア！」

ミリアムがそう言って家の中に駆け込んだ。そうして相変わらず着膨れてもこもこのマリアを引っ張って来た。マリアは咳き込みながら家の外に放り出された。

「げほっ、げほっ！　何しやがる！　暴れるんじゃねえ、駄猫が！　埃が舞うだろうが！」

「こりゃ暴れなくても舞うぜ」

マルグリットが「よくここまで溜め込めるなあ」と却って感心したような顔をして小屋の中を見た。埃っぽいが、薬草や香油の匂いが立ち込めている。

実験器具や分厚い書物は埃まみれで、カーテンが引かれて薄暗い。暖炉で火が赤々と燃えている。最近手に取ったらしい書物だけが埃にまみれていないのが分かった。

ミリアムがカーテンを開け、あちこちの窓を開け放つと、外の光が一気に入って来た。風が吹き抜けて、家の中の埃を巻き上げて外へと運んで行く。陽の光の下では、埃の粒は実に良く見えた。周囲で見ていた連中が何事かと目を丸くした。

ミリアムが箒《ほうき》を片手に部屋の中で大暴れしている間、他三人はマリアを囲んで家の外の木陰に落ち着いた。陽射しは強いけれど木漏れ日は柔らかく、風が吹く度に皆の顔にまだら模様を揺らした。

もうすっかり夏の陽気である。

こんな季節に、ベルグリフに麦藁帽子の編み方を教わったなあ、とアンジェリンは思った。

マリアは背中を丸めてひとしきり咳き込むと忌々し気に舌を打った。

「くそ、人がせっかく瞑想してたってのに、どいつもこいつも……」

「ごめんね、ばあちゃん……でもなんか賑やかだね」

アンジェリンはそう言って周囲を見回した。ずっと家の周りにたむろしていた連中が遠目にこちらを窺っている。マリアが鋭い視線で睨み付けると、皆そそくさといなくなった。

「オルフェンの景気が良くなった分、あちこちから馬鹿どもが集まって来てんだよ。くそ、隣にこんなもんが建った時から鬱陶しかったってのに……」

そう言ってマリアは白亜造りの大きな建物を睨んだ。

マリアを慕う魔法学徒が勝手に集まって造られたこの建物は、今では小さな学府の様相を呈し、あちこちから魔法使いが来るようになっている。オルフェンの景気が良くなったので、その人の出入りに拍車がかかっているのだろう。

いっそ庵を変えようかと考えているとマリアはぶつくさ言った。マリアの背中をさすりながらアネッサが苦笑した。

「静かな生活がしたいって言ってここに来たのに、皮肉ですね」

「ホントにな……げほっ」

マリアは口元を押さえ、それからアンジェリンを見た。

「で、何の用だ。遊びに来たのか？」

「そうとも言えるけど……魔王の研究ってどうなってるのかなって思って」

「前にも言った通り判断の材料がねえ。あの溶けた魔王の分析は続けてるが……」

「わたしも魔王なんだけど」

「またその与太話か」

「いや、意外に与太じゃねえかも知れねえぜ？」

マルグリットが横から口を出した。マリアは眉をひそめた。

「揃いも揃ってあたしを担ごうってか？」

「いや、シュバイツが関わってるんですよ」

アネッサが言うと、マリアの目の色が変わった。

「本当か」

「はい。わたしたち、帝都であいつらの一味と戦ったんです」

「……おいアンジェ。テメェ、そんな大事な事をどうしてこの前話さねえんだ」

「忘れてた……」

アンジェリンはあっけらかんとしている。マリアは呆れたように額に手をやった。マルグリットはけらけら笑っている。

「ともかく、そういう事なら話は別だ。詳しく聞かせろ――いや、家が片付いてからの方がいいな」

家の中ではミリアムがどたどたしている。風魔法を使っているのか家のあちこちから風が吹き出して、窓や戸口から舞って来る埃が陽光に照らされてよく見える。

「そういえばマッスル将軍、元気になったよ……」

「チッ、治りやがったのか……げほっ。薬じゃなくて毒を塗りゃよかった」

「将軍って毒で死ぬのか？」とマルグリットが言った。

「……死にそうもねえな」

そんな雑談をしながら待っていると、戸口からミリアムが顔を出した。

「終わった！　汚いな、もーっ！　なんでこんなになるまで放っておくんだよ！」

マリアは裾を払いながら面倒臭そうに立ち上がった。

「黙れ馬鹿弟子。ついでだ、茶でも淹れろ」

「ふんだ！」

ミリアムはひょいと家の中に引っ込んだ。アネッサがくすくす笑う。

「なんだかんだ言う事聞きますね、あいつ」

「ふん、ガキの頃はもっと可愛げがあったもんだが……ごほっ、ごほっ！」

「ばあちゃん、新しい弟子とか取らないの……？」

「今更面倒だ。取らなくてもこんなのが勝手に寄って来やがるしな」

マリアはそう言ってまた白亜の建物を睨み、大股で家の中に入って行った。

家の中は相変わらず雑然とはしていたが、出しっぱなしの本が棚に収められ、実験器具が一か所にまとめられ、埃が吹き払われて、幾分か明るくなったように思われた。暖炉の前でミリアムがごそごそと何かやっている。お茶の支度だろう。

マリアは安楽椅子に腰かけて深く息を吐《っ》いた。

「……それで、シュバイツの野郎は仕留めたのか？」

「どうかな……カシムさんが相手したから、わたしには分からないけど、死体とかは確認してない」

アンジェリンが言うと、マリアは嘆息した。

「それじゃあ仕留めたとは言えねえな。あたしも昔あいつの討伐隊に加わって……げほっ、確かに殺したと思ったんだが」

「駄目だったのか。不死身なのか？」

マルグリットの言葉に、マリアは目を細めた。

「さて、どうだか。まあ、あいつならそれくらいはやりかねないが……順序立てて話せ。話がとっ散らかる」

それでアネッサが主になって、他のメンバーが適宜補足しながら話をした。ベルグリフの旧友を捜す為の旅で帝都まで行った事、皇太子が偽者でシュバイツと組んでいた事、サティが戦い続けていた事、サティがかつては実験に携わり、アンジェリンを産み落とした事。

話が一区切りしたところで、マリアは考えるように腕組みして椅子に深く腰掛けた。

「……木を隠すなら森の中に、か。まだ帝都にいやがったとはな」

そう呟いてアンジェリンを見た。

「アンジェ、お前は母親から何も聞かなかったのか？　どういう実験で、どういう理屈でお前が産まれたのか」

「聞いてない。あんまり興味なかったし……」

マリアは呆れたようにこうべを垂れた。

「自分の事なのにお前は……聞いたあたしが馬鹿だったよ」

「それに……その話はお母さん、ちょっと辛そうだったから」

「……そうか」

「結局、あいつの目的は何なの……？　世界征服？」

「そんな下らん事は考えねえよ。あいつの欲望は知識欲だけだ」

マリアはそう言って不機嫌そうに小さく咳き込んだ。

「げほっ……結局、偽皇太子も帝都のあれこれも、あいつの実験の為だったってわけだ。昔と何も変わっちゃいねえ。胸糞ワリィ……げほっ、げほっ！」

アネッサがその背中をさすってやりながら、言った。

「シュバイツは元々何の実験をしていたんですか？」

「……初めは死霊術だったと思うがな。帝都の研究機関にいた頃にも、術式の実験だと盗賊の死体なんかを回して来る事がよくあった。最終的にあいつが討伐されるきっかけも、町一つを死霊の町に変えた事だ。帝都にもその術式を組みかけていた」

「死霊術……」

アンジェリンは腕組みした。皇太子ベンジャミンの偽者も死霊術を得意としていた。シャルロッテに与えられた力も死霊を操る力だったように思う。悪い奴らはそういう事が好きなのかしらと思った。

ミリアムがカップにお茶を注ぎ足した。

「けどオババ、シュバイツは死霊術を極めたいと思ってたわけじゃないでしょー？」

「だろうな。それもあいつの目的の為の道具に過ぎないだろうよ」

「目的って何なんだ？」

「ごほっ、ごほっ！　あたしが知るか。まあ、ソロモン関連の事だろうとは思うが」

「ソロモンか……」

度々出て来るこの名前に、アンジェリンは色々な思いを抱いていた。

魔王というのはソロモンの作ったホムンクルスの事だという。サティやビャクの話から考えるに、アンジェリンも魔王だ。すると、その大元はソロモンにある。男らしいから、厳密な意味での父親はソロモンという事になるだろう。

しかし、そんな風には微塵も思えなかった。父親、というとベルグリフ以外考えられない。かつて心を悩ませた本当の親という悩みも、今となってはちっともアンジェリンを煩わせなかった。

「ソロモンか……そういえば変な話聞いたんだけど」

「変な話？」

「うん。偽皇太子に聞いた話……」

アンジェリンはベンジャミンの偽者と顔を突き合わして話した時の事を説明した。ソロモンはかって人間たちの為にヴィエナと協力して旧神たちと戦った事。その後、人間に絶望して大陸を征服した事。

「じゃあ、ソロモンって良い奴だったのか？」

マルグリットが言った。アネッサが首を振る。

「いや、最終的には大陸を力で征服してるんだし、良い奴とは言えないんじゃないか」

「ホントなのかにゃー。サティさんの話があるから、旧神っていうのがいるのは分かるけど……」

「……ややこしくなって来たな。シュバイツがソロモンの事で何かしているのは間違いねえ。だが、それと奴のしている実験とがどうも結びつかん。あいつが今更力を手に入れたいと思う筈はねえ。それにやり方が回りくどすぎる」

マリアはお茶を一口すすった。

「しかし妙だ。魔王を産ませる実験があった事は分かったが……アンジェ、なんでお前は人間なんだ？　母親はエルフで間違いないんだろ？」

「うん……でもわたしに聞かれても分かんない」

「……チッ、こいつはトルネラに行くしかねえか……」

マリアがぽつりと呟くと、たちまちアンジェリンは目を輝かして身を乗り出した。

「来る？　いいよ、行こう、ばあちゃん……！　今度秋口に帰るから、その時一緒に」

「冗談だ馬鹿！　この歳で長距離移動なんざ面倒でやれるか！」

「大丈夫、わたしが面倒見る……」

「やかましい！　くそ、迂闊な事を呟くんじゃなかった……」

マリアは肩を摑んで来るアンジェリンを面倒臭そうに押し戻した。三人はくすくす笑っている。

○

代官屋敷は広場に面した所に建てられる予定だ。既に基礎の石が積まれ、木の骨組みが日に日に組み上がって行く。製材所では日夜鋸や斧の音が響き、トルネラは今までにない賑やかさだ。

冒険者ギルドの予定地は、村の入り口にほど近い辺りである。

あまり村の中心地に荒くれ者を集めるのは如何《いかが》なものか、と主張する人たちもいて、そういう連中の意見も汲んでこうなった。実際、ダンジョンとの兼ね合いも考えると、村の入り口付近は悪くない立地である。

こちらも既に基礎石が組まれ、材木が集められて積まれていた。製材されたばかりの木の爽やかな匂いが漂っている。

何にしても、新しい事を始めるというのはワクワクするものだ。若者たちは言わずもがな、年寄りたちも何となく浮き立ったような雰囲気である。出会って話す事といえばダンジョンの事やギルドの事、それに伴う宿や食堂などの話題だ。誰もが大なり小なりの期待と不安を抱いている。

それでも、日々の仕事は変わりなくこなさねばならない。

羊の毛刈りが一段落して、刈った麦の処理も概ね終わった。共同の仕事が忙しい間に畑では草がぐんぐん伸びているから、毎日草取りをする。夏の食卓は色とりどりの夏野菜で豊かに彩られるが、その彩りを得る為には丁寧に畑の手入れをしなくてはならなかった。

外で皆が仕事をしている最中、ベルグリフは朝から新居のテーブルに座って書類を見ていた。

この前、ボルドーのギルドマスターであるエルモアが来た時、参考になるだろうと様々な資料を持って来てくれたのだ。依頼の申請と受理の用紙があり、古くなった冒険者の名簿があり、かなり昔のものだが、帳簿まであった。

何だか色んな人が気にかけてくれているのは有難くもあり、また肩に乗るものが着々と重くなって行くようにも思えて、ベルグリフは何となく気が落ち着かなかった。

ひとしきり資料に目を通し、実際の運営の事を考えながら、少し体を動かそうと外に出た。慣れない事をした後は、し慣れた事をするのに限る。

いいお天気で、初夏の陽射しが容赦なく降り注ぎ、木々や草の葉の緑が濃い。ロープに吊るされた洗濯物が風にはためいている。風には草の匂いが乗っていた。

数度地面を蹴って義足の具合を確かめ、それから裏手の畑に回った。

春先に新しくした柵に、もう草の蔓が絡まり始めている。蔓は柔らかく、花のつぼみらしいのが付いていた。確か、シャルロッテが春に行商人から種を買ったのを、柵の下にまいたと言っていたので、それが順調に育っているのだろう。

苗の根元に麦藁を敷いていたシャルロッテとミトが顔を上げて手を振った。

「おとうさまー」

「お仕事、終わった？」

「ああ、少し体を動かそうと思って……でも二人が頑張ってるから、お父さんの出る幕はなさそうだな」

ベルグリフがいたずら気に言うと、二人は顔を見合わせてくすくす笑った。

「サティ――お母さんはどうした？」

「ビャクとハルとマルと一緒にビルベリーを摘みに行ったわ。午後はジャムを作るんですって！」

ビルベリーは灌木に付く野生の果物だ。小さな実は甘酸っぱくておいしい。栽培はされていないが、わざわざ栽培するまでもないくらいあちこちに生えている。岩コケモモと違って、村の周辺でも採れるから、村の甘味としては馴染み深いものだ。

シャルロッテとミトと一緒に麦藁を敷き、苗の葉に付いた虫を取ったり、伸びた草を抜いたりしていると、やがて陽が高くなって、ますます暑くなって来た。

額に浮いた汗を手の甲で拭い、畑全体を見回す。

「綺麗になったな。少し休もうか」

「うん」

「はー、今日も暑いわ」

シャルロッテは麦藁帽子をかぶり直す。それからベルグリフを見た。

「帽子の作り方、教えてくれるのよね、お父さま」

「ああ。麦藁も手に入ったからね」

麦藁を使った加工品は幾つかある。夏にかぶる麦藁帽子もその一つだ。手先の器用な者は形が整って、野草のリースなどで飾ったものを編む。そういうものは町でかぶるにも足るので、行商人が買い取ってくれる。しかし多くは自分たちがかぶる為の素朴なものばかりだ。

アンジェリンが小さかった時、編み方を教えてやったっけなとベルグリフは懐かしい気分になった。最初に作ったのは不格好な出来だったが、それでも自慢げにかぶっていた。その風景は今でも鮮明に思い出せる。

庭先に向かうと水音がするので見ると、井戸の所にサティたちがもう帰って来ていて、取って来たらしいビルベリーを洗っていた。シャルロッテとミトが目を輝かせて駆け寄った。

「お帰りなさい！」

「わあ、たくさん」

サティは顔を上げて微笑んだ。

「採り過ぎちゃったよ。ほら、食べていいよー」

ビルベリーが籠に山盛りになっている。洗われて濡れたそれらは陽の光を照り返して宝石のように光っている。既に口の周りを紫色にしている双子に交じって、シャルロッテとミトもそれを口に運んで「おいしい」と笑っている。

「よくこんなにあったね」

「ビャクが見つけてくれたんだよ。ね？」

サティがそう言って目をやると、ビャクはぷいと目を逸らした。ベルグリフは感心して髭を撫でた。

「やるな。いつの間にそんなスキルを身に付けたんだ？」

「知るか、そんなもん……」

ビャクは目を逸らしたままビルベリーをタライの水に浸けて掻き回している。褒められるのが照れ臭いらしいのがありありと分かって、ベルグリフは思わず笑ってしまった。

子供たちがやるやると張り切っているので、ビルベリーはそちらに任せて、ベルグリフたちは先に家に入った。

昼食の支度をしなくてはならない。

暖炉の火を上げて、油を引いた鍋で刻んだ干し肉と麦を炒める。お湯を入れてぐつぐつと煮立たせた所に賽の目に切った芋や根菜を入れて煮込み、塩や香草で味付けする。

鍋に蓋をして、火を少し弱めてふうと息をつく。これからの季節は料理をするにも暑い。

ベルグリフが汗を拭いながら見ると、パン生地をこね終えたらしいサティが、ぼんやりと視線を宙に泳がせていた。

「どうした？　疲れたかい？」

「え？　ああ、いや、そうじゃないけど」

サティは小さく頭を振って、両手で頬をぱしんと叩いた。それから小さく笑う。

「……楽しいね。わたし、ここに来てからすごく幸せだよ」

「何よりだ。それなら俺も嬉しいよ」

ベルグリフが言うと、サティは微笑んで、それからまた考えるように目を伏せてしまった。

ここのところ、サティはこうやって何か考えているらしい表情をよくする。どうかしたかと尋ねても、何となく言葉を濁してしまう。悪い事を考えている筈はないという信頼はあるけれど、少しばかり心配だ。

「……あんまり一人で抱え込むなよ。俺が言うのも何だが」

「ふふ、そうだね……ありがと」

サティは大きく息をついて、勢いよく立ち上がった。

「よし、包み焼きも作っちゃおう。ベル君、スキレット取って」

「ん、これでいい？」

「えっと、そっちの大きいの」

そんな事をしていたらパーシヴァルが帰って来た。

「おう、飯か。だがベル、ちょっと来い。ボルドーに行ってた連中が戻って来た。建物の相談がしてえとよ」

「ああ、そうか。サティ、任せていいかい？」

「もちろん。行ってらっしゃい」

毛刈りが終わったタイミングで、先週あたりからケリーやバーンズ、トルネラの大工たちが連れ立って、ボルドーまで出かけていたのである。ギルドの建物を視察したいというのもあったし、それに伴う商売の事など、色々と勉強したい事が多かったようだ。土産話はさぞ多かろう。

連れ立ってギルド予定地に行きながら、ベルグリフはパーシヴァルに話しかけた。

「なあ、パーシー」

「あん？」

「サティが何か助けを求めて来たら……手を貸してくれるか？」

パーシヴァルは大声で笑った。

「当たり前だろう。水臭え事を言うんじゃねえよ」

「はは、そうだな……サティもまだ抱えているものがあるんだろうな」

「……魔王の事だろうな」

ベルグリフは頷いた。双子を始め、ビャクやミトといった、魔王を宿す子供たちの事を解決するには、シュバイツやその組織と最もかかわりがあるサティの話は重要だ。

しかし、帝都でのシュバイツとの戦いは、サティにとって大きなトラウマである。大事な事だとは分かっていても、ベルグリフは自分からわざわざ聞き出そうという風には思っていなかった。

パーシヴァルは歩きながら考えるように顎を撫でた。

「まだ気持ちに整理が付かねえんだろうよ。俺らがほじくるより、あいつから言い出すのを待った方がいい。カシムもそう思ってる」

どうやら元パーティメンバーたちは、それとなくサティの様子を察しているらしかった。ベルグリフは笑ってパーシヴァルの背中を叩いた。

「それでこそリーダーだ」

「何言ってんだ、負けんじゃねえぞ、旦那」

ギルド予定地にはもう人が沢山集まっている。近づくとケリーが手を振った。

「来たなギルドマスター！」

「気が早いぞそれは……」

「何言ってんだ！　いやあ、流石ボルドーはでかい町だな、おい！　色々と参考になったぜ」

ケリーはすっかり張り切っている。元々トルネラでもやり手の豪農として様々な事に手を出している彼にとって、今回の大事業は高揚する事ばかりのようだ。バーンズが見取り図らしい紙を広げた。

「色々話聞いて来てさ、建物のデザインなんだけど……」

と言いかけたところで別の誰かが口を挟んだ。

「宿屋とかどうなってんの？　ギルドが紹介したりもするんだろ？」

「店とか併設すんのか？　酒場も一緒だと楽そうな感じするけどよ」

「いや、それは気が早いってば。まだ始まってもいないんだから」

「ともかくまずは建物だ。箱がなけりゃ外から来た連中を迎えられねえ」

「だから今その話をしようとしてるんだって。ごちゃごちゃ口出しすんなよ！」

話の腰を折られたバーンズが苛立たし気に言うと、「なんだとコノヤロウ」と他の連中も熱気を帯びて来て、余計に喧々囂々《けんけんごうごう》として来た。誰もがこの話に自分なりの考えやこだわりがあるらしい。

これは昼食までに終わりそうもないな、とベルグリフは苦笑した。

一三九　服越しにも雪の冷たさは

服越しにも雪の冷たさは感ぜられた。柔らかな雪は、もがけばもがくほど立ち上がらせまいと体の動きを制限する。

焦りと恐れが冷静さを失わせた。恐るべき冷気の塊を食らい、体が思うように動かなかった。

ベルグリフは咳き込んだ。胸の奥まで氷が詰まったのではないかと思うくらい息が浅く、苦しかった。

剣だけは何とか手放さずにいられた。しかし手がすっかりかじかんで、剣を握ったまま開けそうもなかった。

見上げる空は真珠色だった。雪が舞っていた。まつ毛にも氷がまとわり付いていた。瞬《まばた》きをするのもちくりと痛むくらいだ。

「く――――ッおおおぉ！」

雄たけびを上げて自らを奮い立たせる。無理矢理に上体を起こし、右ひざを立てて左足を踏ん張った。

「お父さん！」

「アンジェ、来るな――！」

声が思うように出ない。七歳の娘が雪に足を取られながらも懸命に走って来る。宙を舞う雪ん子たちがくすくす笑いながらそれを眺めている。

ベルグリフは体を震わせて雪と氷を振り払った。大きく息を吐き出して、目の前の〝彼女〟を見据えた。〝彼女〟は氷のような冷たい、透明な視線でベルグリフを見下ろしていた。ベルグリフは剣を構えたが、体が硬く、剣先は小刻みに震えた。

「まって！　まって！」

アンジェリンが転び転び必死に駆けて来て、ベルグリフの前に滑り込んだ。

「アンジェ」

「やめて！　お父さんにひどいことしないで！」

そう言って両腕を広げる。ベルグリフは手を伸ばしてアンジェリンを抱き寄せた。

「アンジェ、駄目だ……はやく後ろに……」

唇がかじかんで、上手く言葉が出てこない。〝彼女〟は不思議そうにやや目を細め、アンジェリンを見た。

『……ふむ』

凛、と氷がきらめくような声がした。表情は変わらず口すら動いていないが、彼女が喋ったのだ。

アンジェリンを見、それからベルグリフを見る。

『瞬《また》きの者よ。これに懲りたら愚かな真似は慎む事ですね』

そうしてくるりと背を向けてしまった。身を刺すようだった冷気が緩み、体の痛みが和らいだ。

雪ん子たちの笑い声が響く中、ベルグリフは呆気に取られて〝彼女〟の背中を見た。

「ま、待ってくれ……あんたは……魔獣じゃないのか？」

〝彼女〟は少し振り返った。

『……瞬きの者たちは、わたしの事を〝冬〟と呼びます』

「冬……」

ごうごうと風が吹き荒れ、雪が舞い散った。目を開けていられず、アンジェリンを守るように抱きしめる。やがて吹雪が止んだ時に顔を上げると、もう〝彼女〟の姿はなかった。ただ、雪ん子たちの笑い声の余韻だけが、真冬の冷たい空気の中に微《かす》かに残っていた。

呆けたようになっていたアンジェリンが、ベルグリフの胸に顔をうずめてすんすんと泣き出した。その背中を優しく撫でてやりながら、ベルグリフは夢でも見ていたのではないかと思った。

○

前を歩きながら話を聞いていたパーシヴァルが、足を止めて振り向いた。

「それでどうなった」

「ともかく家に帰ったよ。緊張感が抜けたせいか猛烈に寒くなってね、体が芯まで冷えて、アンジェはすっかり風邪を引いた」

「そいつは災難だったな」

「いや、死ななかっただけ幸運だよ。アンジェのおかげだな」

ベルグリフはそう言って笑った。もしもアンジェリンがいなかったなら、そのまま氷の彫像にされていただろう。そうなっていたら、今こうしてここを歩いている事もない。パーシヴァルはからからと笑った。

「アンジェには助けられる事ばっかりだな、おい」

「本当にな。俺には過ぎた娘だよ」

「何言ってんだい、君が父ちゃんだったからこそだぜ」

後ろを付いて来るカシムが言った。パーシヴァルは腕を上げて伸びをした。

「娘っ子どもはどうしてるかね。依頼に精を出してるんだろうが……」

「多分ね。秋に帰って来るって息巻いてたから、その分頑張ってるんだと思うよ」

「若い子たちは元気があっていいねえ、へっへっへ」

カシムがそう言って山高帽子をかぶり直した。

「しっかし、冬の貴婦人ねえ。オイラ、道端で暮らしてた時、同じ浮浪者のおっちゃんにおとぎ話で聞いた事はあるけど、本当にいるとは思わなかったな」

ベルグリフは笑った。

「そうだな。それで俺みたいに魔獣だと思って戦いを挑んで、凍らされる冒険者もいるらしいよ」

「季節そのものを相手にしちゃSランク冒険者だろうが勝てる道理がねえからな。氷の女王とはわけが違う」

「パーシーは、氷の女王とは？」

「キータイ北部をうろついてた頃に戦った。えらい別嬪さんだったが、恐ろしく凶暴でな、流石に手こずったぜ」

それでも勝ってしまう辺り、〝覇王剣〟の異名は伊達じゃないなとベルグリフは苦笑した。再び歩き出す。カシムが大きく欠伸をした。

「段々上り坂になって来たなあ。この辺はもう山に近いの？」

「うん。ここらはもう山の領域だな」

ベルグリフは季節外れのマフラーを引き上げて、口元をうずめた。木々は青々としているのに風はひんやりと冷たい。のびのびと葉や茎を伸ばしていた筈の草たちも、委縮したように小さくなり、葉先が萎れているものもある。

奇妙に寒い日が続くようになっていた。もう初夏になるというのに、山から冷たい風が降りて来るようになったのだ。いつの間にか青々としていた山肌には雪が積もっており、晴れた空に雪煙が上がっていた。そうして分厚い雲が山にかかって、その辺りだけが暗かった。その寒気がトルネラまで下って来て、村人たちは冬物の服を引っ張り出す羽目になった。

寒いと言っても霜が降りるほどではないが、半袖の服では身震いするくらいで、順調に伸びていた夏野菜の苗たちも生育が緩慢になり、咲き始めたトマトの花も実をつける前に落ちてしまった。

野菜の不作は自給自足を基本とするトルネラでは重大事だ。

単なる自然現象ならばどうする事もできないが、ただ座して寒さが過ぎるのを待っているのも面白くない。そこでパーシヴァルが調査を買って出、暇だからとカシムも参加する事になり、近場の森や山の事は知り尽くしているベルグリフが案内役をする事になった。

倒木を跨ぎながら、カシムが言った。

「サティも来ればパーティ復活って感じだったけどね」

「あいつはもうそういう事には興味がなさそうだからな。自分がはしゃぐよりも子供らの事の方が気にかかるんだろう」

そうだな、とベルグリフは頷いた。自分たちももう若くはない。今更昔日のパーティ復活だなどとはしゃいでも仕様がない事は分かっている。それでも、こうやって昔の仲間と僻地へ向かって行くのは何となく嬉しい。男の方が何歳になっても夢見がちなのかも知れない。

カシムが頭の後ろで手を組んだ。

「サティも大人になっちゃったねえ。何だか寂しくなるね」

「まあな。だがいつまでも昔にばかりこだわってるわけにもいかねえしな……俺が言うのも何だが」

「へっへっへ、よく分かってるじゃない」

「だから一言多いんだよ、テメーは」

時折そんな雑談に興じながら、三人はずんずんと歩を進めた。冒険慣れしているパーシヴァルとカシムに、この一帯は庭のようなものであるベルグリフの歩調には淀みがない。

ここのところはダンジョンの、というよりもギルド設営に関しての勉強にベルグリフはかかりきりだ。

ずっと机に向かうのは苦手というわけではないが不慣れである。小さな文字とにらみ合っていると、外に出たくなって仕方がない。こうやって山を歩くのは何だか気持ちが楽になるようであった。

近々セレンもまた来るらしい。住居はもう屋根が張られ、壁の漆喰がたっぷりと練り始められている。引っ越すには早いが、少しずつ荷物も運んで来ている。ケリーの納屋が空いているから、ひとまずはそこに荷物を置き、代官屋敷が出来次第移す算段らしい。

村長としての仕事の引き継ぎに加え、ボルドー家直々だから色々と整備できる部分もあるらしく、初めはおっかなびっくりという様子だったセレンも、段々と調子が出て来たようだった。元々聡明な娘だから、勢いに乗れれば仕事は早い。

ともかく、そんな風に目まぐるしい日々にこの寒波だ。

しかし、ベルグリフにとってはこんな風に山歩きする方がむしろ日常に適《かな》っているような気もした。色々な事に手を出さざるを得ない状況ではあっても、根は百姓なのである。

次第に標高が高くなって来た。辺りは寒々として、萌え出していた木々は葉が萎れて元気がなさそうに見えた。

生き物たちもジッと息をひそめているようで、何の物音もしない。吐く息は白く漂い、暖かな陽射しとのアンバランスさが不気味な静寂を醸し出していた。

パーシヴァルが足を止め、辺りを見回した。

「……かなり気温が下がって来てるな。目的も近いか？」

「ああ」

「魔獣だとしたら面倒だが……その冬の貴婦人だとすれば、話してどうにかなるのか？」

「何とも言えないな。自然そのものだから……まあ、話はしてみるつもりだが」

「最上級の大精霊相手に語らいかあ。へへへ、大魔導が聞いたら羨ましがる話だぜ」

「お前もそうだろうが」

「オイラは別になりたくてなったわけじゃないし」

「ともかく、もう少し行ってみよう。多分近くになると雪が降っている筈だから」

果たして小一時間ほど上へと進んで行くと、次第に風花が舞い、その粒が大きくなって来たと思うや、もう三人は雪の中にいた。

空は灰色で、大粒の雪がひっきりなしに舞い降りて来る。風こそ強くはないが、その分却って密度は濃く、肩や頭はたちまち雪にまみれて、彼らは何度も頭を振って雪を払い落とした。

「こいつは参ったな。ここだけ完全に冬だ」

「パーシー、魔獣でここまで環境を変えるのがいるだろうかね？　氷の女王とか」

「いない事もねえし、氷の女王なら確かに出来ない事もねえが……だとすれば山で留まってんのは変だな。この距離なら確実にトルネラまで下って襲って来る筈だが」

「そんなら冬の貴婦人の可能性大ってわけだね。話が通じる相手で良かったじゃない」

「まあ、そうだな」

しかしベルグリフは眉根に皺を寄せていた。むしろ、魔獣が原因であった方が、ベルグリフにとっては安心できた。自然そのものの存在である冬の貴婦人が、このような季節にこの辺りに現れるのは不自然な気がしていたのだ。

元が異常な存在である魔獣が原因ならば倒せばいい話だ。パーシヴァルもカシムもいるのだから、それは十分に可能だろう。

だが、相手が人知を遥かに超える大精霊で、しかも何かしらの異常を抱えていたとしたら……。

「……考えすぎても無駄だな」

ベルグリフは頭を振った。どちらにせよ会ってみなくては分からない話だ。単なる異常気象としてここに来ただけという場合もある。あまり悪い風に考えて勝手に不安になっても仕方がない。

くるぶしが埋まるくらいに積もった雪を踏みながら、さらに先へと進んで行くと、透き通るような歌声が聞こえて来た。雪の降る向こうに幾つもの小さな人影が踊るように動き回っている。

カシムが目を細めた。

「おーおー、雪ん子?」

「雪ん子だな……」

これでここにいるのは冬の貴婦人だという事が確定してしまった。ベルグリフはやや暗澹《あんたん》とした気持ちのまま歩を進める。

義足の先端が雪の下に隠れている凹凸を踏まぬように注意しながら歩いて行くと、影だけだった雪ん子たちの姿がはっきりと見えるようになった。見た目は七、八歳程度の子供だ。揃いのふかふかした白い服を着、ファー帽子をかぶっている。彼ら彼女らは地に足を着けずにふわふわと楽し気に踊っていた。三人の方を見もしない。

「これが初夏じゃなけりゃいい光景なんだがな」

パーシヴァルが呟いた。カシムが苦笑いを浮かべた。

「ま、仕方ないね……あれかな？」

少し先に、一際大きな影が見えた。すらりと背が高く、白銀の長い髪の毛を遊ばせている。白い服に白いファー帽子をかぶっているのは雪ん子と一緒だが、その身から発されている雰囲気は、雪ん子のように柔らかくはない。

冬の貴婦人は黙ったまま立っていた。ほんの少し顔を上げていて、落ちて来る雪を眺めているようにも見えた。

ベルグリフたちも黙っていた。佇んでいる冬の貴婦人は、思わず息を呑む程に美しく見えた。しかし見惚《みと》れていたというのではない。何と声をかけたものか、三人とも見当が付かなかったのだ。しばらくは沈黙が続いた。ただ雪ん子が歌う澄んだ歌声だけが、雪の合間を縫って耳に届いた。不意に、パーシヴァルが大きくくしゃみをした。それを聞いてカシムが噴き出した。冬の貴婦人がこちらを見て、おやという顔をした。

『また会いましたね、瞬きの者よ』

特に深刻そうな響きはない。ベルグリフは少し肩の力を抜いて、貴婦人に笑いかけた。

「あんたは相変わらずだな、貴婦人さん。こんな季節に来るとは些《いささ》か驚いたが……気まぐれか何かかい？」

ベルグリフが言うと、冬の貴婦人はきょとんとした顔でベルグリフを見た。

『わたしたちは冷たい空気に乗って来ただけです』

「あー……？　つまり単なる異常気象ってだけの事か？」

パーシヴァルが言った。貴婦人は首肯もしなかったが、それで合っていたのだろう、この話は終わりだというようにふいと視線をまた宙にやった。

ベルグリフは完全に脱力してしまった。一人で勝手に不安がって緊張していたのが馬鹿らしく思われた。

「……どうにも俺は心配性でいけないな」

「どしたのベル？」

カシムが不思議そうな顔をしてベルグリフの肩を小突いた。

「いや、何でもない……貴婦人さん、あんたは偶然来ただけなんだね？」

『わたしたちに意思はありません。ただ流れに委ねるのみ』

冬の貴婦人はそう言って、ベルグリフをまた見た。

『しかし、あなたは寒い時に出歩くのが好きなのですね』

「いや、別にそういうわけじゃ……」

何となく気恥ずかしくなって、ベルグリフは頭を掻いた。カシムが笑いながら髭を捻じった。

「ま、ひとまず安心だね。貴婦人さん、あんたいつまでここにいるの？」

『それはわたしの決める事ではありません』

貴婦人はにべもない。彼女は冬に付き従っているのか、彼女自身が冬なのか、何だか判然としなくなって来た。

冬か、とベルグリフは思った。すると、ふと、前に彼女と邂逅した時の記憶がよみがえって来た。

「貴婦人さん。冬さえ支配しようとした者たち、というのは一体誰の事なんだ？　確か前にそう忠告してくれたと思ったんだが」

冬の貴婦人はベルグリフを一瞥《いちべつ》した。

『ええ、そうですね。名は知りませんが、かってそういった者たちがいました』

「ソロモンじゃないの、それ」カシムがあっけらかんと言った。「公には出てないけど、古い文献に、ソロモンは天候や気候を操作する術式を構築しようとしていた、ってのがあるぜ。季節を支配、ってそういう事じゃない？」

「ああ？　じゃあソロモンが目を覚ますってのか？」

パーシヴァルが匂い袋を口元に当てながら呆れ顔で言った。

確かに荒唐無稽な話だ。しかし、それを言うのが人間ではなく、他ならぬ冬の大精霊であるという事が変に気にかかった。

「でもさ、ベルがその忠告を貰ったのは大分前だろ？　ソロモンを復活させようって連中はぶっ潰したんだから、もうその心配はないんじゃない？」

そういえば、シャルロッテの邪教も、偽皇太子の野望も既に頓挫している。オルフェンの魔王騒ぎもアンジェリンが解決した。もしその辺りの事を忠告してくれていたのだとしたら、確かにもう問題はない筈だ。

「忠告が役に立った、って事かな？」

しかし、ベルグリフが見ると、冬の貴婦人は小さく首を傾《かし》げた。

『……あなたが何をして何を思っているのかは知りませんが、流れは何も変わっていませんよ、瞬きの者』

「……まだ何かが起こるって事かい？」

貴婦人は何か答える前に、ふと顔を上げた。東に向かって強い風が吹き始めた。雪ん子たちが目に見えてはしゃぎ出す。貴婦人は髪をなびかせて、ふわりと浮き上がった。

『もう行きます。さようなら』

雪が舞い踊って視界が白く染まって来る。パーシヴァルが怒鳴った。

「おい、もう少しはっきり言ってくれ！　何が起こるってんだ！」

しかしびょうびょうと吠えるような風の音に声が掻き消された。はしゃぐような雪ん子たちの声が次第に遠ざかり、吹雪が遠ざかったと思うや、冬の貴婦人たちの姿はもうなかった。鉛色の空から舞い落ちる雪は弱まり、程なく晴れて来そうなくらいである。

パーシヴァルが雪を払い落とすように乱暴に頭を掻いた。

「くそ、要領を得ない事ばっかり言いやがって。これだから精霊ってのは」

「まあ、ああいう連中が分かりやすく説明してくれる方が不気味だけどね」

けど何か起こるのかなあ、とカシムは腕組みした。ベルグリフは顎鬚を捻じった。

「ソロモンの復活、という事じゃないのか」

「まあ、そうなんだろうけど……じゃあオイラたちの全然知らないところで何かが進んでるって事なのかな？」

「いずれにせよ、手をこまねいているだけってのはむず痒いな」

パーシヴァルは不機嫌そうに舌を打った。

ベルグリフはしばらく考えていたが、やがて顔を上げた。

「ひとまず戻ろう。こんな季節外れの雪、陽が当たったらすぐに溶ける。雪崩になるかも知れない」

「そいつはまずいな。よし、下るぞ」

パーシヴァルがマントを翻した。

「戻ったら……ちょっと色々相談が要るね」とカシムが言った。

「うん、グラハムなら何か……何事もなければ、それが一番なんだが」

「ま、考えすぎだったら後で笑い話にすりゃいいのさ」

「そうだな」

ベルグリフは頷いた。

「ともかく村まで戻ろう。雪崩に呑まれちゃ間抜けだからね」

「あいよ。転ぶなよー、ベル」

カシムはからから笑った。先頭を行くパーシヴァルは咳き込んでいる。

三人は銘々に色々な事を考えながら山を下って行った。

○

「へくちっ！」

幼いアンジェリンが大きくくしゃみをして、すんすんと鼻をすすった。熱で目がぼんやりしていて頬も赤い。ベルグリフは額の手ぬぐいを絞り直し、煎じた薬草の汁を器に注いだ。

「大丈夫か？」

「うん……お父さんは？」

「お父さんは大丈夫だよ。ほら、薬」

ベルグリフが言うと、アンジェリンは上体だけ起こして、顔をしかめながら煎じ薬を飲んだ。そうしてまた仰向けに寝転がって毛布を口元まで引き上げる。目を閉じるとすぐに寝息を立て始めた。

ベルグリフは息をついて、自分も椀に入った煎じ薬を飲み干した。

「やれやれ……」

自分も少し熱っぽい気がするが、娘が風邪を引いたのに、自分が寝ているわけにはいかない。

冬の貴婦人の発する寒気は強烈だ。暖炉でかんかんに火を焚いていて、家の中は暖かい筈なのに、まだ寒気がする。

間一髪で死を免れた邂逅から慌てて家に帰って来た。帰ってくるなりアンジェリンは熱を出し、こうやって寝床に転がっている。

魔獣だと思って立ち向かったのは、魔獣以上の存在だった。胸に手を当てると、心臓が激しく打っているのが分かる。どう足掻いても決して太刀打ちできないと本能が告げていたのに、娘を守るのに必死でがむしゃらにかかって行ってしまった。

それが逆に娘に助けられる羽目になったのだから笑えない。

「……おとぎ話の、冬の貴婦人だったのかな」

ぽつりと呟いた。忘れかけていたが、そんな話を聞いた事がある。今度村の老人に話を聞きに行かなくちゃと思う。

ぶるりと身震いした。アンジェリンがこういう状態だから意地で持ちこたえているが、気を抜くと自分も倒れそうだ。ベルグリフは暖炉に薪を足して、近づいて手をかざした。ぱちんと音をさせて火の粉が舞う。窓の外はまだ雪が降っている。

熱い花茶に蒸留酒を垂らしてすすった。少し体が温まって来る。

ふと、アンジェリンがもぞもぞと身じろぎして寝返りを打った。ベルグリフは立ち上がって、ずれた毛布を元通りにかけ直してやる。アンジェリンはむにゃむにゃと何か言って、幸せそうに枕に頬を擦りつけた。その様子を見て、ベルグリフは思わず笑ってしまう。

「……スープでも作っておくかな」

空の鍋に水を張り、火にかけた。芋や干し肉を出して小さく切り分ける。風が吹いて窓がかたかた揺れた。まだ雪は止みそうにない。

一四〇　エルマー図書館はオルフェンの都から少し

エルマー図書館はオルフェンの都から少し離れた所にある大きな建物だ。

大魔導エルマーが建造した由緒ある館で、古今東西の様々な書物が集められており、一般的な物語や詩などもあるが、大魔導の図書館というだけあって、魔導書などもかなりの種類がある。

多くの書物は一般にも公開されているが、希少であったり、本そのものに強い力があるようなもの、或いは禁書扱いになっていて、公には存在できなかったりするようなものは、特別に許可を得た人間でなければ閲覧する事は出来ず、その許可を得るのも非常に難しい。

大魔導エルマーは、自ら集めたそれらの本を管理する為の特別な術式を建物に施していて、本泥棒などもこの図書館には歯が立たなかった。

その性質から、マリアの庵の周辺と同じく魔法使いたちの集う場所にもなっており、図書館付近には魔法使いの庵や研究所、実験室などがいくつも建ち並んでいた。

そんな図書館にアンジェリンたちは来ていた。

大きな建物で人もたくさんいるのに、皆真面目な顔をして本を読んだり、書きものをしたりしていて、お喋りに興じているようなのは誰もいない。

だから緊張感のある静寂が満ちていて、何となく落ち着かない。しかも一般閲覧室はホールのように天井が高く、音がよく響く。咳払いすら耳障りな気がする。

それでも、読書は好きなアンジェリンは書架から適当な本を取り出してぱらぱらとめくっていた。オルフェン近郊にある昔話を集めた本だった。まだ小さかった時、寝しなにベルグリフに聞かせてもらった話もある。

アネッサとミリアムも銘々に本を手に取って読んでいた。

しかしこういう場所に馴染みのないマルグリットなどは本を読もうにも落ち着かないようで、椅子に座ったまま手を揉み合わせたり膝を手の平でさすったりして、ひっきりなしにもじもじしていた。

「……落ち着かねえ。なんだここ」

マルグリットがアンジェリンにそっと耳打ちした。アンジェリンは肩をすくめた。

「調べものがあるんだから、仕方がない……」

「でもよー……ちぇ、こんなんだったら待っててりゃよかった」

「じゃあ先戻ってるか？　鍵渡そうか？」

アネッサがそう言ってポケットに手を突っ込むと、マルグリットは頬を膨らました。

「おれだけ仲間外れはやめろ！」

少し声が大きかったらしい。周りの人たちの視線が一斉に集まったので、マルグリットは口を真一文字に結んで、膝の上でぎゅうと手を握った。

「うー、居心地悪りぃ……マリアばーさんまだかよー」

「いいから深呼吸……マリーは落ち着きがないから駄目……」

アンジェリンはそう言って欠伸をし、また本に目を落とした。ベルグリフが絡まない事に関しては、彼女は基本的に静かなのである。

そんな風にしばらく四人で座っていると、静寂をぶち破るような盛大な咳が聞こえて、高い天井にこだました。本を読んでいた人たちが何事だというように顔を上げて辺りを見回す。

足音が鳴り響くのに構う様子もなく、マリアが乱暴な足取りでやって来た。

「げほっ、げほっ……くそ、相変わらず埃っぽい所だ、胸糞悪りぃ。おい小娘ども、何をぼーっとしてやがる。さっさと行くぞ」

「そっちが遅れて来たんじゃん、馬鹿オババ」

「黙れクソ猫。口よりも足を動かせ。チッ、本当はここに来るのは嫌だったんだが……」

周囲の人々の非難めいた視線を全く意に介さず、マリアは図書館の奥へずんずんと歩いて行く。足音が大きく響いた。アンジェリンたちは笑いを堪《こら》えながら本を書架にしまい、それからすぐにマリアの後を追った。

一般閲覧室を通り抜け、さらに奥まった所に事務室のような所があった。魔法使いらしい出で立ちの職員たちが、これまた静かに机に向かって目録などを整理しているらしかった。

そこにマリアがずかずかと入って行くと、職員たちは目を丸くした。

「は、〝灰色〟のマリア殿……？」

「禁書室に用事がある。入室許可の手続きをしろ。ごほっ……」

職員たちは目を白黒させて、マリアと、その後ろのアンジェリンたちを交互に見やった。

「ええと……」

「五人だ。こいつらはあたしの連れだ」

「え、でもしかし……」

「ああん？　あたしの言う事が聞けねえってのか？」

高名な大魔導の上、目つきは悪く、背も高いマリアに睨まれて、職員は縮み上がった。

「そ、そういうわけでは」

「はい、これ」

アンジェリンが歩み出て、Sランク冒険者のプレートを見せた。

「え、あ……もしかして〝黒髪の戦乙女〟のアンジェリン殿？」

「うん……身元ははっきりしてるよ。こっちの三人はパーティメンバーなの」

「こ、これは失礼しました。マリア殿も含めてすぐ手続きいたします」

「禁書室に来客は久しぶりですね」

「誰かロックしてる術式、解除して来て」

「じゃあちょっと行って来ます」

「えっと、こちらにサインを……ひゃあぁ、エルフさんだ……初めて見た」

職員たちが銘々にあっちに行ったりこっちに行ったり、静かだった事務室がにわかに騒がしくなり、アンジェリンたちは五、六枚の用紙にサインした。

　動き回る職員たちを見ながら、マルグリットが感心したように言った。

「すげえな。見た目なよなよだったけど、あいつら皆強いじゃん」

「ふん、気づいたか。ここはエルマーの組んだ複雑な術式が理解できねえといけねえからな。それに希少な魔導書は狙う奴も多い。ごほっ、ごほっ……そんなのを撃退する為にも、生半可な実力じゃここの職員は務まらねえんだよ」

　この図書館に集まる本は資料としても貴重なものが多く、エルマー亡き後は周囲に集う魔法使いたちが共同出資して管理しているらしい。実際、優秀な魔法使いの就職先としても、高い倍率を誇っているようだ。

「ミリィはここで働かないの……？」

　アンジェリンが言うと、ミリアムは首を横に振った。

「わたしはこういうのは性に合わないんだよねー」

「魔法使いとしてそれでいいのか、お前は……」

　アネッサが呆れたように言った。

　諸々の手続きが終わり、アンジェリンたちは事務室の奥の部屋に通された。何の変哲もない小部屋だったが、職員が幾つもの術式紋を壁に手早く描き詠唱を始めると、壁が震え出して下りの階段が現れた。

「どうぞ、こちらへ」

それで職員の女の子に案内されて階段を下りる。

下りながら、アンジェリンは奇妙な違和感を覚えて、それとなく周囲に目をやった。何の変哲もない石の壁に、黄輝石の照明が等間隔に並んでいる。それでも、誰かに見られているような感覚があった。

「……ばーちゃん、ここも何か魔法があるの？」

「げほっ……当たり前だろ。いざ職員どもを突破できても、エルマーの施した泥棒避けの術式が何重にも仕掛けられてるんだよ。あたしでも完璧に対策するのは難しいような奴がな」

「ふぅん……」

しかし別に泥棒に来たわけではない。アンジェリンはふうと息をついて、また前を見た。

しばらく下って行くと、木でできた扉があった。先導していた職員が、さっきアンジェリンたちがサインした書類を扉に押し当てる。すると扉がぎいぎいと音を立てて軋《きし》み、不意に幼い子供のような声が聞こえて来た。

『ふぅん、マリアか。久しぶりじゃあないか』

マリアはしかめっ面のままふんと鼻を鳴らした。

「あたしに面倒な手続きを踏ませんじゃねえよ、エルマー」

『悪いね。ま、何事にも手続きってのは必要なものだよ。さあ、どうぞ』

扉はひとりでに開いた。職員が脇にどいて、どうぞと促す。

「お帰りの際はここに戻って来ていただければ大丈夫ですので」

アンジェリンは首を傾げた。

「あなたは入らないの？」

「ええ、あの……ちょっと苦手で」

職員の女の子は苦笑いを浮かべた。アンジェリンたちにはわけが分からなかったが、マリアだけは理解している様子で、やれやれと首を振っている。

嫌な予感がしつつも、アンジェリンたちは連れ立って中に入った。そうして一歩入って面食らった。

まず整然と並んだ本棚が目につく。それらは木のように背が高く、どの本棚も分厚い本がぎっしり詰まっていた。さらに本棚の間を縫うようにして、沢山の立体魔法陣がふわふわと飛び回っており、それらは消えたり、突然現れたりした。

部屋の中は本を読むのに何の支障もないくらいに明るかったが、何処にも光源はなかった。ただ明るいという状態が保たれている、という具合である。

おかしいなと思いながら上を見ると、天井はなく、壁はある部分から霞に入ったようにぼやけて消え、その上にはきらめく星空があった。近い所には、模型のような小さな天体が銀河を作るように寄り集まって浮いており、それらは規則正しい速度を保ちながら緩やかに公転していた。

「うわー、うわー、すげえ！　何だここ！」

マルグリットが興奮したように足踏みした。

「ごほっ、ごほっ……半分魔力で形作られてんだよ。ま、人造のダンジョンみたいなもんだ。規模はかなり小さいがな」

『人間の魔力じゃこれくらいが限界だね』

先ほどの声が聞こえたと思ったら、本棚の陰から十歳くらいの少年がひょっこりと現れた。薄茶色の髪の毛を後ろで束ね、分厚い眼鏡をかけている。丈の長いローブは裾を引きずっていた。

少年はアンジェリンたちを見てふむふむと頷いた。

『今回のお客さんは随分華やかだな。嬉しいね』

「……誰、あなた？」

アンジェリンが言うと、少年はくすりと笑った。と思うや、次の瞬間にはアンジェリンのすぐ前に立っていた。そうしてアンジェリンの腰をついと指先で撫でた。アンジェリンは面食らって一歩下がった。

「んにゃ……」

『私はこの図書館の主さ。エルマーっていうんだ。よろしく、お嬢さんたち』

「え？　エルマーって……」

ここの図書館の主はとうに死んだと聞いている。アンジェリンたちが首を傾げると、マリアが口を開いた。

「正確にはエルマーの残留思念だ。本体はとっくにくたばってる。ごっほ、ごほっ……尤《もっと》も、魔法で本物と同じ人格を与えられているから、まあ、エルマー本人と言っても間違いじゃねえが……」

「マリアばあちゃん、エルマーさんと知り合いなの……？」

「年齢詐称疑惑が浮上して来たぞー」

「黙れ馬鹿弟子、あたしはピチピチの七十歳だ。コイツの事は思念体でしか知らん」

「エルマーさんはおいくつなんですか？」アネッサが言った。

『百五十歳くらいにはなったかなあ。もう数えるの面倒だし、私はここから出られないから、時間の流れに鈍感になっちゃってね』

「ともかく中身はジジイなんだよ。それなのに何を好きこのんでそんなガキの姿にしたんだか……」

『君こそいい歳こいてそんな若い体を維持してるじゃないか。脱いだら意外に良いこの体で、どれだけ若い男をたぶらかしたんだい？　七十にもなって、まったく破廉恥なババアだね』

そう言う間に、エルマーは瞬間移動してマリアの尻をぺしっと叩いた。マリアは「ぐ」と言ってローブの裾を振ったが、それに叩かれる前に、もうエルマーは元の位置に移動していた。マリアはエルマーを睨み付けた。

「このスケベジジイが、病人には優しくしやがれ……おい、小娘ども、コイツの見た目に騙されるんじゃねえぞ。生前から無類の女好きで通ってるんだからな。げほっ、げほっ！」

『人聞きが悪いな。甲斐性のある紳士と言って欲しいのだけどね』

マルグリットが朱に染まった頬に両手を当てた。

「お前ら……互いの体つき知ってる仲なの？」

「何を邪推してやがる、抜け作。さっきみたいに触られただけだ」

『まあ、マリアは若い頃からここにはよく来てくれてるからねえ。何度も触らせてもらってるよ。おかげで胸の大きさも腰の具合も私はよーく知ってる』

エルマーは涼し気な笑みを浮かべている。マリアは諦めたように額に手をやって嘆息している。もう抵抗するのも面倒という様子である。

アンジェリンは口を尖らして、さっき撫でられた辺りに手をやった。職員の女の子が部屋に入りたがらなかったのはこのせいだなと思う。子供の姿をしているのは、女の人にいたずらがしやすいからじゃないかしら、と思ったが口には出さなかった。

ミリアムとアネッサがおどおどしながら身を寄せ合っている。マルグリットがそっとアンジェリンに耳打ちした。

「やっぱ大魔導って碌なのがいねえな」

「そだね……」

そんなに多くはないが、今までに会った大魔導たちの顔を思い浮かべてみると、成る程確かに碌なのがいないような気がする。大魔導とは変人の集団なのだろうか、とアンジェリンは思った。

マリアが目を細めてアンジェリンを見た。

「アンジェ……お前何か失礼な事考えてねえか？」

「……ううん、別に」

『さあさあ、お嬢さんたち、こっちにどうぞ。好きなお茶の種類とかあるかい？』

エルマーはあくまでにこやかに来客をテーブルに促した。少女たちはやや警戒しながらもテーブルにつく。立体魔法陣がふわりとテーブルに降りて来たと思ったら、ちかちかと光って、次の瞬間にはお茶のセットが置かれていた。

『ささ、どうぞ。何、心配要らない。事務室から転送して来たから、茶葉が古いとか変なものが入っているとかそんな事はないよ』

「……いただきます」

アンジェリンは湯気の立つお茶に口を付けた。香草茶だ。甘く爽やかな香りがして、何となく落ち着く。アネッサとミリアムもホッとした表情をしている。一般閲覧室と違って、静寂に気を遣う必要もない。マルグリットなどは嬉しそうである。

『それで』エルマーが言った。『今日の用件は何かな？　ここの本は私のコレクションの中でも指折りのものばかりだ。何なりと相談に乗るよ。私は女の子には優しいんだ』

しかしエルマーのペースに呑まれて、アンジェリン始め女の子たちは何と切り出していいか分からない。互いに顔を見合わせて、何から話そうかともじもじしている。

椅子の上で背中を丸めていたマリアが、大きく息をついてテーブルに肘を突いた。

「ソロモンの事だ。特に魔王関連の事が知りたい」

それを聞くと、軽薄だったエルマーの表情が一気に真面目になった。

『おいおいマリア、そっち方面に行くのかい？　私はソロモンに深入りして破滅した魔法使いを何人も知っているよ。あまりお勧めしないな』

「今更お前に言われるまでもねえよ。あたしだって意図的にソロモンの事は避けて来た。だがシュバイツが絡んでんだ。あたしが見て見ぬふりするわけにいかねえだろ」

『ほほう、あいつは碌な事をしないね……で、何が知りたいの？』

ミリアムが不思議そうな顔をした。

「エルマーさんはソロモンに詳しいんですか？」

『私が詳しいわけではないよ。しかしこの部屋には魔導書だけではなく、ヴィエナ教によって禁じられた本もある。つまり彼らにとって都合の悪い事が書かれているものがね』

エルマー曰く、ヴィエナ教にとってソロモンは悪である。彼の生み出した魔王を、主神ヴィエナの加護を受けた勇者が討伐した事がヴィエナ教の起こりとなった。

それ故に、ソロモンが自ら滅ぼしたとはいえ、彼の恐らくは多大であった魔法の功績などが書かれ、再評価されるような事があっては、彼らの信仰の土台が緩んでしまうという。悪人はどこまでも悪人で、否定される存在でなければ都合が悪いという事だ。

それを聞いて、アンジェリンは帝都で偽皇太子から聞かされた話を思い出した。ソロモン以前に大陸を支配していた旧神たちを、ソロモンと女神ヴィエナが協力して倒したという話だ。

その事をエルマーに言うと、エルマーはおやおやという顔をした。

『その話は一般にはタブーなんだが、まあ絶対に秘密に出来る事柄などないという事か』

「本当なんですか？　眉唾だと思ってましたけど」

アネッサが言うと、エルマーはふっと姿を消した。一同がおやと思っているうちに再び姿を現したエルマーの手には、一冊の本があった。古い本で、表紙の装丁も年季が入ってボロボロだ。しかし丁寧に修復されたのか、崩れるという事はまるでなさそうだった。

『これはかなり昔の歴史書だ。ヴィエナ教による焚書《ふんしょ》を逃れたものだね』

「え、それじゃあそこに真実が……？」

『私には真実かどうかは分からないね。歴史なんて人の目を通してしか見る事ができない。同じ事柄でも書く人間によって変わるなんてざらだよ』

「じゃあ出鱈目《でたらめ》なのか？」

とマルグリットが言った。エルマーはマルグリットの傍らに現れたと思うや、首筋を指でなぞった。マルグリットは椅子から跳ね上がった。

「ひゃああ！　何すんだ！」

『出鱈目か真実かは、読んだ者が決める事なのだよエルフのお嬢さん。しかし流石エルフの肌はきめがこまやかだね。すべすべで実に良い。お腹、撫でてもいい？　太ももでもいいが』

「駄目に決まってんだろ、このエロガキ！」

「中身はジジイだぞ、騙されんな」

マリアがうんざりしたように言った。

アンジェリンはエルマーから本を受け取って、ぱらぱらとめくってみた。古めかしい文字で書かれていて読みづらいが、読めない事はない。

これが達筆なのか下手なのかその辺りは分からないけれど、これが達筆ならわたしの字だって上手だとアンジェリンは思った。

エルマーは椅子に座るような格好のまま宙に浮かび上がった。

『魔王か。あれはソロモンの遺産の中でも禁忌中の禁忌なのだがね。まあ、シュバイツならそんなものは意に介さんだろうが』

「そういう奴だ。げほっ……エルマー、魔王を人間にする実験について、何か聞いた事はねえか？　関連の魔導書でも構わねえが」

『なんだいそれは。シュバイツはそんな実験をしているのかい？』

マリアが頷くと、エルマーは面白そうな顔をして眼鏡に手をやった。

『死霊術だけじゃなく、そういう事に手を出し始めたのか。さて、何を企んでいるのやら』

「ばあちゃん、別にわたしは話してもいいんだけど」

アンジェリンが言った。マリアは少し悩んでいたが、やがてエルマーを見た。

「んんっ……他言無用を守れるか？」

『ははは、私が噂話をまき散らすと思うのかい？　そもそもこの部屋から出られないのに』

「……テメエは変態だが、その点は信用してやる。まあ、あたしもまだ話半分なんだが、このアンジェは魔王の魂を持っているらしい。だがこいつは人間で、しかもこいつを産んだのはエルフなんだ」

マリアが言うと、エルマーはおやおやという顔をした。だが馬鹿にしたような表情ではない。

『そいつは荒唐無稽な話だな。しかし面白い。聞かせてもらおうか』

それでアンジェリンはエルマーに説明した。尤も、アンジェリン本人も詳細を知っているわけではない。だからイマイチ要領を得ない説明ではあったが、エルマーは終始面白そうに耳を傾けていた。

「だから、わたしはお母さんの娘なの。でもなんで人間なのかは分かんない……」

『成る程、しかし美人なのはエルフ譲りだと思えば納得がいくじゃないか。そっちのエルフのお嬢さんと並んでも遜色ないと私は思うよ、アンジェリンさん』

前触れなくさらりと歯の浮くような事を言うから油断がならない。アンジェリンはちょっともじもじしたが、すぐに居住まいを正した。

「だからね、その事が分かるかなって思って、ばあちゃんに頼んでここに連れて来てもらったんだけど……」

『成る程成る程。しかしここにはその実験の資料はないね。明らかに外道の魔法だし、そんなものは秘蔵したがるだろう。シュバイツならば尚更だ』

魔王を人間にする、というのがシュバイツたちの実験の目的だったらしい、というのはビャクも言っていた。成功と言われる者は魔王の気配が消えて完全に人間になるらしい。だからアンジェリンは成功作なのだろう。ビャクや双子のような失敗作も大勢いたようだが。

「なーんだ、無駄足か」

マルグリットが頭の後ろで手を組んで、椅子の背もたれをぎいぎい言わした。立体魔法陣が一つ、目の前をすうと横切って行った。

「いや、でも何かきっかけになるような魔法とかある筈だし、そういう本ならあるんじゃないか？

そうですよね、エルマーさん」

アネッサがフォローするように言うと、エルマーはひょいとアネッサの傍に現れて、その肩を抱いた。そうして耳元に顔を近づけて囁く。

『ふふ、気遣いの出来る子は好きだよ、私は。良い子良い子』

「ど、どうも……」

アネッサは引きつった笑みを浮かべた。エルマーはにやりと笑ってアネッサから離れ、適当な椅子に腰を下ろした。

『ジナエメリ著、ニーカユチシマ第四章より。〝かくして、ヴィエナの愛され子たちは北の地へ去った。雪と氷に彩られた深き森は清浄の証であった〟』

「北の地に去ったヴィエナの愛され子って……もしかしてエルフの事？」

ミリアムが言った。マルグリットが目をぱちくりさせる。

「え、そうなのか？」

「だってそんな感じするじゃん。エルフの魔力は清浄だっていうし、ヴィエナ教でもエルフは高貴な種族として敬われてるんだよ？」

「嘘だあ、だって、おれは敬われてねえじゃんよ」

「だってまあ、マリーだし……」

「マリーだからね……」

「なんだよ」

不満そうなマルグリットを見て、なぜかエルマーは満足げに頷いた。

『その不満げな表情も実にいいね。さて、話を続けよう。同じくニーカユチシマ第五章より。〝彼らの力は魂の白と黒とをそれぞれに宿していた。その力は相反したものであった。故に彼らは互いに惹かれ合った。しかしついに結ばれる事はなかった〟』

「彼らって……？」

アンジェリンが言うと、エルマーはにやりと笑った。

『ソロモンとヴィエナ、だそうだ。ニーカユチシマはジナエメリによる一大叙事詩で、現在は禁書扱いだ。まあ、創作による部分も多分に入っていると言われているが、ヴィエナ教の圧力がそれほど強くない時代の書物だから、ある程度の信ぴょう性はあるだろうね』

「魂の白と黒……」

「難しくて分かんねえ。どういう事だよ。それが何か関係あるのか？」

何か考えていたらしいマリアが小さく咳き込みながら言った。

「げほっ……アンジェ、お前がエルフの腹から産まれたってのは確かなんだな？」

「え、うん。どうやったかは聞いてないけど……」

「……前にオルフェンに出た溶けた魔王を調べたが、魔王ってのは凝縮された魔力の塊みたいなもんだ。しかもソロモンが作ったものだから魔力の質はエルフのそれとは正反対だ」

「つまり……どういう事？」

アンジェリンはちっとも分からずに小首を傾げた。しかしマリアはマフラーに口元をうずめ、すっかり沈思黙考という具合になってしまった。周りの音が耳に入らないようである。こういう辺りは実に魔法使いらしい。

エルマーは肩をすくめて、ぽんと手を打った。

『何か掴んだみたいだね。けど、そんな事知ってどうするの？　ああ、アンジェリンさんは自分の出生だから気になるわけかね？』

「いや、わたしは別にどうでもいいんだけど……」

『ん？　そうなの？　だって自分が魔王なんだよ？　不安になったりしないのかい』

「うん。魔王でも何でも、わたしは悪い事してないし、お父さんの娘だし」

『ほほう、君はお父さん似なのかい？』

「ううん、わたしは拾われっ子。だからお母さん似なのかな」

『美人母娘。いやあいいねえ。是非並んだところをお目にかかりたいものだ』

「いや、アンジェとサティさんは似てないですよ」

「似てないねー」

「外見も中身もな」

アンジェリンは頬を膨らましてテーブルに手を突いた。

「三人とも、もっとリーダーを敬いなさい……」

「おいエルマー、ソロモンとヴィエナに関して書かれた本、いくつか見繕え。あとエルフと人間の魔力の比較に関する本もあったら寄越せ」

マリアが突然思考から浮かび上がって来た。エルマーはふんと鼻を鳴らしたと思うや、ふいと姿を消してマリアの後ろに移動し、両手でその脇腹を引っ掴んだ。マリアは「ぐお」と言って跳ね上がったが、喉に何か引っかかったのか体を曲げて咳き込んだ。

「げほっ！　げーっほ、げっほ！　ごほっ、ごほっ！」

『人にものを頼む態度じゃないねえ、マリア。そういう時はもっといじらしく、頬なんか染めて、どうかお願いしますご主人さま、と――』

「かっは……二度目の死がお望みらしいな」

マリアは憤然と立ち上がった。修羅の顔をしている。魔力が渦を巻いて風を起こし、服や髪の毛を揺らす。アンジェリンは慌てて立ち上がった。

「わたしたちは先に戻るね。じゃあね、エルマーさん」

『ああ、また会おう。私が無事だったらね！』

エルマーは軽口を叩きながらも、マーシャルアーツでもするような恰好をしてマリアに向かい合っていた。どう考えても危ないのに楽しんでいるらしい。

アンジェリンたちは四人連れ立ってそそくさと部屋を抜け出した。来る時に下った長い階段を上がって行く。

「なんか……くたびれたな」

アネッサの言葉に、他の三人も頷いた。

「ホント、大魔導ってどうしようもねーな。なんであいつらあんなに尊敬されてんの？」

「まあ、役立つ術式とか魔道具とか色々開発してるし……でもオババ、何か気付いたのかな？　もしかしたら一歩前進できるかも」

「そだね……マリアばあちゃんに任せるのがよさそう」

ミリアムはともかく、自分たちは魔法の専門家というわけではない。取っ掛かりさえあれば、マリアの方が遥かに適任だろう。

尤も、本当ならサティに聞くのが一番早いのだろう。しかし、何となく彼女の古傷をえぐるようで、それはしたくない。

どちらにせよ、アンジェリンとしては自分の出生にはそれほど興味がないのだ。ベルグリフが父親で、サティが母親で、トルネラが故郷ならば、それ以外は些末な事のように思えた。

アネッサが腕組みした。

「……でも、シュバイツは魔王を人間にして何がしたいんだろう？」

「それだよねー。慈善事業じゃないだろうし……兵器として使うってのも何か変だし」

「何だろうね……まあ、あんな奴の目的に興味なんかないけど」

考えながら歩いていると、何となくお腹が空いたような気がした。アンジェリンはお腹に手をやった。

「……来る時、周りに何か食堂があったよね」

「あー、あったね。行こうか」

「行こうぜ。おれ、図書館みたいな所は性に合わねえや。飯食って元気出そうっと」

マルグリットがそう言って欠伸をした。それがうつって、アンジェリンも大口を開ける。またやってる、とアネッサとミリアムが可笑し気に笑った。

一四一　トルネラに雨が降る事は少ない

トルネラに雨が降る事は少ない。まったくないわけではないが、それでも珍しいと言える。冬の雪は珍しくも何ともないのだが、春や夏場に雨粒が落ちて来ると、外仕事の邪魔をされる大人たちはともかく、子供たちは嬉しくてはしゃぎ出す。

その日は霧雨であった。雨粒、と言えるほど大きなものではないが、それでも外にいれば体は濡れ、軒先にいつの間にか溜まった水が滴となって垂れた。

「お水がふってくるね」

「へんだね。おもしろい」

ハルとマルの双子が庭先で歩き回っている。黒い髪の毛がしっとり濡れて、前髪は額に張り付いている。双子はそれが面白いらしく、濡れた髪の毛を撫でたり、霧雨の降って来る空を見上げたりして、飽きる様子はなかった。

軒先の椅子に腰を下ろして、ベルグリフはその様子を眺めていた。昔、アンジェリンもああやって雨の中を歩き回っていたっけなと思った。濡れる事をいとわないので、夏なのに暖炉の火を大きくして服を乾かした覚えがある。

遠い景色は白くけぶって、微かなシルエットだけが見えていた。滴が地面や、出したままの木桶などを打つ音が歯切れよく耳に残る。それを切り裂くように、遠くから斧が木を叩く音が木霊《こだま》のように響いて来た。

「ほら、あんまり濡れると風邪を引くよ」

ベルグリフが呼びかけると、双子はくすくす笑い、却っていたずら気に雨の中を駆け回る。大人が困った顔をするのが楽しいというようだ。

子供というのはそんな所がある。それが分かっているから、ベルグリフも苦笑いを浮かべながらもそのままにしておいた。春先の雨ならばともかく、今は夏場だ。後できちんと拭いて、体を温めてさえやれば大丈夫だろう。

冬の貴婦人との邂逅から少し経った。あれからグラハムも交えて相談をしたけれど、敵の姿自体が明確でない為、早急に結論を出すのが憚《はばか》られた。

大いなる精霊の言う事だから出鱈目というわけでもないのだろうけれど、ああいった存在は時間の捉え方が人間とは違う。彼女の言う出来事が起こるのはすぐかも知れないし、或いは百年先という事も考えられた。

いずれにしても、そういった不安にばかり拘泥しているわけにもいきかねる。判断の情報が少ないといったところで、トルネラでは情報を得る事すらできない。そうなると、無用の悩みを抱えているだけ無駄だ。

もどかしさはあるが、結局のところ日々の仕事に邁進《まいしん》する他仕様がなかった。

今日はベルグリフが留守番だ。しばらくは家でギルド関連の書類を読んだり、実際の運営の事を考えたりしていたけれど、今はこうして外で遊ぶ双子を見ている。

グラハム、パーシヴァル、カシムの三人は、ダンジョンの場所の当たりを付ける、と装備を整えて出かけて行った。トルネラ周辺を探索するにはあまりに戦力過剰な面子に、ベルグリフは思わず笑ってしまった。

サティは先日区切りの付いた羊の毛刈りの後始末の手伝いの為に、ケリーの家に行っている。刈った羊毛は一度大鍋で煮て、何度も洗って綺麗にするのである。それをカーダーで梳いて、スピンドルで紡いで、羊毛糸を作る。その頃にはもう冬の気配がし始めるだろう。

シャルロッテとミトもそれに付いて行った。

ベルグリフは自分も行こうかと言ったが、シャルロッテに大丈夫だと言い張られて残った。少し前には何をするにもベルグリフを頼っていたのが、今は自分たちだけで何かできるのを見て欲しい、という風になって来たらしい。

シャルロッテはすっかり羊の世話にはまり込み、いずれは自分の羊を飼うんだと張り切っている。元ルクレシアの枢機卿の娘が、様々な遍歴の末に北の辺境で羊飼いになるというのは何だか不思議だ。

「……皆、成長していくものだからな」

呟いた。アンジェリンもそうだったし、今はシャルロッテもミトもそうだ。目の前で遊んでいる双子も、いずれは大きくなって自分の道を模索して行くのだろうか。

濡れた地面を踏む音がして、ビャクが来るのが見えた。畑にいたらしく、フードをかぶって籠を持ち、服の裾に泥汚れが跳ねている。籠には間引き菜らしいのと小さな根菜、大粒の莢豆《さやまめ》などが入っていた。

「なんだ、雨が止んでからでもよかったのに」

「俺の勝手だろ」

ビャクは素っ気なく言って、軒先で服の水滴を払った。ベルグリフはくつくつと笑って立ち上がった。

「洗わなきゃな。桶に水汲んで来ようか」

「ん……」

それで井戸の所に行って木桶に水を汲んでいると、泥水を跳ねさせながら双子が駆けて来た。

「おとーさん、何してるの？」

「お水のむの？」

「ああ、違うよ。これは野菜を洗うんだ。ハルとマルも手伝ってくれるか？」

「うん」

「やる」

木桶に満たした水に野菜を沈めて、一つ一つ丁寧に洗う。泥汚れもそうだし、虫が付いている事もあるので、溜め水で洗う方が確実なのだ。

軒下でビャクと双子がそうしている間、ベルグリフは家の中からタオルを持って来て、双子の頭を拭いた。双子は野菜を洗いながら身をよじらせてきゃあきゃあ言った。

「やーん」

「じゃましないで、おとーさん」

「駄目だよ、風邪を引くから……ほら、暴れないの」

「やだー」

「ビャッくん、たすけてー」

双子は木桶を乗り越えて、向かいにいたビャクにすがり付いた。

「おい馬鹿、濡れてんのに来るんじゃねえ。素直に言う事聞いとけ」

どたどた暴れる双子に四苦八苦しながらも、ビャクは二人を両腕に抱えて抑え込んだ。その様子にベルグリフは笑みを漏らす。

「お兄ちゃんは大変だなあ」

「何言ってやがる、大体あんたが……だから暴れるな！　もうお前ら家に入ってろ！」

ビャクは双子を抱えたまま乱暴な足取りで家の中に入って行った。双子はそれで楽しくなったらしく、はしゃいだような声を上げげた。すっかり馴染んだトルネラ暮らしで、ビャクも随分体力が付いて来たらしい。

軒先からはまだ雨水がぼたぼた垂れて来る。霧雨だから風に乗って吹き込んで来て、軒の下なのに髪の毛や髭が湿るようだ。ベルグリフは手早く野菜を洗ってしまうと、籠に引き上げて抱え上げた。

雨のせいか家の中は薄暗い。しかし明かりをつけるほどでもない。

ビャクが暖炉に薪を足したらしく、熾《おき》だった筈の火が赤々と燃え上がっていた。その前で裸ん坊の双子が身を寄せ合って毛布にくるまっていた。濡れた服はきちんと暖炉の傍に干されている。

ベルグリフはくつくつと笑いながら、籠を鍋の横に置いた。

「ほら、寒くなっただろう？」

「ちがうもん」

「ビャッくんがこうしろって」

「カゼなんかひかないもんねー」

「ねー」

そう言いながらも暖炉の前で寄り添っているが、双子はあくまで意地を張り通す心づもりらしい。こういう小さな子供の可愛らしい反抗心は、思わず頬が緩んでしまう。

それにしてもビャクがなあ、とベルグリフは顎鬚を撫でた。ぶっきらぼうで悪態ばかりついているけれど、ビャクは面倒見がいい。年頃の難しさはあっても、やはり彼も色々なものを見て、吸収して、成長しているのだろう。あるいは、そういった部分の方が彼の本質なのかも知れない。

そのビャクは双子の着替えを探しているのか、上げ床の所でごそごそと衣装箱を漁っている。それをベルグリフが眺めていると、振り返ったビャクと目が合った。

「……なんだよ」

「いや、ありがたいなあと思って」

「チッ……」

ビャクはそっぽを向き、着替えを双子に持って来た。

「おら、着とけ」

「おきがえ?」

「そしたらあそびに行っていい?」

「また濡れたら意味がねえだろう。大人しくしてろ」

「えー」

「じゃあ、きない」

ハルとマルは口を尖らしてもそもそと身を寄せ合った。一度湧いた反抗心は中々収まらない。ビャクは不機嫌そうに眉をひそめてそれを見下ろす。

「じゃあ勝手にしろ……俺はもう知らん」

それで服を持ったままくるりと背を向ける。すると双子はたちまち不安そうな顔になって、ビャクの背中とベルグリフとを交互に見た。反抗するものの、それで突っぱねられてはどうしていいか分からなくなるらしい。そういう事全部含めて、ベルグリフには微笑ましくて仕様がなかった。

「さ、お昼の支度をしようかね。二人とも、ちゃんと着替えなさい。そしたらビャク兄さんのお手伝いだよ」

「……うん」

「おてつだい」

もじもじしていた双子は立ち上がった。ビャクは相変わらずの仏頂面だが、服を放って寄越す。ハルとマルは銘々にそれを着ると、ビャクの方に駆け寄った。

「ビャッくん」

「おてつだいするね」

「……ったく」

ビャクは呆れたように嘆息したが、それでも籠の中から莢豆を出して、筋を取り始めた。双子もそれを真似して豆を手に取る。ビャクは手元を見せるようにして、わざとゆっくり手を動かしているように見えた。

こういう光景を見ると、ベルグリフは何とも言えない幸福な気持ちになった。子供たちの成長というのは見ていて嬉しいものだ。アンジェリンの時に散々経験したのに、今もこうやって気分が高揚してしまう。

思い起こすと、アンジェリンも意地っ張りで、出来ない事を出来ないと言わずに突っ走って失敗する事が何度かあった。そうして失敗を失敗と認めない事も多かった。

鍋の煤を落とすのに顔まで真っ黒になってわざとやったのだと何食わぬ顔をしていた事もあるし、目に見えて失敗した料理を失敗していないと渋い顔をしながら食べていた事もあった。子供のああいう意地の張り方は可愛い。

色々な出来事が起こる度に、つい昔の思い出がそれに重なって来る。自分が生きているのは今という時間なのだが、いつも思い出すのはアンジェリンの事ばかりだ。

親馬鹿も極まれりだな、とベルグリフは頭を掻いた。

豆を笊《ざる》にあげたビャクが言った。

「おい親父、他の連中は昼飯は要らねえんだよな」

「あ、そうだな。今日は四人だけだ」

グラハムたちは弁当を持って行ったし、サティたちはケリーの家だ。昼餉くらいは振る舞ってくれるだろう。そうなると、ベルグリフにビャク、それと双子の四人だけという事になる。何だか珍しい面子だなと思う。

根菜と間引き菜を干し肉と脂で炒め、莢豆は茹でて塩と林檎酢をかけた。朝の残りの麦粥に刻んだ菜っ葉を入れて温めれば、昼食の完成である。

夏野菜が本格的になるのは少し先だが、もう花が付き、早いものは親指くらいの実が付いているものもある。今はまだ彩りに乏しい食卓も、じきに華やかになるだろう。

いつも話の火付け役になるパーシヴァルやカシム、シャルロッテがいないのもあって、四人は口数少なく昼餉を終えた。食器を片付ける頃には、腹の出来た双子はとろんと瞼を重くさせて、上げ床のクッションに頭を乗せてまどろんでいた。

雨は止んだらしく、ずっと聞こえていた雨音がなくなり、窓の向こうには陽も出始めたようだ。濡れた木々や草が太陽の光できらめいて、湯気もうっすらと揺れている。少し蒸すかも知れないな、と思いながら、ベルグリフは双子に薄手の毛布を掛けてやり、それからレントのお茶を淹れた。

ビャクが向かいの椅子に腰かけ、背もたれに体を預けて大きく息をついた。

「くたびれたか？」

ベルグリフはそう言ってお茶のカップを押しやった。ビャクは欠伸をして、目元の涙を指先で拭った。

「……腹がいっぱいなだけだ」

「ああ、そうか」

双子はすうすうと寝息を立てている。暖炉で薪がぱちんと音を立ててはぜた。

ビャクはカップを持ったまま何となくぼんやりしている。そういえばビャクとこうやって二人きりで差し向かいになるのは久しぶりだ。大勢で賑やかな時は、ビャクはいつも一歩引いて黙っている。子供たちの相手をしていると、ゆっくり話をする機会も中々ない。

「ビャク、トルネラの暮らしはどうだい」

「どうもこうもねえだろ……否応なしだ」

相変わらずつっけんどんである。ベルグリフは苦笑してお茶のカップに口を付けた。

「毎日忙しいからな……楽しくはない、かな？」

「んな事は言ってねえ。まあ……飯はうまい」

ビャクは少し遠い目をした。そうしてうんざりしたように小さく頭を振る。思い出した事を忘れようとしているかのようだ。

「どうした」

「……何でもねえ」

「……無理に聞き出そうとは思わないが、あんまり一人で抱え込むなよ？」

ビャクは眉をひそめていたが、やがて嘆息した。

「昔は……食いモンの味なんかしなかった。何食っても苦かったし、まずかった。何で生きてんのかも分かんなかったけど……今はそうでもねえ」

「そうか……うん、そうか」

ベルグリフは手を伸ばしてビャクの頭をぽんぽんと優しく叩いた。ビャクは顔をしかめてその手を払った。

「やめろ馬鹿」

「ああ、すまん……」

ベルグリフはハッとして手を引っ込めた。つい子供にするようにしてしまう。

小さな子たちは撫でられるのが好きだが、ビャクは露骨に嫌がる。性格もあるだろうし、年のせいもあるだろう。

こういう所が自分は無神経でいかん、とベルグリフは頭を掻いた。

少し互いに黙って、静かになった。双子の寝息と、まだわずかに軒から垂れるらしい水音がする。その向こうで斧が木を叩く音が木霊して来る。

ビャクが窓の向こうを見ながら口を開いた。

「シュバイツは碌な奴じゃねえ。実際に会う事は少なかったが……サティも大変だったんだろ」

ベルグリフはおやと思った。何となく避けているような節があったが、ビャクはビャクなりにサティの事を気遣っているのかも知れない。

「多分な。俺もあまり詳しい事は聞いてないんだ。古傷をえぐるような気がしちゃってね」

「……もしかしたら、俺とサティは会ってたのかも知れねえ。あいつはシュバイツとずっと戦ってたんだろ？」

「ああ……そうか。シュバイツの許にいたんだものな」

ビャクは頬杖をついて目を閉じた。

「敵対する連中と何度も戦った。ソロモンを研究する別の組織の奴らもいたし、ルクレシアの浄罪機関もいた。随分殺したもんだ。色んな事を諦めて、口の中はいつも苦くて、飯の味なんかした事がなかったな……」

「……辛かったな」

「今思えばな。その当時はそんなもんだと諦めてた。今の暮らしは……悪くねえ。そういう点じゃ……馬鹿アンジェにも感謝はしてる」

ベルグリフは笑みを浮かべた。

「それはアンジェに直接言ってあげると喜ぶと思うけどな」

「冗談じゃねえ」

ビャクは言った事を後悔したように、頭を乱暴に掻いた。ベルグリフは笑って、空になったカップにお茶を注ぎ足した。

双子がもそもそと寝返りを打つ音が聞こえた。午後は畑に出なくてはなるまい。

○

快晴だ。燦々《さんさん》と陽光が降り注ぎ、道からは土埃が舞っている。背の高い建物のレンガや白亜の壁が初夏の陽に照らされて光っている。その中を荷車に乗っかって、アンジェリンたちはギルドの建物に向かっていた。

マルグリットが埃を払うように顔の前でぱたぱたと手を振った。

「うー、埃っぽいなあ。暑いし」

「今日は乾燥気味だからな。でもイスタフとかよりマシじゃないか？」

手綱を握るアネッサが前を向いたままそう言った。確かに、南部のイスタフの乾燥具合と来たら肌を撫でると土埃が目に見えて付くくらいで、オルフェンの比ではなかった。そう考えればまだマシと言えなくもないが、マルグリットは顔をしかめたままだ。

「わたしは慣れてるけど……マリーはまだ慣れない？」

アンジェリンが言うと、マルグリットは頷いた。

「だって森は埃とか舞わないし、トルネラだって草の所の方が多いし、こういうのはなあ。冬の間は雪とかあるからまだいいけどさ」

「この辺は舗装されてないから……」

「でもぱさぱさするよね。汗もいっぱいかいたし、早く納品を済ましてお風呂にでも行きたいですにゃー」

ミリアムがそう言って伸びをした。

一昨日から近場のダンジョンまで出かけていて、依頼された素材を集めていた。高位ランクのダンジョンだったが、マルグリットというもう一人の前衛が加わったアンジェリンのパーティは以前にも増して強く、何の問題もなく素材は集まって、朝から荷馬車を駆ってオルフェンに帰って来たところである。

もう夏が来た。しばらくは暑い日と涼しい日が交互に来ていたが、次第に暑い日が増え、気が付くと毎日暑かった。

ソロモンの事に関しては、何か取っ掛かりが摑めたらしいマリアにひとまずは任せ、アンジェリンたちは再び日々の仕事に邁進している。

秋の帰郷が近づくにつれてアンジェリンはそわそわしていたが、仕事はさらに勢いを増してこなしていた。自分たちが不在の間の前借りをしておく、という具合だが、忙しさにやや辟易してもいた。

一応トルネラの秋祭りに帰って、それから東に旅に出ようという予定だが、何だかまただらだらと実家で冬越えをしてしまいそうな感じがするくらいだ。お父さんに呆れられるかなあ、とアンジェリンは思う。

ともかくそれでギルドの裏手まで行った。素材を渡し、確認書類を貰って受付に回る。いつもと同じだ。しかし、受付の前が珍しく混んでいる。どうやら合同の護衛依頼に行っていた幾つかのパーティの間で、契約の時点での齟齬《そご》があったらしく揉めているようなのである。

ユーリが困ったような様子で、それでも笑顔で応対しつつ、その後ろではギルメーニャが行ったり来たりしてあれこれと書類をカウンターに並べていた。

「……時間かかりそうだね」

「だな。急ぎじゃないし、後回しにするか」

「そんなら風呂行こうぜ、風呂ー」

「お腹も空いたしね。お風呂行って、いつもの酒場行こっかー」

そういうわけで依頼完遂の手続きは後回しにして、アンジェリンは一度三人と別れて家に戻り、着替えなどを持って風呂屋に出かけた。

アンジェリンが行った時にはまだ他の三人は来ていなかった。

高い位置の窓から昼間の陽光が湯気で棒のようになって差し込み、大きな焔石に注がれる水音がしている。客は多くはあったが、暑い季節になったせいか、湯船に浸かっている者は少なかった。

アンジェリンは髪の毛をまとめ上げ、かけ湯をしてから湯船に浸かってふうと息をついた。二日ばかりのダンジョンでの戦いでかいた汗と、帰って来た時のオルフェンの土埃が全部洗われるようだった。

「ふぁ……はー……トルネラにもこういうお風呂、欲しい」

両手足をお湯の中で伸ばしながらアンジェリンは独り言《ご》ちた。アンジェリンにとってオルフェンはほぼすべての点でトルネラに劣っているが、入浴という一点に関してはオルフェンに軍配が上がるようである。

　こっそりと胸周りのマッサージなどをしていると、アネッサたち三人がやって来た。

「割と空いてるな」

「ゆっくりできそうですにゃー」

　アンジェリンの横に腰を下ろしたマルグリットが「ぬあー」と声を上げた。

「あー、疲れが取れる……」

「……マリー、おじさん臭い」

「なんだとう」

　マルグリットは口を尖らしてアンジェリンの肩を小突いた。アネッサとミリアムもくすくす笑いながら湯に浸かり、思う存分に体を緩ましている。

　それで温まって、汚れを落として、さっぱりした気分で風呂屋を出た。出るとまた埃っぽい空気が四人を取り巻いたが、風呂に入る前程気にならない。ダンジョンでの汚れのせいもあったのだろう。

　雑踏に紛れて、その足でいつもの酒場に向かった。酒場に近づくにつれて妙に騒がしい歌声が聞こえて来る。

「えびばではばぐったい」

「この声……」

「ああ」

予想しながら酒場に入ると、思った通りルシールがいて、テーブルの上に立って六弦をかき鳴らしながらわんわん歌っていた。

昼間から飲んでいる酔漢たちは南部の陽気な音楽に当てられて、銘々に調子っ外れな歌をがなり立てている。熱気が籠って、汗をかくようで、この酒場にしては珍しい雰囲気である。

隅の方の席で呆れた顔をして座っているヤクモを見つけて、そこまで行くと、ヤクモはおやという顔をした。少しホッとしたように見えた。

「おう、久しいの」

「だね。ヤクモさん、元気……？」

「見ての通りじゃ。犬っころはあの調子じゃし、参るわい。儂は静かに飲むのが好きなんじゃが……ま、久々に一献行こうではないか」

ヤクモはそう言って杯を掲げた。

ヤクモとルシールの二人はしばらくオルフェンで日銭を稼ぐという方針であり、つまりオルフェンに滞在していたのだが、同じパーティでもないし、活動場所が被らない事もあって、ここひと月以上は顔を合わせていなかった。長い無沙汰、というほどでもないけれど、久しぶりに会うともちろん嬉しい。

アンジェリンたちもワインと料理を注文して、乾杯した。一杯目を瞬く間に飲み干したマルグリットが唇を舐めながら言った。

「はー、一仕事終えた後の一杯は格別だぜ……けど、完遂手続きどうすんだ？」

「わたしが後で行って来る……書類渡して終わりだし」

「まあ、みんなで行く必要もないしな。任せちゃっていいのか？」

アネッサが取り分けた煮込みの小皿を差し出しながら言った。アンジェリンは頷く。

「うん。ちょっと飲んだ後の散歩に丁度いいし」

「じゃあ飲み過ぎる前に行かないとねー」

ミリアムがけらけら笑った。

「なんじゃ、まだ仕事中だったんか」

「受付が混んでて、依頼完遂の書類、出せてないの」

「ああ、そういう事か……ま、仕事自体が済んでおるなら焦る事もなかろうて」

「お前らは、金は貯まったのか？」

マルグリットが言うと、ヤクモは考えるように宙を見た。

「まあ、元々困ってはおらんかったがの……旅に出るタイミングを逃したという感じじゃわい」

「二人もまた旅に出る予定なんですか？」

「まあの。元々どっちも一か所にとどまり続けるのが得意ではないんじゃ」

追加の酒瓶が運ばれて来た。ルシールは酔漢たちを巻き込んでずっと歌っている。アンジェリンはワインのおかわりを注ぎながら口を開いた。

「ヤクモさんはブリョウの出身だよね……？」

「そうじゃが。それがどうかしたか？」

「わたしたちね、秋に一度トルネラに戻って、それから東に行こうと思ってるの。一緒に行かない？　道案内とかしてくれると嬉しい……」

「ほー、そりゃ面白い。おんしらといると退屈せんしの。まあ、考えておくわい」

ヤクモはからから笑って杯を干した。

しばらく酒宴を続けていたが、窓から射し込む陽が朱色を増したのに気付いて、アンジェリンは立ち上がった。

「ちょっとギルドに行ってくるね……」

「あ、そっか。すっかり忘れてた」

「ごめんねアンジェー。よろしくー」

少しふにゃふにゃになっているミリアムがそう言って杯を掲げた。

アンジェリンは酒場を出た。西日があちこちを照らして、街並みはまた違った雰囲気に包まれていた。相変わらず人は多く埃っぽいが、酒が入っているのもあって不快な感じはしない。人生の四分の一を過ごしたいつもの都だ。

人ごみを抜けてギルドの建物に入る。もうこの時間になると人の数は減っているが、それでも好景気ゆえか静けさとは無縁である。

高位ランク専用の受付に行くと、もう揉め事は解決したらしく、ユーリがカウンターの向こうで書類に何か書いていた。アンジェリンが行くと、ユーリは手を止めてにっこりと笑った。

「アンジェちゃん、お帰りなさい」

「ただいま、ユーリさん。昼間一度来たんだけど……」

「ええ、わたしもちらと姿が見えたから……ごめんなさいね、バタバタしてて」

「ううん、いいよ。別に急いでなかったし……はい」

アンジェリンは懐から四つ折りにした書類を出してユーリに手渡した。ユーリはそれに目を通し頷いた。

「うん、大丈夫。じゃあここに署名をよろしくね」

アンジェリンは一番下にサインをした。

「暑くなって来たよね……」

「そうねえ、もうすっかり夏になるわね……あ、そういえば広場近くのお菓子屋さんに冷たいお菓子があるらしいの。今度食べに行ってみない？」

「わ、いいね。行こう行こう」

そんな事で盛り上がっていると、カウンターの向こうからギルメーニャが現れた。

「やあ、賑やかだね」

「あ、ギルさん。昼間、大変だったね」

「なに、あんなのは問題のうちに入らないよ。ビスケットの最後の一つをどっちが食べるかで揉めてただけだからね」

「え？」

「嘘。ま、金の取り分の話だね、ふふふ」

ギルメーニャはそう言って笑うと、アンジェリンの肩を指でつついた。

「そうそう、アンジェにお客さんが来てたよ。ロビーにいると思うけどね」

「え、そうなの？　ありがとと」

アンジェリンは踵を返してロビーに行ってみた。人が沢山いて、誰がどうだか分からない。はてと思って視線を巡らしていると、ふと見た事のある男が立ち上がって手を上げた。向こうもこちらに気付いたらしい。もじゃもじゃしたまき毛の茶髪に、瓶底眼鏡をかけている。

アンジェリンはパッと顔を輝かせた。

「わ、イシュメールさん！」

一四二　暮れかけて、軒先にちらほらと

暮れかけて、軒先にちらほらと明かりの灯り始めた往来を、アンジェリンはイシュメールと一緒に歩いていた。イスタフでダンカンと共に出会い、『大地のヘソ』、それから帝都までと旅路を共にした。魔法使いだ。一年は経っていないが、帝都で別れて以来の再会である。

イシュメールは申し訳なさそうに頭を掻き掻き、帝都での冒険に加勢できなかった事を詫びた。

「いやはや、本当に申し訳ない。素材を持ち帰るやいなや、研究仲間に捕まってしまいましてね……」

「気にしなくていいよ……結構危なかったし」

「トーヤ君たちに聞きましたが、随分な冒険をなされたそうで」

「そうなの。皇太子が偽者でね、わたしのお母さんがずっと戦ってたんだよ」

アンジェリンは鼻腔を膨らまして帝都での冒険譚をつらつらと語った。イシュメールはふむふむと頷きながら、嫌な顔一つせずにそれを聞いている。

ギルドから酒場までの短い距離で話し切れる内容ではない。話に区切りがつく前に酒場に着いた。開け放たれたままの扉をくぐると、たちまち喧騒が頭の上からかぶさって来た。夕方になって客

が増えてきたような雰囲気である。

相変わらず酔漢どもががあがあとガチョウが絞め殺されるような声で歌っているが、ルシールはくたびれたのか、歌も六弦も止めて、皆の席に交じって杯を傾けていた。

アンジェリンがいないうちにも場は盛り上がっていたらしく、テーブルには空になった瓶が二本ばかり転がっている。

「みんな、みんな」

アンジェリンが上機嫌でその席に乱入する。肩を押されたアネッサが「うわ」と言った。

「なんだよ、こぼれるだろ」

「イシュメールさんだよ。イシュメールさんが来たよ」

「へ？　わ、ホントだ」

「おお、なんとなんと」

ヤクモが面白そうな顔をして口から煙を吐いた。マルグリットがパッと立ち上がった。

「なんだー、お前来たのかよ、元気だったかー？　結局帝都じゃ会えず仕舞いだったじゃんか！」

そう言ってイシュメールの肩をばしばし叩く。イシュメールは苦笑しながらずれた眼鏡を直した。

「その節は申し訳ない……何だか逃げたような形になってしまって」

「そんな事誰も思ってないですよぉー」

もうすっかり回ってふにゃふにゃのミリアムが笑いながら言った。

ともかくそれで無理矢理に椅子をもう一つ押し込み、狭いテーブルに七人が詰まった。

雑然としていたテーブルを片付けて、追加の酒と料理を注文する。酒場にはひっきりなしに人が出入りしてざわざわしているのに、マスターは表情一つ変えずに相変わらずの手際の良さでカウンターの向こうをくるくる動き回り、注文を間違える事も料理を失敗する事もなかった。ホールを行き来する若い店員の方が疲弊した顔をしている。

ともかくそれでまた乾杯して、久闊《きゅうかつ》を叙した。

「トーヤとモーリンさんは元気ですか？」

アネッサが言うと、イシュメールは頷いた。

「ええ。しかし二人に会ったのは件《くだん》の帝都の冒険から少し経ってからでして。キータイに行くと言っていましたから、今頃はもう到着しているかも知れませんね」

「そっか、あの二人キータイを拠点にしてたって言ってたもんね……」

「おれたちもさー、秋祭りのトルネラに戻ったら、東に行こうと思ってたんだよな。なー、アンジェ」

「うん」

「おや、何か目的でも？」

「鋼の木っていうのがあるらしくて……」

些細なきっかけで話は接ぎ穂を得、東方への旅の話、トルネラのダンジョンの話、ベルグリフとサティの結婚の話など、酒の肴《さかな》には事欠かず、喉は渇いて酒瓶が幾つも空になった。

相変わらず酒豪のマルグリットは平然としているが、ミリアムはテーブルに顎を付けて溶けているし、アネッサも油断すると瞼が重くなるようで、度々目を覚ますように小刻みに頭を振っていた。ルシールはまた六弦を抱えて歌い出し、ヤクモは紫煙をくゆらせて、それとなく酒の勢いも自制しているらしく思われた。

アンジェリンも何となくぼんやりするような心持である。再会というのは嬉しいから、ついつい杯が進んで止まらない。イシュメールも肩を回したり首を曲げたりと、酒精で固くなる体をほぐしていた。彼も勧められるままに随分飲んでいる。

「いやはや……どうにも話していると無意識に進んでしまいますね」

「イシュメールさんはいつまでこっちにいるの……？」

「特に決めてはいないんですよ。研究も素材が揃ったおかげで一段落しまして……いっそトルネラにお邪魔するのも悪くないなと思っていたんですが」

「大歓迎……じゃあ一緒に行こう」

イシュメールが言うと、アンジェリンはにまにま笑って、その杯にワインを満たした。イシュメールは泡を食ったように目を白黒させた。

「ちょ、アンジェリンさん、私少し抑えたいんですが……」

「なんだよ、情けねーな。おーいマスター、水くれ、水ー」

マルグリットが手を上げてカウンターに怒鳴る。イシュメールは苦笑した。

「すみません、助かります……しかしそんな大所帯ではお邪魔するのも悪い気がしますね」

「大丈夫。それにきっと色々進んでるし……」

街道も少しは綺麗になっただろうし、セレンが引っ越して来る代官屋敷だって形ができているだろう。もしかしたらギルドの建物だってできていて、ギルドマスターの執務室でベルグリフが仕事をしているかも知れない。受付にはサティがいて、来る者はエルフの受付嬢に鼻の下を伸ばすだろう。

そんな光景を想像すると、ついついアンジェリンの頰は緩んでしまう。

「楽しそうじゃのう、おんしは」

ヤクモが口から輪っかになった煙を吐き出した。

「凄く楽しい……ね、ヤクモさんとルシールも一緒に来るよね？」

「あー、どうすっかのう……東に行くのに付き合うのはいいが、トルネラまで行くのはちと面倒じゃな……ルシール、おんしはどう思う」

「春告祭、楽しかった。秋祭りも楽しいと思う」

さっきまで再び六弦を構えて酔漢の中に交じっていたルシールも、今は両手でワインの杯を持って大人しく座ってイシュメールを眺めている。ヤクモは呆れたように息をつき、煙管《きせる》の灰を落とした。

「そりゃそうじゃが……儂はな、アンジェが結局そのまま腰を落ち着けてまた冬越しする羽目になるのを危惧しとるんじゃ。あり得ん話じゃあるまい？」

そう言われるとアンジェリンは口をもぐもぐさせるしかなかった。マルグリットがけらけら笑う。

「確かにありそうだなー。でもそうしたらアンジェは置いたままおれたちだけで東に行こうぜ」

「なんだと。こらマリー、リーダーはわたしだぞ……」

「あんまり腑抜けてたらおれが代わってやるよ。な、アーネ?」

「ふあっ?　えっ、あ、ね、寝てた……?」

マルグリットに肩を叩かれたアネッサは目を瞬《しばたた》かせて辺りを見回した。イシュメールが水を飲みながら言った。

「はは、今日はもうお開きにした方がいいんじゃありませんか?　トルネラ行きの計画はまたゆっくりという事で……」

「むう……」

場が賑やかな分だけ、まだ飲み足りないような気がしたが、アネッサはああだし、ミリアムはさっきから突っ伏したまま動かない。自分も随分飲んだような気がする。あまり調子に乗って翌日に響かせても詰まらないか、とアンジェリンは頷いた。自分たちと同じか、それ以上に飲んでいる筈のマルグリットは平然としているが、あれは参考にならない。

「そうしよっか……アーネとミリィは限界っぽいし」

「えー、おれは全然平気だけどなあ……ま、仕方ねーか」

「……相変わらず化け物染みとるな、おんしは」

ともかくそれで会計をして、外に出た。石造りの建物がある程度蓄熱はしているものの、昼間のような暑気はとうにない。

涼し気な風が往来を抜けて行って、もう明かりを落とした店も多い。それでもまだまだ宵の口だから、好景気の都は中々眠ろうとしない。あちこちの酒場では賑やかな酒盛りが続いている。

アンジェリンはうんと伸びをして大きく息をついた。少し夜露が降り始めているのか、埃っぽさはなくて気持ちがいい。アネッサが目を擦《こす》りながら空を見上げた。

「……明日も晴れだな」

「こんだけ飲んじまっては、明日は仕事になるまいよ」

ヤクモが煙管に煙草《たばこ》を詰めながら言った。マルグリットはミリアムに肩を貸してよたよたしている。

「ミリィ、ちゃんと歩けよ。また重くなったんじゃゃねーの？」

「うにゃあー」

「んじゃ、儂らはここで。またのう」

「おやすみ、二人とも……トルネラ行きはまた相談するから」

「ふふ、そうじゃの。さて……？」

ヤクモは怪訝な顔をして視線を泳がした。

「おいルシール、行くぞ。おい」

ルシールはイシュメールの傍でふんふんと鼻をひくつかしていた。そういえば、ずっと酒場でもイシュメールを見ていたな、とアンジェリンは思った。

イシュメールは困ったような顔をして笑っている。

「どうかしましたか？」

「……イシュメールさん、匂い変わったね、べいべ」

「はあ、そうですか……？　自分では分かりませんが……臭うかな？」

イシュメールは腕を上げたりして、自分の匂いを嗅ぎ、首を傾げている。

「何をしとる、帰るぞ。儂はもう眠い」

ヤクモは欠伸をしながら踵を返した。

「あいむごーいんほーむ。ぐんない、アンジェ。ぐんない、えびばで」

ルシールはそう言って、ぽてぽて歩いてヤクモの後をついて行った。

「相変わらずおもしれー奴らだなー。で、アンジェ。明日はどうすんだ？」

「んー……一応ギルドには行く。後は様子見」

マルグリットに肩を借りたままふにゃふにゃしているミリアムを見て、アンジェリンは肩をすくめた。幸いにも急ぎの仕事はない。二日酔いで辛いなら休んだって構わない。ここのところは仕事のし通しだったから、それくらいの我儘《わがまま》は許されてしかるべきである。

ともかく翌日の方針を立てて、それで三人と別れた。イシュメールは宿の方向が同じだというので、途中まで一緒らしい。連れ立って往来を下った。

「帝都からはやっぱり遠かった？」

「ええ。まあ、旅というのはそういうものですからね」

「研究と旅とどっちが好きなの……？」

「ふーむ、どっちもどっちですね。私の場合は研究の為の旅がほとんどですし」

イシュメールはそう言って苦笑した。確かに、旅そのものを目的にする人たちとは違うだろうな

あ、とアンジェリンは思った。『大地のヘソ』に来たのだって、研究素材を手に入れる為だった筈だ。魔法使いの探求心というのは底なしだな、と思う。

「そういえば……イシュメールさんは、ソロモンについては詳しい？」

「ソロモンですか？」

イシュメールは怪訝な顔をしてアンジェリンを見た。

「一応の知識はありますが……興味がおありで？」

「うん。帝都で戦った相手がね、ソロモンの研究をしてたから、ちょっと興味が出たの」

「ああ、確か〝災厄の蒼炎〟シュバイツでしたか……」

イシュメールはそう言って考えるような顔をした。

「となると、やはり魔王関連の話になりますね」

「そうなの……やっぱり分かっちゃう？」

「ソロモンの残した遺産の中で、良くも悪くも魔法使いの興味を引くものですから。しかし現在はヴィエナ教の影響もあって、表立っての研究は許されていないのですよ。まあ、研究畑の魔法使いで魔王に興味のない者は殆《ほとん》どいないと思いますけどね」

「へえ……あれ、でもマリアばあちゃんはあんまし興味なさそうだったけど……」

「……？　ええと？」

「ああ、マリアばあちゃんは大魔導なの。なんだっけ……〝灰色〟っていったかな」

「〝灰色〟のマリア？　彼女は本物の天才ですよ。ソロモンの遺産を頼らなくとも自力で術式を開発できるだけの才能がありますから。それを言えばカシムさんもそうかな……ともかく、そうでない者は呑まれます。それくらいソロモンの魔王というのは巨大な存在なんです」

エルマーも魔王に踏み込んで破滅した魔法使いを何人も知っていると言っていた。危険であるがゆえに抗い難い魅力を持つ、というのは冒険者も魔法使いも一緒のようだ。

「イシュメールさんも調べたりしたの……？」

「危険ではない程度には。かつて大陸の頂点に立ったという大魔導の魔法となると、気にならない筈はありませんから」

そう言いながら、イシュメールは軽くつまずいた。

「おっ――と。失礼」

「……難しい話はまたゆっくりしよ」

「はは、すみません……いやはや、少し飲み過ぎました」

緩やかに下って行く石畳から吹き上げるようにして風が舞って来る。酒で火照《ほて》った顔には、風で揺れる前髪も心地よい。

さっきつまずいたように、イシュメールは少し足取りがふらふらしている。顔色は変わっていないが、やはり少し飲み過ぎたのかも知れない。飲むのが好きな輩と一緒に話が盛り上がると、つい深酒してしまうものらしい。

「それにしても……アンジェリンさんはお酒も強いのですね」

「そうでもないんだけど……皆で飲むと楽しいから」

「いいですね、そういうのは」

「研究仲間と飲んだりしないの……？」

「ありませんねえ。元々そういう賑やかなのが得意ではないもので」

「そうなんだ。じゃあさっきも？」

「いえいえ、時と場合によりますよ。魔法使い同士では息が詰まりますが、冒険者の肩肘張らない雰囲気は嫌いではありませんからね。適当にあしらっても許される感じがします」

イシュメールはそう言って笑った。アンジェリンもくすくす笑う。

「意外にしたたかなんだね、イシュメールさん……」

「ははは、冒険者としてもそれなりにやっていますから……しかしそう考えると、ベルグリフさんのような穏やかな方が、よく冒険者を目指したなと思いますよ」

「ふふ、でもいいでしょ」

「そうですね。だから沢山の人が慕うのでしょうし」

そんな風に言われるとアンジェリンはむふむふと嬉しくなって来る。酒が入っているのもあって、感情の揺れ幅が大げさになっていて、アンジェリンは嬉しさのままイシュメールを小突いた。

するとこちらもあまり足取りがしっかりしていなかったらしい、思ったよりも大きく体が傾いた。

「おっ」

「あ」

アンジェリンは咄嗟に手を伸ばしてイシュメールを支えようとしたが間に合わず、イシュメールはバランスを崩したまま何度も足踏みしてよろめき、道端の家の壁にぶつかった。肩に掛けていた鞄からばらばらと荷物が散らばる。

「ごめん、イシュメールさん……大丈夫？」

「いえいえ、こちらこそすみません……」

イシュメールは息をつきながら膝を折って散らばったものを集め始めた。

「飲み過ぎ……反省」

アンジェリンはバツが悪そうに頭を掻き、自分もしゃがんで拾うのを手伝った。

手帳とペン、ルーペ、鎖の付いた装飾品、巾着の形の財布などの小物に交じって、林檎の枝があった。先端が長短の二股に分かれて、長い方の先に葉が付いている。

アンジェリンもトルネラで見慣れた枝だ。珍しいとは思わないけれど、鞄の中に入れておくものにしては、何だか不釣り合いな感じがした。

「……？　林檎の枝？」

アンジェリンは首を傾げながらも、拾い上げようとそれに手を伸ばした。

すると指先が触れた途端に、まるで静電気が弾けたように指先から背中にまでビリッとした衝撃が走った。アンジェリンは驚いて跳ね上がる。イシュメールが目を丸くした。

「ど、どうしました？」

「……ううん、何でもない」

アンジェリンは手の平を見て、握ったり開いたりした。何の異常もない。今のは何だったんだろう、と思いながら、恐る恐るまた林檎の枝に手を伸ばす。今度は何もなかった。持ってみると、まるでさっき木から折り取ったようにみずみずしく、ずっしりと重かった。

怪訝に思いながらも、アンジェリンは拾ったものをイシュメールに差し出した。

「はい、イシュメールさん」

「ありがとうございます。いやはや、間抜けで嫌になりますよ……では、私はこっちですので」

「うん。おやすみなさい」

三ツ辻でイシュメールと別れ、自宅に向かう。何だか変に酔いが覚めたような気分だった。指先の痺れが残っているような気がするのだが、そんな事はない。

おかしいなと思いながらも、アンジェリンはいつものように部屋に入り、服を着替えて歯を磨き、寝床に潜り込んだ。

きっと今夜もいい夢を見られる筈だ。

○

腹が減っていた。

〝それ〟は狩りの時以外はずっと動かなかった。暗がりにうずくまって、獲物が近づいて来るのを待ち続けていた。

少し前まではそれでよかった。しかし、前の獲物を片足だけで取り逃がして以来、別の獲物が現れなくなった。飢えて死ぬ事はなかったけれど、空腹ゆえの虚無感が増し、以前にも増して寂しかった。

薄れてしまった記憶の向こうに、求めるものがあるような気がした。それを思うとひどく寂寥《せきりよう》感が募った。だがどうしていいのか分からない。何かを求めて外に出て行く程の気力もないし、何をしても無駄だろうという確信めいた諦念があった。

ふと、遠くから人の気配がした。久方ぶりの獲物だ、と〝それ〟は身をかがめて暗がりから様子を窺う。しかしいつもは無警戒に近づいて来る筈の獲物が、射程範囲ぎりぎりで足を止めた。何かひそひそと囁き交わす声が聞こえる。

「ここらしいな。あの影に何かいる」

「確かに下位ランクには荷が重そうな気配だな」

「まあいい、亜種だろうが所詮はEランクダンジョン。さっさと片付けるぞ」

「油断しちゃ駄目よ。すぐに調子に乗るんだから」

三人連れのようだった。剣を抜く音が聞こえる。攻撃して来るつもりか？　と〝それ〟は身構えた。

つと地面を蹴る音がしたと思ったら、二人近づいて来た。もはや迷っている暇はない。足を踏み込み、暗がりから飛び出す。

「かかったぞ！」

向かって来ると思われた二人は急停止して後ろに飛び退《すさ》った。逃げるか、と思った時、入れ替わりに魔法が飛んで来た。防御など知らない〝それ〟はまともに食らい、地面に転がる。

「他愛《たわい》もないな」

「くたばれ！」

もがいている間に、後ろに下がっていた筈の二人が一気に間を詰めて剣を振り上げた。鋭い斬撃が体に当たるのが分かったが、切断はされなかった。鈍痛が走ったが、体が動かせないほどではない。〝それ〟は身をよじって跳ね上がり、剣士の片方に飛びかかった。

「なっ！」

〝それ〟の牙は苛烈だった。見た目には牙ではあったが、強烈な魔力の塊だった。牙はすんなりと剣士の脇腹を鎧ごと貫き、削り取った。血が噴き出し、悲鳴が上がる。次いで後足で立ち上がり、前足の爪で剣士を引き裂いた。

「がっ——！」

「嘘……！」

悲愴に満ちた声で、後衛の魔法使いの女が、今引き裂いた剣士のものであろう名を叫ぶ。

追撃を食らってなるものか、などと考える事もなく、〝それ〟はただ声に反応したという動きで魔法使いに飛びかかり、食らいついた。華奢な女の体は事もなげに牙に貫かれ、あっという間に事切れた。

「え？　は？　な、なんだよ、これ……」

一人残った剣士が呆然とした表情で立っている。だが表情は即座に怒りのものに変わり、剣士は剣を振りかざして掛かって来た。

「ふざけるなあっ！　よくも……！」

剣は再び〝それ〟の体を打った。鋭い斬撃だ。相手が違っていたならば一撃で勝負はついただろう。しかし剣は空しく弾かれた。〝それ〟は大口を開けて剣士に向かって跳ぶ。

「あっ……」

ごとん、とものが落ちるように、くずおれた剣士の体が地面に転がった。三つの死骸がそこに転がり、冷たい死の気配が満ち満ちた。

多少手強かったが、いつもと同じだ。〝それ〟は動かなくなった冒険者たちにかじり付いて肉を食らい、血をすすった。久しぶりの食事に夢中になっていると、また別の気配がした。

「こんな所にいたとは」

白いローブを着た男だった。今までの食われるだけの獲物とは全く違う、奇妙な雰囲気を全身から漂わせている。

困惑した。こんなのは初めてだった。ただ獲物として見るだけだった人間に、恐怖のようなものを感じた。

「……成る程。高位ランクの連中でもこれか」

男は死骸を見やって面倒臭そうに息をついた。そうして恐れる様子もなくすたすたと近づいて来る。経験のない行動に困惑し、咄嗟に〝それ〟は足を踏み込んだ。いつものように跳びかかって食い散らしてやればいい。

　だが、その体は途中で凍り付いたように動かなくなった。男は片手を前に出していた。青白い光が手から放たれて、辺りを冷たく照らしていた。

「躾《しつけ》のなっていない犬だ」

　男が低い声で何か詠唱を始めた。その声は不思議とまどろみを誘い、〝それ〟は次第に意識を失って行った。

一四三　丘を駆け上がるようにして風が

丘を駆け上がるようにして風が吹いて来た。緑色の褪せて来た野の草が銘々に揺れて擦れ、さらさらと音を立てる。風はそのまま少年の赤髪を撫でて通り過ぎた。

少年は腰の剣に手をやった。本当に冒険者になるしかない、と決めてから必死に畑仕事をして金を貯め、行商人から手に入れた剣だ。

安物だが、山に持って入る山刀と違って、きちんと武器として作られた代物だ。木の枝を切るのとはまた違う重みがある。相手を傷つけ、命を奪う為の道具としての重みだ。

そのずしりとした重量を感じると、少年は高揚感と寂寥感を同時に覚えた。これで旅立てる、という思いと、旅立つ事ができてしまう、という思いがあった。もう自分に言い訳の仕様がない。都に出るしかなくなってしまった。

丘から見える村では朝の煙が立ち上っていた。

煙突から伸びる白い煙は、一定の高さから次第に薄れて散らばり、やがて空中に溶けて行ってしまう。昨日あった秋祭りの余韻がまだ残っているようにも思われた。

長く暮らしたここから去る事に不安も寂しさもある。だが、それ以上に自分はこうしなくてはならない、という使命感にも似た情念が胸の内を焦がしていた。

父親が死に、それから母親が死んで一人ぼっちになってから、少年は一人きりの家の中がひどく居心地悪く感じた。そこから逃げ出したいと思ったし、もしそうだとしたら、村を飛び出すだろうという妙な確信があった。どこか遠くの景色を見てみたいと思った。

大きく息を吸い、吐き出す。

秋の空は高く、村の周囲の山々は紅葉して赤や黄に染まっている。少年はここからの景色が好きだった。村とその周りがすべて見えた。産まれた時からずっと暮らして、見慣れた風景だ。その中で友達と駆け回って遊んだ思い出も鮮明に残っている。

旅立つとなれば、そんな懐かしい風景の中にも易々とは戻って来られないだろう。村を出るという少年に難色を示す大人も多く、それを押し切る形になるのは否めない。自分自身の意地もあって、せめて錦を飾る事ができるまでは帰らないと決めていた。

それがいつになるかは想像もつかない。二度と帰って来られないかも知れない。それでも、今の自分にはこれしかない。少年は改めて腰の剣の位置を正し、もう一度深呼吸した。

後ろから風が吹いて来た。

背中を押されるようだ、と少年は小さく笑い、ゆっくりした足取りで丘を下って行った。隊商の馬たちのいななく声が聞こえて来た。

○

双子はミトを挟んで眠っている。ハルがミトの頬に頭を押し付けて、マルの方はむにゃむにゃ言って両腕をミトの腹に、両足を足に巻き付けてもそもそ身じろぎする。ミトはくぐもった声を上げて寝返ろうとするけれど、両側から抱き付かれているから動けない。それで変な恰好になったままわずかに体を動かすから、毛布がずり落ちる。

もう夏だけれど、公国最北の地であるトルネラは、夜に何もかけずに眠れる程ではない。油断して風邪を引いてはいけないと、ベルグリフは毛布をかけ直してやった。

「……この時期は体を壊しやすいからな」

日中暑いからと薄着で寝て、それで風邪を引く子供もいる。

アンジェリンも小さい頃、眠ったまま無意識に毛布を蹴飛ばし、腹を出して、それで翌朝鼻水を垂らしていた事があった。それでも隙あらば養生せずに外で遊ぼうとするのだから、ベルグリフは寝床のアンジェリンに本を読み聞かせたり、冒険者時代の話をしてやったりした覚えがある。それで気を引いているうちに、いつの間にか小さな娘は寝息を立てていたものだ。

「ぐっすりだね」

暖炉の火をいじっていたサティが言った。

「うん。昼間沢山遊んだからな」

ベルグリフは暖炉の前に腰を下ろした。カシムが茶のポットに湯を足した。

「それで、シュバイツは旧神の力をかなり利用してるっぽい感じなわけ？」

「そうだね。尤も、情報をすべて共有していたわけではないから、わたしにも全貌は分からないのだけど……」

サティは困ったように顔をしかめて大きく息をついた。

長らく穏やかな日常に身を投じていたトルネラの面々であったが、サティの決意が固まったらしく、いよいよシュバイツたちの実験などに関する話し合いの場が持たれたのである。

ベルグリフ、サティ、パーシヴァル、カシムの四人に加え、グラハムと、さらにかつてシュバイツに与《くみ》していたビャクとシャルロッテも同席している。

サティが目を細めながらお茶のカップを手に取った。

「ただ、敵対していた同士だった事もあって、ソロモンの魔法は旧神とは相性が悪いらしくてね。少なくとも、わたしの転移魔法と空間構築、それと疑似人格の魔法以外に有用なものはなかったと思う」

「転移魔法は……確かビャクも」

ベルグリフが言うと、椅子に腰かけて腕組みしていたビャクが、考えるように視線を泳がした。

「……俺も旧神だのなんだのは初耳だ。だが、あの魔法はシュバイツからの借り物だったからな」

「魔法の貸し借りねえ……オイラもあんまり聞いた事ないやな」

「それに旧神の力なら、その意識の残滓《ざんし》が残った場所から離れると消えてしまうから……多分転移魔法はシュバイツ自身の力だったんだろうね」

「疑似人格ってのはどういう魔法なんだ？　あんまり聞き覚えがねえが」

パーシヴァルが言うと、サティは目を伏せた。

「名の通り、別の人格を作り出すんだ。記憶も性格も作りもので、元に戻るトリガーをセットしておく。そうなると、元々の人格の記憶は一切が失われたまま、別の人間になる事ができる」

「なーる。だから怪しまれないし、その人格はそれが元々だという風にプログラムされるから、不自然さもないってわけだ。便利な魔法もあったもんだね……悪さし放題ってわけだ」

カシムがそう言って帽子を指先でくるくる回した。

「……しかし、あいつの拠点も帝国っつー後ろ盾もぶっ潰した筈だ。今更何か仕掛けて来るか？どちらにせよ時間がかかるんじゃねえのか？」

パーシヴァルがそう言いながら、椅子の背にもたれて眉をひそめた。サティは深く息をついて目を伏せた。

「それは分からないよ。元々表立って何かをしようとする相手じゃないんだから」

「……彼奴《きやつ》等の当座の目的は魔王を人間にする事、でよいか？」

グラハムが言うと、サティは少し考えて頷いた。

「ええ。色んな要素はありましたが、すべてそれが目的だったと思います。尤も、それをした上での最終目的、というものは分かりませんでしたが……」

サティはそう言いながら、息が詰まったように肩を震わせた。ぎゅうと閉じられた目から涙が零《こぼ》れ落ちる。その肩にベルグリフがそっと手を回した。グラハムが申し訳なさそうに目を伏せた。

「すまぬ。辛い事を思い出させたな」

「いえ、いいんです……」

サティは手の甲で涙を拭って、大きく息をついた。

「でも……正直、辛い部分は大きいです。今も鮮明に思い出す光景があるから」

「無理すんな。俺たちは実験の詳細を暴きたいわけじゃねえ。それがシュバイツの目的を推し量る材料になるなら、まあ話は別だが……それだって無理にとは言わん」

パーシヴァルが言いづらそうに言った。サティは少しだけ微笑む。

「ふふ、パーシー君がそういう気遣いをしてくれるなんてなあ」

「うるせえ」

パーシヴァルは口を尖らしてそっぽを向いた。少し雰囲気が和らいで、湯気立つお茶のお代わりがカップに注がれる。サティはそれを一口すってから、口を開いた。

「いずれにせよ、シュバイツは魔王を完全な人間にしたがっていた……多分、アンジェがその成功作なのは間違いない。シュバイツがそれを知らない事が救いだけど……」

アンジェリンがサティの娘だと判明したのは、帝都での戦いの後だ。それもベルグリフとサティしか分からない要素で判明したのだから、シュバイツの知る筈はない。

「……だが、アンジェは皆知っての通り良い子に育った。その時点であいつの計画は失敗してるだろう。それに後になって何かしようったってアンジェは強い。そうそう負けはしねえだろうよ」

パーシヴァルの言葉に、一同は頷いた。

しかしビャクだけが怪訝そうな表情を崩さずに口を開く。

「……そう楽観できるもんか？　俺の中の魔王《カイム》はあいつが同類だとずっと分かってた。シュバイツが自分でその結論に辿り着いてもおかしくねえと思うが」

そういえば、ビャクはずっとその事を指摘し続けていた。あまりに荒唐無稽な話であったからあまり掘り下げてはいなかったが、今になってその信ぴょう性は増している。

カシムが困ったように頭を掻いた。

「でもさ、お前だってそれ以上の事は分かんないんでしょ？　あんまし魔王の意識に接続すると侵食されちゃうんだし」

「……確かに、あいつがどういう理屈で完全に人間になっているかは分からねえ。ただ、俺の中の魔王はあいつを羨ましがってる」

「ソロモンの魔王は……人間になりたがっている節がありそうなのか？」

ベルグリフが言うと、ビャクは眉をひそめた。

「そこまでは分からねえよ。魔王の意識は完全に狂気に陥ってる。対話を試みても一方的に侵食して来て体を乗っ取ろうとする以外しねえ。ちっとも情報が得られねえんだ」

グラハムやカシムの手助けがあっても、そこは改善されないらしい。英雄的な実力を持つ二人が協力しても、流石に大陸を支配した異端の大魔導の生み出したものにおいそれと手を加える事はできないようだ。

シャルロッテは両手をぎゅうと握りしめた。

「サミジナの指輪も……そうやってわたしを呑み込もうとしたわ」

「……結局、魔王ってのはソロモンへの思慕が行動原理になってる。大陸支配時の戦いの記憶が濃いから、敵を倒す事に対する執着がでかいんじゃねえかと思う」

ビャクはそう言ってお茶をすすった。ベルグリフは顎鬚を捻じった。

「どう思う、グラハム？」

「……おそらくはそうだろう。私が幾度も戦ったあれらは、敵を倒す事が主への忠節と心得ていた節がある。ゆえに周囲の森を枯らしたり、魔獣を呼び寄せたりしていた。ソロモンの時代の事は私にも分からぬが……おそらくは反抗を一切許さぬ苛烈な支配を旨としていたのだろう」

「そうでしょうね。実験に使われる前の魔王は曖昧な影法師のような姿でしたが、そこからは強烈な殺意を感じました。でも悪意とは違っていて……それをする事が自分の役目だと思っているようなな」

「魔王を人間にする事で、それを抑え込もうってわけか？」

「多分、そういう意図もあったとは思うんだけど……」

「それをしてどうする、っていうのが分からねえわけか」

パーシヴァルがそう言って腕を組み直した。この部分だけは、考えを凝らしてもちっとも分からない。

ランプの灯がちりちりと音を立てた。サティはお茶を一口飲んで、ふうと息をついた。

「魔王、つまりソロモンのホムンクルスは色々に形を変える。皆もそれは知ってるよね？」

「ああ。俺も何回か形を変えた魔王に出会った事があるよ」

ベルグリフが言った。パーシヴァルやグラハムも頷いている。サティは鼻先を擦って続けた。

「人や獣の形になる事が多いけど……例えばシャルが言ったように指輪の宝石の形にもなるし、液体状にもなる。帝都のあの兎耳の聖堂騎士の魔剣もそうだったろうし」

「その、形を変えた場合は魔王自体の意識はどうなる？」

「どうなんだろう。少なくとも、魔王たちは本能としてソロモンの許に帰りたがっているから……おそらく形を変えた場合も、眠ってはいるけれど深層意識としてそれは残っているんだと思う。人間にした場合の成功作は、その深層意識まで全部なくなった状態、って事になるのかな……だから魔王の気配が消えるんだと思う」

「それが、人間に産ませるって事になるのか」

パーシヴァルが言うと、サティは頷いた。

「そうだろうね。人に孕《はら》ませる方法は……色々あったみたい。ただ、魔王は魔法生物だから、術式である程度の制御が効くの。つまり、被験者の体内に入った時、赤ん坊として腹に宿るよう術式を書き換えておけばいい。わたしは気付けなかった。液体化した魔王が、何か食べ物に混ぜられていたりしたのかな……」

「……すると、シュバイツたちはある程度魔王を制御する術《すべ》を発見していた、という事か」

「だろうね。だから普段は宝石みたいな形にして眠らせた魔王をいくつも持ってた。多分、そういう風に魔王を利用しようとしている連中は他にもいたんだろうね。カシム君は別のそういう組織にいた事があるんだよね？」

「ああ、そうだね。でもやっぱりいつもシュバイツが一歩先に行ってた感じだよ」

カシムがそう言った。ベルグリフは考えるように視線を泳がせながら、顎鬚を捻じった。

「それで……シュバイツたちは実際に成功したという事になるのかな」

「うん。だからアンジェは成功って事になるんだろうね。あの子からは魔王の気配は微塵も感じないもの」

「……君がエルフだからというのが、何か関係があるんだろうか？」

「どうなんだろう……でも、確かに成功と言えるのはアンジェだけだから……その可能性は十分にあると思う。人間とは違うエルフの魔力が何か関係していそうだけど……」

サティはそう言ってグラハムの方をちらりと見た。グラハムは何か考えている様子だったが、やがて口を開いた。

「我らエルフの魔力は、人間のものとは少し質が違う。魔王の魔力との相性は悪い筈だが……」

「確かに、じいさんの聖剣は魔王やそれに類するものが嫌いなようだからな」

パーシヴァルがそう言って、壁の方を見た。壁に立てかけられたグラハムの大剣は黙っている。あの剣にはエルフの清浄な魔力が溢れていると聞いた。それが魔王を嫌うのだから、確かにエルフと魔王は相性が悪いように思える。

ベルグリフは眉をひそめて髭を捻じった。

「そのエルフの魔力が……逆に魔王の持つ悪い部分に何らかの作用を与えたって事になるのか？」

「推測に過ぎぬ。だが、エルフから産まれた子のみが人間になったのだとすれば、そこに何らかの関連性を見出す事は出来るだろう」

グラハムにも推測する以上の事は出来ないようだ。サティはふうと息をついて膝を抱いた。

「でも、もしエルフの持つ何らかの力が魔王の力を抑えられるのなら……きっと子供たちを守る事ができる。そうなったら……いいな」

言いながら、サティは膝に顔をうずめて肩を震わせた。

「ひどい光景だった……皆やつれて、血を流して……ホムンクルスは普通の子供よりもお腹の中での成長が速いんだ。ひと月でみるみる大きくなって、体がそれに付いて行けなくて死んじゃった女の子もいた」

すんすんと鼻をすする音がした。ベルグリフはそっとその肩を抱いて、優しくさすってやった。

「……わたしがもっと強かったらよかったのになあ。そうしたら……もっとたくさん助けられたのに」

「自分を責めちゃ駄目だよ。君は一人きりだったのに十分に頑張った」

「……ごめんね。気持ちに整理が付いたと思ったのに、思い出したら感情が溢れちゃう」

カシムがぼりぼりと頭を掻いた。

「んー、でもなあ、なーんかガバガバなんだよなあ……もしそれで魔王を自由に動かそうって魂胆なら、サティを逃がす筈ないし、逃げられても本気で捜すと思うんだけど……シュバイツってそういう事に手抜かりをしそうな感じしなくない？」

「俺も人となりはよく知らんが……まあ、歴史に名を遺す大魔導にしては、迂闊ではあるな」

「その程度の相手、って事なら楽なんだが」

「いや、一時とはいえローデシア帝国の中枢を乗っ取っていたくらいだから、油断できる相手ではないだろう」

「だからこそさ、一番力入れてる筈の魔王関連の研究がガバガバなのが気になるんだよね。かなり凄惨な事やってる癖に、妙な所で適当で、変だよなあ」

「そりゃそうだが……」

どうにも思考が堂々巡りして埒が明かない。ビャクとシャルロッテも魔王の実験をしている以上の情報は持っていないようだし、サティも実験の内容は把握していても、その先の目的を共有していたわけではない。どれだけ話し合っても、結局想像の域を出ないから、何だか無駄な事をしているような気になって来た。

ふと、カシムが思い出したように口を開いた。

「そういえばさ、サティはソロモンの鍵を破壊したって言ってたけど」

「ん、そうだね……カシム君もそれを捜せって言われた時があったんだっけ」

「そだね。ま、やる気なかったからまともにやってないけどさ」

カシム曰く、シュバイツとは別に魔王の事を研究しているグループとつるんでいた頃、彼らはソロモンの鍵という魔道具を捜し続けていたらしい。しかし結局見つかってはいないようだ。

パーシヴァルが眉をひそめて首を傾げた。

「どういう代物だ、それは」

「見た目は……林檎の枝。でも強力な魔力の塊でね、わたしも何重にも魔法と力を加えて、ようやく壊す事ができた」

「残骸はどうした」

「構築した空間に埋めたよ。尤も、その空間もわたしが帝都を離れたからもう崩壊しているだろうけどね」

「そっか。ならそれは心配ないな。今んとこ、シュバイツが何か仕掛けるとしたらそれだと思ったからさ」

「その可能性はあったね。まあ、鍵があればの話だけど」

サティ曰く、ソロモンの鍵は魔王の研究をしている者ならば、誰しもが手に入れたがっている代物だったらしい。ソロモンはそれを使って魔王たちを統括していたと古い文献では伝えられているそうだ。

シュバイツたちの動向にずっと張り付いていたサティは、彼らが鍵を手に入れようという直前に、決死の覚悟で割り込んで強奪したらしい。結果、鍵はシュバイツたちの手には渡らなかった。

しかし、そう考えると、今現在シュバイツに打つ手はないように思われる。彼の目的が何だかは分からないが、ソロモンの鍵は重要なファクターであるようだ。それが失われ、帝都の拠点もなくなった今、大した動きはできそうもない。

ぱちん、と音を立てて、くべたばかりの薪がはぜた。パーシヴァルが火掻き棒でそれを集めながら言った。

「つまり、現状では特に心配し過ぎる事はなさそう、ってわけか」

「……だが、あいつは得体が知れねえ。油断は禁物だ」

ビャクが言うと、カシムが嘆息した。

「一番嫌な相手だなあ。あーあ、あの時少し無茶してでも仕留めときゃよかった」

「……世界を手に入れたいわけではあるまい」

グラハムが静かに言った。皆がそちらを見る。

「もしそうであれば、絶好の道具であるローデシア帝国を手放す筈がない。魔法使いゆえのけた外れの好奇心と探求心が行動原理だろうと私は思う。そういった相手は、単純な損得勘定で推し量る事はできぬ」

「……そんな事の為に、どれだけの人が……」

サティは膝を抱えて顔をうずめた。肩が震えて、小さな嗚咽《おえつ》が聞こえた。いよいよ話すのが辛くなってきたような様子だ。話しているうちに、色々な事を思い出して来てしまったらしい。

ベルグリフはそっとサティを抱き寄せた。サティにも問題を解決したいという気持ちはある。しかしシュバイツたちとの戦いの日々と、それに付随する血みどろで凄惨な光景はトラウマになってしまって、面と向かい合う事ができないらしかった。

「……今日はこの辺でやめとくか。夜も更けて来た事だしな」

パーシヴァルがそう言って薪を手に取った。

「そうだね。ま、焦らず行こうよ」

とカシムが頭の後ろで手を組む。ベルグリフはサティの背中をさすった。

「サティ、少し散歩にでも行こうか。その方が気が紛れるだろう」

「……うん」

二人は連れ立って家の外に出た。昼間の暑気が払われて、涼し気な空気が漂っていた。辺りの草の葉には夜露が降り始めていて、それが半月に照らされてきらきら光っている。月明かりだけで、ランプなしでも歩けるくらいに明るい。

サティは深く息を吐きながら、月を見ていた。滑らかな銀髪が月明かりに光っていた。それをベルグリフが眺めていると、ふと目が合った。

「どうしたの？」

「ん、いや、アンジェの髪の質は君譲りだったんだなと思って」

そう言うと、サティはふふっと笑った。

「そうかもね……色は違うけど、アンジェの髪も綺麗だものね」

「寝癖になっても、手櫛で梳けるくらいだからな」

三つ編みにするようになって、少しは癖が付くようになるだろうかと思われた黒髪は、三つ編みをほどけば自然に真っ直ぐになるくらいに柔らかい。エルフの髪の毛と同じだ。

村を出て、外の平原まで歩いて行った。

白々した月明かりの下で、夏草がすっかり伸びている。微かに風が吹いているが、葉が音を立てて揺れるほどではない。千切れ雲がいくつもたなびいて、それが月に照らされて濃い陰影を作っている。

清涼な空気を胸いっぱいに満たし、サティは落ち着いた様子だった。

「……ごめんねベル君。本当に……わたしがもっと強ければ」

「そんな事ないさ。君はやれる事を精一杯やっただけだ」

「……そう、なのかな」

サティはそう言って遠くを見やった。

「今の時間は愛おしいよ、とっても。このままずっと続けばいいと思う。でも、それで目を背けていちゃ……きっと手痛いしっぺ返しが来る」

「……子供たちの事かな」

「うん。シュバイツの事は心配ではあるけど、それ以上に子供たちの事が心配。ハルとマルもそうだし、ビャクだってまだ魔王の意識とせめぎ合ってる。何か起こるんじゃないかって、それが気になっちゃうんだ」

ミトはともかく、双子もビャクも実験で産まれた子供たちだ。彼らの誕生の秘密に向き合わねば、ミトが古森を呼び込んでしまったように、いずれ問題が起きる。ビャクの中にも魔王の意識は残っているし、ハルとマルもいつ安定が崩れるか分からないのだ。

シュバイツが再び襲って来るのも脅威ではあるが、子供たちが自ら問題を起こして傷ついてしまう事の方が、ベルグリフとサティにとっては重大事に思えた。

サティは両手を口の前に持って行ってふうと息を吹きかけた。

「……正直、辛いけどね。悲しみと苦しみの思い出ばっかり。でも、それに向き合わないと、子供たちの為にならない」

「多分、パーシーもカシムもそうなんだろうな……俺だけが安穏と暮らしていたみたいで、何だか悪い気がするよ」

ベルグリフが言うと、サティはふふっと笑ってベルグリフの肩を叩いた。

「何言ってるの。そのおかげでアンジェがわたしを助けに来てくれたんだよ？　ベル君がトルネラにいなかったら……きっと、こうやってまた会う事もなかったよ」

「うん……」

ベルグリフは微笑んで、そっとサティの肩を抱いた。サティはそっとベルグリフを見上げた。

「……ねえベル君。たとえどんな風にしてこの世に来たとしても、生まれて来る命そのものに罪はないと思うんだ。色んな実験や残酷な仕打ちの結果生まれて来たとしても……」

「そうだな。その通りだ」

「だからね、沢山の苦しみはあったけど、わたしはアンジェがこの世界に来てくれて良かったたって思ってるんだ。そのおかげで、こうやってまた会えたんだし……わたしもあと少し頑張らないとなって」

「うん……」

たとえサティがアンジェリンを孕んだ事が苦しみの一端であったとしても、そうして生まれて来たアンジェリンには何の罪もあるまい。まして、彼女の運んで来た数々の縁や運命を考えれば、祝福されて然るべきだろう。

　ベルグリフはぽんとサティの背中を叩いた。

「でも、無理しちゃ駄目だぞ？　それで君が倒れちゃ元も子もないんだから」

　そう言うと、サティはぷふっと噴き出した。

「ふふっ、そうだね……もう、ベル君たら、昔パーシー君とかわたしに言ってたのと同じ！」

「え、そ、そう？」

「そうだよぉ、ふふ、もう、ベル君は本当に変わらないね、いい意味でさ」

　サティはくすくす笑いながら、ベルグリフの肩を叩いた。ベルグリフは困ったように頭を掻いた。

「参るなあ……」

　サティは笑みを浮かべたまま、うんと両手を上げて伸びをした。

「……よし、帰ろっか。もう二、三日の間にセレンちゃんが来るんでしょう？」

「ああ、今度は長い滞在になるらしいよ。屋敷も細かな部分以外できたようだし」

「そっちも忙しくなるね……頑張らないとねえ、ギルドマスターさん」

　サティはいたずら気にそう言って、ベルグリフの頰をつついた。ベルグリフは苦笑して、サティの頭をぽんぽんと撫でた。

「元気が出たならよかった」

「もう、アンジェにするような事しないでよう。わたしはあなたの妻だぞう」

　サティは頰を膨らました。その顔が可笑しくて、ベルグリフは思わず噴き出した。そうして二人して声をひそめて笑った。
少し風が吹き始めた。葉のさらさらと擦れる音がする。

一四四　代官屋敷の壁は白亜で美しく

代官屋敷の壁は白亜で美しく塗られていた。晩夏の昼下がりの陽射しを照り返して目に眩しいくらいだ。仕上げを行った大工の親方は得意顔であった。

尤も、内装は貴族屋敷のそれには及ばない。大工たちは自分たちの技術と、ボルドーに視察に行った時の経験を注ぎ込んだものの、田舎の家しか建てた事がないから、意匠や細かい点などはやはり同じようには行かない。

しかしセレンは民に近いボルドー家の令嬢という事もあって、ちっとも気にしていない様子だった。連れて来られたメイドや使用人の方が、あれが足りないだの、これが使いづらいだのと言っていた。

そのセレンは何度もトルネラとボルドーを行き来して、その度に種々の書類や道具などを屋敷に揃えていた。最初は恐る恐るだったのが、今ではすっかり潑溂《はつらつ》としていて、もう村長補佐としてトルネラに腰を据える準備は着々と整っている。補佐とはいっても、現村長のホフマンは早々に村長の座を譲るつもり満々の様子である。

書類の束を棚に収めて、セレンが振り返った。

「ふう……これで概ね揃いましたね」

「荷物などは大丈夫そうですか」

ベルグリフが尋ねると、セレンはにっこり笑った。

「ええ、おかげさまで……何分、持って来るものの取捨選択が多かったもので」

「ボルドーのお屋敷よりも狭いでしょうからな……」

「いえいえ、こちらでお仕事をするのに有用そうな書類をまとめていましたから……前の騒動の時に資料室は無事だったのが幸いでした」

ベルグリフはおやおやと顎鬚を捻じった。セレンが行き来していたのは、トルネラの現状を確認しつつ、ボルドーで資料や書類をまとめる為だったのだ。過去の書類に片っ端から目を通していたらしいから、時間も労力もかかっただろう。セレンが内務の才を持つと言われるゆえんは、こういう手間を惜しまない真面目な部分から来るのかも知れない。

ここは執務室だ。油の塗られた木の床に、羊毛の分厚い絨毯が敷かれていて、書類棚に執務机、来客用のテーブルと椅子とが置かれている。飾り気はないが、十分に使えるだろう。

セレンは椅子に腰を下ろしながら口を開いた。

「将来的に村長、という話になっていたと思いますが」

「ええ、そう聞いておりますが」

「しかし、わたしもこの先ずっとトルネラにいるとは限りません。申し訳ない話ですが」

それは当然だろう、とベルグリフも頷いた。セレンほどの器量と才能をトルネラに押し込めておくのは得策ではない。ダンジョンも含めて、ここの形が出来上がって来た頃には、もっと大きな町に行くか、有力な貴族の許に嫁ぐ事になるだろう。

　セレンはテーブルの上で手を組んだ。

「それに、村長というのはやはり村の人間がなるべきだと思うのです。わたしは領主の家の人間ですが、やはり外様、ホフマン様のようにトルネラの伝統や季節の仕事が頭に入っているわけではありません」

「ふむ」

「ですから、あくまでボルドー派遣の代官という形の方が波風が立たないかと思いまして。もちろん、村長としての仕事もある程度兼務する事になるとは思いますが」

「……確かに、それがいいかも知れませんな。その方がセレン殿も身動きが取りやすいでしょう。恐らくボルドーとトルネラを行き来する事も多いでしょうし」

「はい。ただ、ホフマン様はすっかりわたしに譲るつもりみたいで……」

「はは、彼も変に真面目な所がありますから……その辺りは私から話しておきましょう。ちゃんと理由を説明すれば、ホフマンも納得すると思いますよ」

「よかった……」

　セレンはホッとしたように目を閉じた。才能豊かと言っても、まだ姉の庇護下でしか動いて来なかった娘だ。何かしら頼りにできる存在を無意識に求めているのだろう。

　メイドが運んで来たお茶をすすって、セレンは微笑んだ。

「ふふ、やはりベルグリフ様に相談してよかったです」

「はは、私などでよければいつでも相談相手になりましょう」

「ありがとうございます。本領ではアッシュに相談する事が多いのですが、ここではそうもいきませんから……」

「アシュクロフト殿もお元気ですか」

「ええ。最近はちい姉さまに連れられて魔獣討伐にも行ったのですよ。アッシュも成長しているみたいです」


少し雑談をして、ベルグリフは代官屋敷を辞した。

セレンとは折に触れて色々な打ち合わせをしている。ヘルベチカはトルネラに兵士団も駐留させるつもりらしく、兵舎などの建設も視野に入れようという事になった。人の流入が始まった時には当然治安の問題が起こる。ある程度の抑止力は必要だろうという考えだ。

家路を辿りながら、ベルグリフは腕組みした。

色々な事が進んでいる。勢いに押し流されるような心持だ。物事が具体化して来る程に、楽しみにもなるし、言いようのない不安も膨らんで来る。しかし今更どうこう言っている場合ではない。考え続けなくてはならないが、歩みを止めるわけにもいかないだろう。

広場まで行くとカシムがいた。数人の若者相手に魔法を教えているらしかった。

「ほら、焦るんじゃないよ。集中しないと魔力が散らばるぜ」

若者たちは目を閉じたり一点を見つめたりして、それぞれに集中していた。筋の良い者は魔力が風のように体の周りを舞って、服の裾が揺れた。

　ベルグリフが近づくと、カシムが振り向いた。

「お、セレンちゃんの手伝いは終わり？」

「ああ。こっちも順調そうだな」

「へっへっへ、中々熱心でいいよ。まあ、でもぼつぼつ終わりかな。あんまし練習にばっかり時間取ってると、こいつらの親がいい顔しないからね」

　ベルグリフは笑って頷いた。

　もう夏も盛りを過ぎて秋が近い。森の木々は次第に色づき始め、冬支度に忙しくなりつつある時期だ。ダンジョンができる以上鍛錬して悪い事はないが、それにかまけて冬の生活が厳しくなっては全くの無意味である。

　カシムはぱんと手を叩いた。

「よし、今日は終わり。コツは教えてやったんだから、後は自主練しな。きちんと魔力が練れるようになったら、もう少し難しい魔法を教えてやるよ」

　若者たちはわあと沸き立って、それぞれの家に仕事をしに戻って行った。

　ベルグリフは顎鬚を撫でる。

「ものになりそうかな？」

「全員ってわけにはいかないけどね。ま、場数を踏めば高位ランクに手が届きそうな奴はちらほらいるよ。赤鬼塾のおかげかな、こりゃ」

カシムはそう言ってからから笑った。ベルグリフは苦笑した。

「俺は魔法なんか教えた覚えはないが……まあ、ちゃんと力が付きそうならよかった」

「基本は十分さ。でもやっぱ現場を知らないとね。難しい魔法が使えても、実戦でまごついてちゃ話になんないし……まあ、ここの連中は何度か魔獣とも戦ってるし、心配ないと思うけどさ」

「はは。色んな事が進んで行くな……」

ベルグリフは言った。カシムは頷いた。

「だね。今は未来を作ってるって感じがする。もう一々過去に囚われる必要もないし」

「……君は、もう吹っ切れたかい？　パーシーは、まだ……」

「んー……まあね。パーシー程思い詰めちゃいないけど、オイラだってあの黒い魔獣の事は憎いさ。できるなら殺してやりたいと思ってる」

「そうか……」

ベルグリフが頬を掻くと、カシムはにやにやと笑った。

「そんな顔すんなって。オイラはその為にわざわざ旅に出ようなんて考えちゃいないよ」

「ん、それなら……パーシーもそうなってくれれば俺は嬉しいんだがな」

「そればっかりはあいつの問題だからねえ……ま、ここで若い連中に教えてる間に丸くなってくれりゃいいよね」

カシムは大きく伸びをした。

「しっかし、いいよなあ。オイラたちは教えてくれる奴なんか全然いなかったもんね。失敗しまくりだったような気がする」

「そうだな。でもそうやって試行錯誤した事の方が身に付くものさ」

「かもね……けどたまに思うんだよな。もし今のベルみたいな大人があの頃のオイラたちの近くにいてくれたらってさ。オイラ、随分悪い事いっぱいしたからなあ」

「……やっぱり色々と辛かったんだな、君たちは」

　ベルグリフが済まなそうに言うと、カシムは笑ってベルグリフの背中を叩いた。

「一番辛かったのは君さ。オイラたちは投げやりになり過ぎたんだよ。それを指摘して何か言ってくれる大人がいたらな、って今になって思うだけさ。ガキの頭じゃ良くも悪くも一途過ぎたんだよね」

「うん……俺もあの時そうだったら、って思う事もあるが」

「でも、結局これでよかったんだって思うよ。ある意味、オイラたちがばらばらにならなけりゃアンジェはいなかったんだ。アンジェがいなけりゃ出会えてなかった奴も沢山いる」

「そうだな……」

　ベルグリフは目を伏せた。カシムはにやにやしながら顎鬚を捻じった。

「そんな顔するなよぉ、相変わらず真面目だなあ」

「や、すまん。どうも深刻になり過ぎるのが困るな」

「へっへっへ、そこが良い所でもあるよ、ベルは」

　風が吹いて、千切れ雲が流れて来た。陽は傾き出して、村の西側にはもう山の影が伸び始めている。

「もう秋になるな……」

「早いもんだね。去年はもうティルディス辺りにいたっけ？」

「そうだったと思うが……そうか、もう一年経つのか」

時間が経つのは随分早いと思う。アンジェリンは岩コケモモが食べたいとずっと言っているから、今度こそ帰って来る筈だ。

最近は忙しいのだろう、手紙の類《たぐい》も来ていない。またトルネラで冬越えをするのか、それとも秋祭りにはオルフェンに出るのか。その辺りはベルグリフには分からない。

二人は連れ立って家に戻った。冬支度をしなくてはいけない。

庭先の干し野菜をいじくっている双子をビャクが捕まえているのを見て、ベルグリフは小さく笑みを浮かべた。

○

ここのところ妙な夢ばかり見る。嫌に鮮明で、まるで現実のような夢だ。指先がじんじんと痺れている。起きた時に鼻の奥に臭いが残っている事もある。

しかし寝起きのまどろみを覚醒させようとしているうちに、それらは文字通り夢のように消え失せて、服を着替えて顔を洗う頃には、どんな夢であったかすっかり忘れてしまう。ただ、あまり気持ちのいい夢でない事だけは確かで、覚えていなくても何だか気分が悪かった。

やがて夜中に何度も目が覚めるようになった。

体がじっとりと汗を掻いていて、喉が渇く。悪い夢を見たと分かっているのに、内容が分からない。再び寝床に横になってもしばらくは眠れず、眠ってもまた悪夢だ。そうして寝た気がしないまま空が白んでいる。

そんな事が続くものだから、アンジェリンはくたびれていた。寝不足の頭は覚醒するのにも時間がかかって、朝が辛くなった。

しかし実際に体が疲れているわけではない。一応眠ってはいる筈なのだ。しかし眠れば眠るほど却って疲労が溜まるような気分だった。気が滅入って、何をするにも何となく力が入らないようだった。

突き出した剣を巻き取られて、アンジェリンはたたらを踏む。相対するマルグリットは変な顔をしてアンジェリンに剣を突き付けた。

「何してんだ、お前よー。最近ちっとも歯応えねーぞ」

「……分かってるんだけど」

アンジェリンは顔をしかめて頭を掻いた。

身が入らないから、模擬戦でこうやってマルグリットに負ける。

しかしマルグリットの方も釈然としていないようで、勝った筈なのにちっとも嬉しそうではない。

マルグリットは細剣を鞘に戻して肩をすくめた。

「そんなんじゃ魔獣にやられちまうぞ」

「むう」

アンジェリンは口を尖らして、転がっている剣を拾い上げた。

「マリー如きに負けるとは……屈辱」

「はん、よく言うぜ。ま、減らず口叩く余裕があるならいいか」

マルグリットはそう言って欠伸をした。

アンジェリンはふんと鼻を鳴らす。しかし心のどこかでは強がりだと分かっている。何となく心細く、何かしていないと落ち着かないようでもあるが、何をするにもくたびれている気がした。

もう夏も終わりに近づいていた。秋の気配を感じる度に、早くベルグリフに会いたいと思った。

アンジェリンたち一行は、オルフェンに戻ってからは忙しくあちこちに出向いて仕事をしていた。魔王騒ぎの時に比べれば魔獣の数も減っている。しかしSランク冒険者にしか出来ない仕事も当然あって、頼まれれば断らずに東奔西走して剣を振るった。

これだけ働いたのだから、少し早めに帰郷してもいいかも知れないと思う。だが自分の弱さに負けるような気もして、どうにも踏ん切りが付かなかった。

そういう風にアンジェリンが不調だから、ここ数日は仕事を受けずにいる。今日も一度はギルドに集まったものの、アンジェリンがこの状態だから結局仕事は受けなかった。

それでも体を動かせば少しは調子が出るかと、マルグリットに付き合ってもらって模擬戦をしていたのだが、精神的に不調なのは如何《いかん》ともしがたい。それが体にも出て来て、やはり不調は不調なのだと再確認する事になってしまった。

ともかく、それで教練場を出た。

夏の終わりの陽射しは重かった。昼前で、オルフェンの街並みに埃が舞っている。いつものように沢山の人々が行き交って、歩く音や話し声、その他諸々の雑多な音でたいへんざわざわしている。何ともない筈のいつもの光景が、何だか嫌に気に障る。強い陽射しに目の奥がつんと痛む気がした。

マルグリットが頭の後ろで手を組んだ。

「トルネラに戻る前にもうちょっと依頼を受けると思ったんだけどなー」

「別に受けてもいいいんだけど……」

「馬ぁ鹿、今のお前が前張れるわけねーだろ」

マルグリットに当を得た事を言われるとムッとするけれど、言い返す元気もない。アンジェリンは肩を落として嘆息した。マルグリットは口を尖らせてアンジェリンの背中を叩いた。アンジェリンはバランスを崩してふらついた。

「あう」

「ちぇ、お前がそんなだと張り合いがねえや。来いよ。景気づけに酒飲み行こうぜ」

「むー……」

そういう気分でもないが、家に帰って眠るような気にもなれない。

そもそもここ最近は眠るのが嫌になっている。寝る程に疲れるのでは睡眠の意味がない。夢も見ないくらいでろでろに酔ってしまえばぐっすり眠れるだろうか。

「……分かった。行こ」

「おっしゃ。アーネとミリィはどうしてっかな」

今日は二人とは別行動だ。ギルドで別れてからの予定は聞いていない。孤児院に出かけているか、二人だけで簡単な仕事を受けているか、ともかく事前の打ち合わせもなしに今から合流するのは難しいだろう。

それでアンジェリンとマルグリットは、連れ立っていつもの酒場に行った。

昼前だからまだ人はまばらだった。しかし昼飯時になると混んで来るだろう。

二人はカウンター席に並んで座った。マスターは相変わらずの無表情で二人を見た。

「テーブルの方がよかないかね。後でお仲間が来るんだろう」

「ううん、今日は二人……ワイン頂戴」

「おれは蒸留酒。あと腸詰と蒸かし芋。煮込みも。アンジェは？」

「……わたしはいいや。食欲ない」

「何言ってんだ、食うもの食わなきゃ元気も出ねえぞ。ええと、鴨肉のソテー。あとピクルス」

マルグリットが元気であるのを見る度に、アンジェリンは何となく負けたような気分になった。それで発奮しようとするのだけれど、穴の開いた袋に空気を入れようとするように、快活な気持ちは膨らむ前にしぼんでしまう。

それでもワインを立て続けに三杯飲み干すと、多少落ち着いた心持になった。マルグリットの方も蒸留酒を同じペースで干して平然としている。

「で、結局夢の事は思い出せないんだろ？」

「うん……でも夢を見た時の嫌な感じはずっと残るの。だから嫌なの」

「はー、面倒臭えなあ」

マルグリットはそう言って腸詰をかじり、蒸留酒をまた追加した。

夢の内容が思い出せないのが、アンジェリンを余計に苛立たせていた。内容が分かっていれば、せめてそれを仲間に愚痴としてこぼす事ができる。そうすれば、例えばマルグリットに、そんなのはただの夢だ馬鹿馬鹿しいと笑い飛ばしてもらえる。アネッサやミリアムは笑いながらも慰めてくれるだろう。そうなれば自分だって気が軽くなるに違いない。しかし思い出せないのではそれもできない。

アンジェリンはカウンターに頬杖を突いた。

「マリーはそういう経験ない……？」

「そういうって、どういう？」

「嫌な夢を見たけど、内容を忘れちゃう事……」

「忘れたんなら覚えてねえもん」

そうなんだけど、とアンジェリンは嘆息した。

「やっぱりマリーは駄目……」

「なんだと、コンニャロー。お前の方がダメダメじゃねーか」

そう言われると言い返せない。ぐたっとして、ワインを一口飲んだ。いつものように喧嘩がしたいらしいマルグリットは詰まらなそうである。

「ったく、いつまでもうじうじすんなよな。気にするから駄目なんだよ。別の事考えろって」

「……例えば？」

「トルネラ帰ったらまず何するかとかさ。岩コケモモ、採りに行くんだろ？」

「……うん」

アンジェリンは椅子の背にもたれた。

目をつむって、故郷の秋を思い浮かべる。

平原の草の色はもう褪せ始めていて、しかし山麓の森は赤や黄に美しく染まっている。山の頂上には雲がかかっているが、空は青くて高く、そこに村から立ち上る煙が溶けて行く。森に分け入れば、湿った土と枯葉の匂いがする。緩やかに傾斜した森の獣道を辿って行くと、次第に背の低い木が増えて、日当たりのいい、岩の多い場所に辿り着く。深緑の小さな葉の中に、真っ赤に熟した岩コケモモが実っていて……。

アンジェリンはほうと息をついた。

「帰りたいなあ……」

「もうちょいだろ。だから悪い夢くらいに負けるなって」

マルグリットはそう言って笑い、また蒸留酒を杯に満たした。

「岩コケモモ、うまかったなあ。甘酸っぱくて、いくつでも食べられるもんな」

「え……食べたの？　いつ？」

「おう。ほら、お前がエストガルに行って入れ違いになった時、オルフェンに来たんだけど、丁度秋祭り後だったじゃん。子供らとベルと一緒に山に行って食べたぜ。いやあ、エルフ領にはあんまりなくてさ、群生地見たらおれ興奮しちゃって」

アンジェリンはムスッとして頬杖を突いた。

「……わたしは一向に食べられてないのに」

「へー、そうか。どれくらい？」

「もう……十二歳の頃から」

冒険者になるとオルフェンに旅立つ時の晩餐にたっぷり食べたのが最後だ。乾燥品やジャムなどは食べたけれど、やはりアンジェリンの思い出の味は採り立ての新鮮なものだ。いつも時期になる頃にトルネラにいないので、結局今の今まで口に入っていない。

マルグリットは鴨肉を頬張りながら言った。

「随分なげえなあ、そりゃ。でもそういう方が食べた時の感動もひとしおじゃねえ？」

「ふんだ……もう食べた人に言われたくない」

「なんだー、拗ねたのかー？　へっへー、うりうりー」

マルグリットはにやにや笑いながらアンジェリンの頬をつついた。アンジェリンはむうと唇を尖らして、やにわにマルグリットの肩に手を回した。そうして両頬をむにむにとつまんで引っ張った。

「マリーの癖に調子に乗るな……すべすべしやがってー」

「にゃにしゅんだ、このぉ」

マルグリットの方もアンジェリンの頬をつまんでやり返す。二人でぐたぐたもみ合っていると、マスターがワインの瓶をカウンターにでんと置いた。

「カウンターで暴れるのはやめてくれんかね」

「……ごめん」

「悪い悪い」

二人はパッと手を放して、互いに見合ってあっかんべえと舌を出した。

くだらない事をやったおかげで、少し気が紛れた。アンジェリンは何となくホッとした気分でワインをすすり、マルグリットはまた蒸留酒をおかわりした。アンジェリンの調子が戻って来たらしいのにご満悦な表情をしている。

「ふふん、お前はこうじゃなくちゃ面白くねえや」

「……もぐもぐ」

アンジェリンはもう冷めてしまった鴨肉を一切れ頬張った。マルグリットにこうやって気遣われるのは何だか照れ臭い。アネッサやミリアム相手ならそんな風に思う事はないのだけれど。

段々と人が増えて、がやがやした喋り声や、食器の触れ合う音があちこちから重なって聞こえるようになって来た。

吹き込んで来る風は、夏の盛りほどの熱さはない。少し前までは、人が多くなるとそれだけで汗を掻くような心持だったのだが、もうそういう感じではなかった。

アンジェリンは欠伸をした。ワインがいい感じに回って来たらしい。

「マスター、おれ薄焼きパン。削ったチーズ乗っけて」

「マリー、そんだけ飲んで食べれるの……？」

「は？　酒で腹は膨れねえだろ。お前こそもっと食えよ、元気出ねーぞ」

「もが」

マルグリットは鴨肉を一切れ取ってアンジェリンの口に押し込んだ。アンジェリンは口をもがもがさせた。

「ま、結局仕事で疲れたって事なんじゃねーの？　トルネラに帰ったら治ると思うぜ」

「うん……」

鴨肉をワインで流し込み、アンジェリンはふうと息をついた。

マルグリットの言う通り、どのみちもう少しで帰るのだ。それまでは頑張るしかない。仕事の事もそうだし、ソロモンの事もあるけれど、ひとまず郷愁の念に身を任せた方が、今はよさそうだ。

トルネラやベルグリフを想う事は、何よりもアンジェリンの心を落ち着かせる。

しかし、眠りに就くとまたおかしな夢を見そうな予感はずっと付きまとう。良い夢を、とまでは言わないけれど、せめて何も見ないでぐっすり眠れないだろうか。

「……イシュメールさんに相談しようかな」

何か安眠できる魔法や薬があると嬉しい。ミリアムは冒険者になる為に魔法を覚えたタイプだから、そういった魔法には少し疎いのだ。マリアはソロモンの事で忙しそうであるし、イシュメールに相談するのがいいかも知れない。

入り口から風が吹き込んで来た。落ち葉が何枚か舞い込んで来てかさかさ音を立てた。

○

急に目の前がはっきりした。目を瞬かせて小さく頭を振る。これは夢だろうか。それとも現実だろうか。

暗い場所だった。しかし外だ。

どうやら夜らしい。崩れかかった石造りの建物や、ぼろぼろの木造りの小屋が通り沿いに並んでいる。スラム街という風である。

見覚えのある風景ではない。あちこちに黒い泥汚れが跳ね散らかっている。分厚い雲が垂れ下がって、霧のような雨が降っていた。重く、陰鬱な雰囲気が漂って、気が滅入る。

両手を見てみた。いつもの両手だ。手の平は剣だこがあって、指はほっそりとしているのにごつごつと硬い。

地面はぬかるんで、あちこちに水たまりができている。折れた枝や、犬のものらしい死骸が片付けられずに転がっている。生ぬるい風の感触や、何かの腐ったような鼻を突く臭いがする。

さっきまで寝床の中でまどろんでいたような気がしたのに、今はこうして見知らぬ景色の中に立っている。奇妙な気分だ。

霧雨はもうもうと立ち込めていて、暗いのも手伝って見通しは悪い。風は生ぬるいのにひどく寒く、思わず両手で体を抱いた。

こんな所にいたくない、と思うのだが、どうしてだか足が動こうとしない。動かせない、というよりは動かそうという意思が働かないのである。

そのまま突っ立っていると、不意に大きな音がした。少し離れた路地裏の辺りの建物が崩れたらしい。地響きのように瓦礫《がれき》の落ちる音が霧雨の間を縫って来た。

背筋が震える。何か嫌な予感がひしひしとした。

ぱしゃぱしゃと音をさせて、誰かが走って来た。

霧雨の向こうに影が見えたと思ったら、背後から閃光が走り、「うぐっ！」と悲鳴を上げて地面に転がった。

「く……」

中年の男だった。骨ばった顔に、白髪交じりの茶髪を撫でつけている。

男は苦しそうに顔をゆがめて、肩の辺りを押さえた。後ろから魔法か何かに肩を貫かれたらしい。麻のローブは血と泥で汚れていた。

男の後ろからまた誰かが現れた。

「逃げられると思ってんの？」

山高帽子をかぶった髭の男だった。

思わず目を見開いた。カシムだ。しかし知っている姿よりも少し若いように見えた。

「ま、待ってくれ……頼む、見逃してくれ！　妻も子供もいるんだ……私の帰りを待っているんだ！」

必死の響きを帯びた男の言葉に、カシムはへらへらと笑った。

「へっへっへ、今更都合のいい事言うなよぉ。あんただって散々好き勝手して来たでしょうが」

「しかし……しかし、もう足は洗う。お前たちにも迷惑はかけない！」

「あのさあ、そう言って命乞いした相手を見逃してやった事あんの？　自分だけ特別って虫が良過ぎるんじゃない？」

男は絶望的な表情を浮かべてカシムを見た。カシムは相変わらずへらへらしている。しかし目だけは笑っていない。ひどく冷たく、鋭い。大公家で初めて会った時と同じような目だ。

駄目だよ、カシムさん！

そう言おうと思った。しかし口は動くのに声にならない。駆け寄ろうと思っているのに足は動こうとしない。

「おっと、止めときな」

男が小さく身じろぎした瞬間、カシムは指先から閃光を放った。男の足が貫かれ、悲痛な声が響く。

「ぐ、う……」

「あんたじゃオイラの相手にゃならないよ。さて、大人しく来てくれりゃオイラも殺しなんかしないで済むんだけどね」

「ふ……ッざけるな！　戻れば、ただでは済まない事くらいお前にも分かっているだろう！」

カシムは肩をすくめる。

「あんたがどうなろうと知ったこっちゃないね。ああ、あと多分嫁さんと子供のとこにも誰か行ってるよ。あの連中が裏切り者を許す筈ないからね。それくらいあんたにも分かってるでしょ？」

「お前に……人の心はないのか……？」

男が顔を絶望に染めて言った。カシムは大きく息をついて帽子をかぶり直した。

「……あると辛いんだよ。心って」

カシムはそう言ってゆっくりと指先を男に向けた。

駄目だよ！

声は出なかった。閃光が走った。男の体がくずおれた。泥水が跳ねた。

叫びたかった。しかし喉ばかりがぎゅうと締まった。

ぼろぼろと涙がこぼれた。がくんと突いた膝に、ぐしゃぐしゃした泥の感触がした。

一四五　鍋から湯気が上がっている。ほんのりと

鍋から湯気が上がっている。ほんのりと薬草の匂いのする湯気は台所からゆるやかに漂って来て、アンジェリンの鼻腔をくすぐった。

ここはアネッサとミリアムの家だ。尤も家主は出掛けている。留守番のアンジェリンは食卓に頬杖を突いてまどろんでいた。

まどろんでいる、といっても気持ちの良いものではない。頭に鉛でも流し込まれたように気分が重く、何をするにも億劫だから動かないでいる。しかも意識と思考の間に膜がかかったようになっていて、何だかぼんやりしてしまう。

だから眠いというのではない。だるい。

マルグリットとのじゃれ合いで少しは元気が出たかと思われたアンジェリンだったが、夜に床に就くと案の定おかしな夢を見た。起きた時に枕が濡れて冷たかったから、寝ている間に泣いたらしい。

ひどく悲しかったのは分かっている。胸焼けのように息が詰まるような心持だったが、やはり内容はちっとも思い出せなかった。ただ感情だけが胸の奥で焦げたようにじりじりと音を立てた。

それでだるくなって、結局イシュメールに会いに行く事もせず、こうやって仲間たちの家に来てぼんやりしている。

がちゃりと音をさせて、買い物籠を抱えたミリアムが入って来た。ぐったりしているアンジェリンを見て眉をひそめ、駆け寄って背中をぽんと叩いた。アンジェリンはべたっとテーブルに突っ伏した。

「もー、アンジェ、しっかりー」

ミリアムはマッサージするようにアンジェリンの背中を指で押した。

アンジェリンは「うぎゅう」と呻いてもそもそ身じろぎした。

「……それ、気持ちいい」

「え、そう？　うーん、やっぱり疲れが溜まってるんじゃないかにゃー」

ミリアムは買い物籠から薬草や木の実をいくつも取り出した。アンジェリンの安眠の為に何か作ろうとしてくれているらしい。

アンジェリンはふうと息をついて体を起こし、ミリアムを見た。

「ミリィ、平気？　ポーションなんか作れるの……？」

「そりゃわたしだって魔法使いだぞー。ちゃんとオババに教わってるんだから」

「でも、依頼の時にお手製のポーションなんか見た事ない……」

「……大丈夫、ちゃんとレシピがある！」

ミリアムはそう言って本棚にある分厚い本を取り出して、テーブルの上に広げた。

「ほら、これ。安眠用の調合。これでアンジェもぐっすりだー」

「効くかな……イシュメールさんに相談しようかなと思ってたんだけど」

「むむう、そりゃ研究畑の魔法使いには負けるけど、わたしだって将来的にはそっち志望なんだぞ。やってやれない事はないもん。友達を信用しなさい」

ミリアムは口を尖らして、薬の材料を抱えて台所に入って行った。アンジェリンは小さく笑って、またテーブルに顎を付けた。ひんやりしていて気持ちがいい。

高々夢なのにな、とアンジェリンは思った。

高位ランク魔獣と幾度も命のやり取りをして来たのに、こんな事でくたびれてしまっているのではまったく不甲斐ない。嫌だなと思いながらも、奮起する元気もないからどうしていいのか分からない。

漂って来る匂いが変わって来た。何だか不思議な匂いだ。馴染みはないが不思議と落ち着くような気がする。

魔法使いの家に行った時は、大抵何かしらの匂いが漂っていた。薬を作る者の所は薬草や香油の匂い、魔道具を作る者の所は魔鉱石や香木の匂い。こういう匂いは、そういった場所を連想させた。

「……マリアばあちゃんは最近どうしてるんだろ」

ぽつりと呟いた。エルマー図書館で会って以来、マリアとは顔を合わせていない。何か摑んだような雰囲気だったが、エルマーとの喧嘩が始まりそうだったので、早々に退散してそれっきりである。

台所から土鍋を抱えたミリアムが出て来た。

「よーし、これでよし。アンジェ、熱いの通るよー」

「んー」

アンジェリンはそれとなく体をかわした。ミリアムは土鍋をテーブルに置く。湯気がもうもうと立ち上っていて、色々なものの混じった匂いがした。

「これを飲めば今夜はぐっすり眠れるぞー」

そう言いながら、ミリアムは鍋の中の汁をコップに注いだ。茶色がかった緑色だ。しかし濁っているのではなく、コップの木目がうっすら見えるくらいには透明である。

アンジェリンは一口含んでみた。苦い。しかし安物のポーション程ではない。

匂いは悪くないが、それでもうまいものではないから、渋い顔をして飲んでいると、ミリアムが思い出したように蜂蜜の瓶を持って来た。

「これを入れれば……」

「……先に持って来てよ」

半ば呆れながら、コップに蜂蜜を入れた。甘苦くて多少飲みやすくなった。アンジェリンはふうふうと冷ましながら少しずつ飲んだ。こういう飲み物はホッとするから良い。

ミリアムは椅子にぎいぎい寄り掛かりながら、ホットミルクをこしらえて飲んでいる。

「ふはー、あまー」

「……そっちのがおいしそう」

「えー、駄目だよ。アンジェは安眠が欲しいんでしょー？」

「ホットミルクでも眠れそうだけど……」

「わたしの薬が効かないと申すか！　うぬー」

ミリアムはわざとらしく足をぱたぱたさせた。アンジェリンはくすくす笑う。

「……どっちみち、寝るにはまだ早いし」

「お昼寝すれば？　ベッドは空いてるよー」

「んー……」

悩む。昼過ぎの丁度眠くなる時間帯だ。ふかふかのお布団に顔をうずめれば、あっという間に睡魔が覆いかぶさって来るだろう。Sランク魔獣よりも強力な相手である。

「……やめとく。夜寝れなくなりそうだし」

「そう？　まあいいけど」

ミリアムは紙袋からクッキーを皿にあけた。

「でもそんな様子だと今年もトルネラで冬越しになりそうだねー」

「うーむ……」

確かにその可能性は危惧している。別に嫌なわけではない。むしろそれでもいいというのも事実なのだが、何となく、こう頻繁に帰っていると、自分の中で特別だった故郷が安売りされるような気分になってしまう。

贅沢な話かなあ、とアンジェリンは椅子の背にもたれて、うんと伸びをした。

けれど、いずれにしても帰郷は楽しみである。実家の寝床はオルフェンのものよりもがさがさして硬いけれど、アンジェリンにとってはそちらの方が落ち着く。きっと悪夢など見ないでぐっすり眠れるだろう。

それにしても、どうして突然こんなに夢見が悪くなったのだろうと考える。考えてみても、別に何か特別なきっかけがあったようには思えない。

アンジェリンは腕組みしてむむむと唸った。記憶の糸を辿ろうとするけれど、どうにも集中できずに、途中で靄《もや》がかかったようになってしまう。

テーブルに顎を付けて溶けていると、扉の開く音がして、アネッサが入って来た。ミリアムとは別に買い物に行っていたらしい。

「お、アンジェ来てたのか」

「うん……おかえりアーネ」

「あれー、マリーは？」

「エドさんと模擬戦だってさ。依頼に行けないから体を動かしたいみたい」

アネッサは買い物籠を下ろしながら言った。

「アンジェは相変わらず調子悪いのか」

「悪い……変な夢ばっか見て、疲れが取れない……」

「夢ねえ……でも内容は覚えてないんだろ？」

「覚えてない……でも、今度の夢はカシムさんが出てきたような気がする」

「カシムさん？　なんで？」

とミリアムが首を傾げた。アンジェリンは嘆息した。

「わたしに分かるわけない……だから困ってるの」

「カシムさんに会いたいんじゃないのか？」

アネッサが言うと、アンジェリンは口を尖らした。

「カシムさんには別に会わなくていい。お父さんに会いたい。お母さんにも」

「まーたそんな事言っちゃってー」

「けど、それならベルさんかサティさんが夢に出て来てもよさそうなのにな」

「そう、わたしの御両親は出て来てくれない……さては愛を育むのに忙しい……？　それはそれで大事。しかし娘も大事にして欲しい……」

「あ、いつものアンジェだ」

「でも、嫌な夢にベルさんたちが出てこないのはいいんじゃないかと思うぞ」

「うん……でもそもそも嫌な夢は見たくないけど」

「何か自分でも気づかない悩みでもあるのかな」

「アンジェってば、そんなに繊細になっちゃったのー？」

「うるさいぞミリィ、リーダーを敬いなさい……」

しかし、確かに自分らしくもないという風に思う。別段悩むような事はなかった筈だが、と考えると、やはりソロモン関係の色々が関係しているのだろうか、という所に行き着く。

サティの話からすると、アンジェリンは魔王である。それも多分シュバイツたちの言うところの成功作である可能性がある。

アンジェリン個人としてはそんな事はどうでもいいのだけれど、それで見す見す不都合を看過するのは面白くない。

「……近々、ばあちゃんにも会いに行こうかな」

「オババに？　魔王の事？」

「うん。一応わたしも調べておかないとだし」

こちらでしか得られない情報だってある筈だ。トルネラに帰った時に共有できれば、何かしら話が進展するかも知れない。あまり心配しているわけではないが、やはりシュバイツの存在は小骨のように引っかかっている。目的に興味などないが、それに巻き込まれるのは迷惑千万だ。

アネッサが腕組みした。

「魔王か……結局まだ分からない事だらけだもんな」

「……ソロモンが人間の為に旧神と戦ったって話、本当だと思う？」

「うーん、何とも言えないなー。けどあのニーカなんとかっていう本によると、ソロモンとヴィエナは惹かれ合っていたけど、結ばれる事はなかった、って事だよね。そう考えると、もしかしたらあり得る話かもねー」

ミリアムは頬杖を突いて視線を泳がした。アンジェリンは残った薬を一息に飲み干す。

「ふう……ちょっとロマンチックだよね」

「アンジェもそう思う？」

惹かれ合いながらもついに結ばれる事はなかった二人。お芝居の脚本にでもなりそうだ。二人は顔を見合わせてくすくす笑った。アネッサが頬を掻いた。

「ヴィエナ教からしたらとんでもない話だけどな……シスターにも話せないぞ、そんな事」

「それはそれ、これはこれ」

「ソロモンって、どんな人だったんだろうね……」

「うーん、どうなんだろうね。悪の代名詞みたいに言われてるけど、そう単純でもなさそうだしね」

「かといって実は善人だったってのもなさそうだけどな」

「完全な善人も完全な悪人もいない、ってお父さんは言ってたよ」

「それはそうかもねー」

「ふーむ、しばらく仕事受けないなら、そっちを調べるのに本腰入れてもいいかもな」

とアネッサが言った。アンジェリンは頷く。

どちらにせよ、調子が悪ければ仕事に出ない方がいい。手持ち無沙汰なら、何かやっていた方が気が紛れる。魔獣との戦いで調子が悪ければ命にかかわるが、調べものをするのに死ぬ事はない。

ともかく近いうちにマリアに会いに行こうと思った。安眠の相談もできれば一石二鳥だ。タイミングによっては、先にイシュメールに会ってもいい。彼も知識は深そうだし、それに人と話していると変な夢を見たのを忘れられる。

それならば、思い立ったが吉日という気がして来た。今朝もイシュメールに会おうと思っていたのに、体がだるかったから諦めたのだ。少しでも元気がある時に動いた方がいい。

しかしふと瞼が重くなって来た。アンジェリンは顔をしかめて目をこする。お昼ご飯を食べ過ぎただろうか。いつも昼過ぎに感じる睡魔よりも遥かに強い。

「……眠い。なんでだろ」

クッキーをかじりながらミリアムが「お」と言った。

「ちょっと濃い目に配合してみたんだけど、もう効いて来ましたかにゃー？」

「そういう事は……早く言いなさい……」

「大丈夫か？　寝床使っていいぞ」

とアネッサが言った。

しばらく瞼を持ち上げようと頑張ってみたが、駄目だ限界だ、とアンジェリンは立ち上がり、ふらふらした足取りで寝床に向かって倒れ込んだ。ふかふかした感触がたちまち体を緩ませる。思った以上に体が疲弊しているのかも知れない。

もそもそと枕に顔を擦りつけると、ミリアムの髪の毛の匂いがした。

ここはミリアムの寝床か、と思っているうちに体中の力が抜けて、アンジェリンは眠りの世界に沈んで行った。

○

雲一つない青空は、見上げると気が遠くなる程に高い。昼下がりの太陽は燦々と光を地上に投げかけてそこいらを照らした。明るい分、影は輪郭がはっきりしている。

ダンカンの戦斧が唸りを上げて振り下ろされた。体半分動かしてそれをかわしたパーシヴァルは、素早く前に出てダンカンのみぞおちに手を当てた。

「む、む、参った！」

「はは、もう少し頑張れ」

パーシヴァルは笑いながらひらひらと手を振った。ダンカンは苦笑しながら戦斧を引く。

「いやはや、パーシヴァル殿は流石のお手並みです。剣を抜かせる事もできぬとは」

「木こりやってて少し鈍ったんじゃねえか？」

「ははは、据え物ばかり切っているのは間違いありませんな！」

ダンカンは豪放に笑って、どっかりと腰を下ろした。パーシヴァルもその隣に腰を下ろして、高い空を見上げた。鳶《とんび》が鳴きながら円を描いている。

若者たちの鍛錬に付き合った後、暇を持て余したパーシヴァルが村の外をぶらついていると、戦斧の素振りをしているダンカンと出くわし、どうせならと手合わせをしたのが今さっきだ。

村は冬支度で忙しいし、ベルグリフは最近、セレンやホフマン、ケリーらと色々な相談をしている事が多い。主にギルドの事だ。ギルド運営に積極的に関わるつもりのないパーシヴァルはそこに顔を出すつもりはないらしかった。

サティは家事や村の女たちの仕事に顔を出しているし、グラハムは子守をしている。双子と遊ぶ事はあるが、最近はシャルロッテやミトが姉、兄として面倒をみているから、それほど出番がない。カシムとずっとつるんでいても仕方がないし、要するに暇なのだった。

ダンカンは戦斧を地面に置いた。

「しかし、ダンジョンができるという話になっては、某《それがし》も勘を戻さねばなりませんからな。や、元々探索はそれほど得手としてはおらんのですが」

「ならベルと一緒に潜って鍛えてもらえ」

「それもいいですなあ。いや、某も以前森に異変が起きた際、ベル殿と一緒に赴いた事があるのです」

「ああ、ミトがここに来た時の話だったか」

「そうです。最初に入ったマリー殿とグラハム殿を追って行ったのですが、ダンジョン化しつつありまして方角が分からなくなりましてな。道に迷ったかと思いましたが、ベル殿の機転で方角が分かりまして無事に辿り着く事ができ申した」

「そういう奴だよ、あいつは。異常事態にこそ冷静でいられる。俺たちも何度も助けられた」

あの時もな、とパーシヴァルは自嘲気味に笑った。ダンカンは顎鬚を捻じる。

「某が言うのも筋違いかと存じますが……まだこだわっておいでなのですか」

「……負の感情ってのは中々消えてくれねえもんなんだ。上から色を塗り重ねても、ふとした瞬間に下の色が滲んで来る。俺は暗い気持ちで戦って暮らして来た。今がどれだけ明るくても、それ自体は消えそうもねえな」

「ふむう……」

難しい顔をして考え込んでいるダンカンを見て、パーシヴァルは噴き出した。

「そんな真面目な顔すんな。こりゃ俺の問題だ。お前が悩まなくたっていい」

「や、これは出過ぎた真似を」

「んん、いや、そういう意味じゃなくてな」

相変わらず真面目な奴だとパーシヴァルは苦笑した。ダンカンは困ったように頭を掻いた。

「どうにも某は無骨者でして……ハンナにもよく言われるのですが」

「おお、最近会わねえが嫁さんは元気か」

「某よりも元気ですぞ。どうにも頭が上がりません」

「そいつはいい。嫁が強い方が家庭は平和らしいぞ」

「ははあ、そういえばサティ殿もお強い」

ダンカンが言うと、パーシヴァルは笑い出した。

「ベルは誰に対しても弱いだろうよ」

「ははは、確かに。しかしその柔らかさがベル殿の強みでもありましょう。剣にもそれがよく表れているように某は思います」

「だろうな……俺の剣とは正反対だ」

「そういえば、パーシヴァル殿の剣は我流なのですか？」

「ああ。尤も、今みたいになったのは一人でうろつくようになってからだ。がむしゃらに魔獣と戦い続けて……気付いたらこうなってたな」

思い出すように言うパーシヴァルを見て、ダンカンはあんぐりと口を開けた。

「なんと……それで今日《こんにち》まで命が続くとは」

「……そう考えるとそうだな。いや、まあ、がむしゃらとはいっても、敵《かな》わないと思ったら逃げてはいたんだが。即座に目くらましをかまして……何だかんだいって命が惜しかったんだろうな。それに……」

「それに？」

「いや、そういう撤退戦はベルが得意でな、見様見真似でやってた。そうすると……まだあいつと一緒に戦っているような気がして、少し嬉しかったんだと思う。当時はそんな事を考える余裕もなかったんだが」

「ははあ」

「勝てない相手からは迷わず逃げる、ってな。皮肉なもんだ。パーティ組んでた時には無茶ばっかりしてた俺が、一人になった途端にそうだったんだからな」

「しかし、そのおかげでこのように再会が叶ったのではありませんか」

「ああ……熱に浮かされたような視界を明瞭にしてくれたのは、あいつらと一緒だった時の思い出さ。尤も、ベルと再会する直前は、それさえも苦しかったな」

「……苦労なされたのですな。それでいてここまで剣の腕を磨き上げられたのには驚嘆いたします」

ダンカンが感心したような顔をしていると、パーシヴァルは急に恥ずかしくなったように頬を掻いた。

「くそ、喋り過ぎた。おい、他の連中には内緒だぜ。こう、ベルたちにはこういう話は小っ恥ずかしくてできねえからよ。特にカシムには言うんじゃねえぞ。あいつはすぐ調子に乗りやがる」

「はっはっは、そうですか。某でよければいくらでも聞き役になりましょうぞ」

「いや、今日は……ええい、もう一勝負行くぞ」

「承った。胸をお借りしますぞ」

そうして再び二人は向かい合う。パーシヴァルは素手、ダンカンは戦斧を構えて、じりじりと距離と機会を計った。

先ほどは先手を打ったのを押さえられたダンカンはやや慎重になっていたが、その不意を突くようにパーシヴァルがあっという間に距離を詰めて来て、戦斧を振り下ろす前に腕を押さえられてしまった。

「ぐ、流石ですな……」

「これでもSランクだからな。そう簡単に負けやしねえよ」

パーシヴァルはからから笑った。ダンカンは苦笑しながら戦斧を担ぎ直す。

「某ももっと鍛えねばなりませんな……パーシヴァル殿はトルネラに腰を据えられるのですか？」

「いや、いずれ旅に出ようとは思ってる。まあ、ダンジョンやギルドが落ち着くまではいるつもりだがな」

「ふむ……貴殿は根っからの冒険者気質なのですなあ」

「まあ、それもあるが……どうしてもぶっ殺したい相手がいるからな」

ダンカンは怪訝な顔をした。

「それは……確かベル殿の足を奪ったという？」

「ああ。今の俺たちの日常はいいもんだが……この間にもあいつがのうのうと生きていると思うと俺は耐えられん。ベルは良い顔をしねえが、これぱっかりは俺の意地だ。俺が原因だったんだから、俺が片を付けなきゃいけねえ」

パーシヴァルはそう言って拳を握り締めた。それからフッと力を抜いて、大きくため息をつく。

「……ま、それもまだ先の話だがな」

冬の貴婦人の忠告も気になるしな、とパーシヴァルは欠伸をした。

ダンカンは腕を組んで考え込んでいる。

「某には……想像しかねます。そこまで憎む相手がいるというのは……」

「はは、いない方がいいのさ。それが幸せってもんだ。さーて、もう帰るかな。ダンカン、お前ハンナに何か頼まれてたんじゃなかったか」

パーシヴァルが言うと、ダンカンは思い出したように目を見開いた。

「そうでした！　戻って荒削りの手伝いをせねば！」

失礼仕る！　と言ってダンカンは駆けて行った。パーシヴァルはくつくつと笑った。

「忙しいな、嫁のいる男は……さて」

自分も帰ろうかと思う。薪割りくらいはしておかないと、またカシムがからかって来たり、サティに小言を言われたりするだろう。子供の相手をしてもいいかも知れない。

この時間は愛おしい。しかしその奥で復讐への暗い情念は消える事無く燃え続けていた。碌なものではないと分かっていても、目を逸らす事ができない。長年、それを拠り所にして戦い続けて来たのだ。

しかし、ともかく今は冬支度だ。復讐の前に凍え死んでは笑い話にもならない。

パーシヴァルはマントを翻して歩き出した。山から風が吹き下ろして来た。

○

熱かった。急に焼けるような熱風が吹いて来て、驚いて目を開けた。

ごつごつとした岩肌が、赤い光に照らされていた。空は暗い。夜らしい。光源は地面だ。ひび割れた大地から赤い光が漏れ出している。

奇妙な音が聞こえていた。地鳴りのようでもあり、何かが唸っているようでもあった。両側は斜面になっていて、そのあちこちから噴煙が吹き上がって闇の中を流れていた。それが赤い光に下から照らされて巨大な化け物のように見えた。下に垂れて来るものもあって、視界はあまり明瞭ではない。

ずしん、と地響きが足先から頭のてっぺんまで伝って来た。ハッとして前方に目を凝らす。赤黒い暗闇の向こうで、何かが動いていた。

咄嗟に腰に手をやるが、剣はない。心臓が高鳴るのを感じながら、そろそろと前へと進む。岩肌にそっと手を触れて、驚いてひっこめた。岩だと思っていたものは、小さな龍の死骸であった。黒い鱗が光を照り返してぎらぎらと光っている。

見ると、そんな死骸がいくつも転がっていた。小さいが、どれも龍種だ。数多い魔獣の中でも上から数えた方が早い上位種族である。

どの龍も刀傷だった。

分厚い鎧にも匹敵する筈の鱗は無残に切り裂かれ、またある部分は力任せに貫かれたようにひしゃげている。魔法や弓矢などの遠距離での傷はない。

流石に、これだけの数の龍を一度に相手にした事はない。龍種相手に負ける気はしないが、それでも数の暴力というものはある。油断すれば勿論危ない。死骸の間を縫うようにして、慎重な足取りで進んだ。

死骸の数は次第に増え、また大きなものも目立つようになった。まだ生き残りがいるかと思っていたが、この分ではそれはなさそうに思える。

不意に咆哮《ほうこう》が響いて来て、耳を押さえる。熱風が吹き荒れて、視界を遮っていた噴煙が吹き払われた。

巨大な龍が吼えていた。真っ黒な鱗に全身を覆われ、瞳は赤く光っている。

その足元に、男が一人立っていた。がっしりした体格に癖のある枯草色の髪の毛が揺れている。パーシヴァルだ。

その姿が目に入るや、胸のうちに強烈なやるせなさと怒り、悲しみや憎しみといった感情が掻き立てられて、思わず胸を押さえる。これは自分のものではない。すると、目の前のパーシヴァルの気持ちが流れ込んで来ているのだろうか。

パーシヴァルはぶつぶつと何か呟いていた。

「お前じゃない……お前でもない……」

よく見るとパーシヴァルはボロボロだった。頬や額から血が流れ、マントはやぶけて、鎧もでこぼこになっている。左腕は変な方向に捻じれて、指先からぼたぼたと血が滴っていた。

「殺せねえのか？　おい、お前も……」

パーシヴァルは右手に持った剣を龍に向けた。

龍の方もあちこちに切り傷が走り、方々の鱗が剥げて血を流していた。目も片方潰れている。かなりの激闘だったようだ。なんであんなに傷ついてまで、と体がすくんだ。

「いい加減に……終わらせてくれよ。こんなのはもう……ああ、ちくしょう。こんな傷、この程度じゃ……」

パーシヴァルは苦々し気に舌を打った。

龍の方も困惑したように唸っている。絶対的強者には、ここまで追い込まれた経験はないのだろう。理解が追い付いていないようだが、残った目には怒りの炎が燃えていた。

龍が牙を剝いてパーシヴァルに襲い掛かった。

パーシヴァルは一歩も引かずに、逆に前に出てそれを迎え撃つ。牙と剣とがぶつかり合い、魔力が弾けて迸《ほとばし》った。

パーシヴァルは自分を守るという事をしなかった。曲がった左腕すら怪我をしていないように扱い、縦横無尽に駆け回って黒龍を激しく攻め立てた。龍の方はこの怒濤《どとう》の攻撃に次第に押されていた。自分が傷つく事をいとわぬパーシヴァル相手に、瞳に恐怖の色すら浮かんでいた。

龍にとっては小刀程度でしかない筈のパーシヴァルの剣は、易々と鱗を断ち、肉を割いて骨を穿った。これは龍と人との戦いではない。龍と、人の形をした怪物の戦いだ。

魔獣を相手に戦う事自体に、思う所はない。自分だってそうだからだ。

しかし、その戦う姿があまりに悲しく、やるせなかった。

一太刀一太刀が龍の体を斬り裂き、また龍の爪や牙、口から吐く炎がパーシヴァルの身を焦がす。その度に、胸の内が刺すように痛んだ。それがパーシヴァルの持つ苦しみだと理解できた。こんな辛さを抱えて戦っているのか、と心臓が激しく打っていた。

やがて黒龍が倒れた。ずん、と地面を揺らしてから、不気味な静寂が辺りを包んだ。地の底から響くどろどろという音と、パーシヴァルの荒い呼吸の音だけが嫌に大きく聞こえた。

龍と単身で戦い、勝つ。吟遊詩人たちがこぞって歌にするような大金星の筈であるのに、パーシヴァルの表情には喜びの色は少しもなかった。むしろ落胆しているようだった。龍の死骸の傍らに腰を下ろして、大きく息をつく。疲労と絶望とが、パーシヴァルに影を作っていた。その姿はひどく孤独に見えた。

「どれだけ殺しても……」

不意に胸を押さえた。ごほごほと咳き込んで、懐から匂い袋を取り出して口元に当てる。しばらく呼吸を繰り返し、地面に唾を吐いた。血が混じっていた。

救いを求めていた。しかしそれを求める自分を否定する心もあった。それがぶつかり合って、ひどく苦しかった。そのパーシヴァルの苦しみが流れ込んで来て、ありありと分かった。自分の呼吸の荒くなるのが分かる。

何か言おうとした。しかし言葉は出ない。

歩み寄ろうとしても足も動こうとしない。ただ悲しみばかりが溢れて来て、胸が詰まった。

次第に闇が濃くなって来た。視界が塗りつぶされるように黒くなった。

最後に見えたのは、わずかに震えながらもきつく握り締められたパーシヴァルの拳だった。

一四六　次第に風は秋のものに変わって

次第に風は秋のものに変わって行った。夏の間は心地よく感ぜられたそれらは、今は首筋をひんやりと撫でて、思わず服の裾を寄せさせるものになっていた。

トルネラで暮らしていると、夏の盛りに冬を感じる。もうそこからは寒くなって行くしかないからだ。だから村人たちは夏が頂点に達した辺りから、本腰を入れて冬の支度を始める。

しかし元々北国の仕事はすべて冬越しの為だと言ってよい。長く厳しい冬を乗り切るために、他の季節に一生懸命に働く。雪に閉ざされる辺境の村では、厳寒の時期に日々の食を求めて外を出歩く事はできない。

ベルグリフは薪棚を見て満足げに頷いた。もう割られた薪で満載である。

しかしこれでも一冬乗り切れるか微妙な所だ。暖炉は暖房としてだけでなく煮炊きの道具にも使う。

いざ燃料不足に陥らないよう、トルネラには共同の薪の保管場所もある。自分の所の薪を確保できたら、そこの薪を準備するのも村の大人たちの仕事だ。夏のうちに蓄えられた薪はしっかりと乾き、よく燃えてくれる。生乾きの木では煙ばかり立って煤が溜まるばかりで埒が明かない。

ここのところは、ベルグリフは書類仕事や打ち合わせが多い。ダンジョン及びギルドの稼働は来春という風に話がまとまっている。それぞれの頭の中だけだった話が、いよいよ具体的な形を持って動き出そうとしているのだ。

建物が出来て行くのを見るだけでも、そんな気はずっとしていたが、セレンが持って来る経営の実際や、ギルドに関しての制度の事などを話していると、余計にその感は高まった。

薪割り場の周りを整理しながら、ベルグリフはアンジェリンの事を考えた。

秋祭りの前に、と言っていたから、もうじき帰って来る筈だ。今年こそは岩コケモモが食べたいとしきりに言っていたのを思い出すと、ベルグリフの頬は緩んだ。どれだけ大きくなっても、自分にとってのアンジェリンはあの頃の小さなアンジェリンと変わりがない。

アンジェリンが戻って来るならば、アネッサやミリアムも一緒だろう。マルグリットも来るかも知れない。

また大所帯になるな、とベルグリフはくすくす笑いながら、散らばった木片を集めて籠に入れた。これは焚き付けに使うのに都合がいい。

向こうではサティが洗濯物を干している。微かに吹く風がそれらを揺らしていた。

今日は一段と風が冷たい気がした。朝のうちは青空が広がっていたのに、今は流れて来た雲が陽の光を遮っている。尤も、まだ体は夏の暑さを覚えているから余計にそんな気がするのかも知れない。冬になればこの比ではない。

最後の一枚らしいのをぶら下げて、サティはふうと息をついて両手をこすり合わせた。

「済んだ?」

ベルグリフは言った。

「うん、これで最後。はー、干す時になって曇っちゃって……水が冷たくなって来たや」

「もう夏は終わったなあ」

ベルグリフは手を伸ばして、サティの手を包んだ。ほっそりとした指先がしんしんと冷たくなっている。

「ああ、本当に冷たいな」

「ベル君の手はあったかいね」

サティは少し照れ臭そうに笑った。

もう水仕事が段々と厳しくなり始める。井戸の水は一年を通して温度があまり変わらないが、それでも濡れた手はあっという間に冷たくなってしまう。だが、真冬に比べれば今はマシだ。これからはどんどん寒くなる。

しばらく手を繋いでいた二人だったが、やがてサティが軽く周囲を見回してから、ベルグリフに抱き付いた。胸元に頬を擦りつけて息をつく。

「はー……あったか」

「おいおい、アンジェと同じだぞ、これじゃ」

「ふふん、似た者母娘だから仕方ないでしょ。それとも嫌かな?」

「嫌じゃないけど……」

「照れ屋さん」

サティはにまにま笑って、ベルグリフの背中を手の平でさすった。ベルグリフは苦笑しながらサティを抱き返し、背中をぽんぽんと叩いた。両腕の中にいるサティはとても華奢で小さく見えた。背中に回した手の甲に銀髪が触れると、さらさらとくすぐったい。段々と服越しに体の温もりが感ぜられて来た。サティはもそもそと身じろぎして、ベルグリフを見た。

「……ちょっとあったかくなった」

「うん。暖炉の火を見て来ないと……」

家の中に入ると、上げ床を拭いていたシャルロッテが顔を上げた。

「あ、お帰りなさい。お外の仕事は終わったの？」

「うん、こっちは大丈夫。シャル、冷たくない？」

サティはシャルロッテに歩み寄って手を握った。シャルロッテははにかんだ。

「大丈夫よ。お湯をね、ちょっと混ぜたの。今日は少し寒いから」

「おお、賢いねえ。ふふ、いい子いい子」

サティは笑いながらシャルロッテを抱きしめて頭を撫でた。シャルロッテはむぎゅうと言いながらくすぐったそうに身をよじった。

水仕事や畑仕事をするから、シャルロッテの手は少し荒れていた。かつての白くて可愛らしい手がこうなってしまって、ベルグリフは少し悪いような気がしていたのだが、それとなくその事を言うと、シャルロッテは嬉しそうに笑って、「少しはお姉さまみたいな手になったかしら？」と言った。強い子だと思う。

家の中には輪にまとめられた木の蔓があちこちにぶら下がっている。グラハムが山に行く度に集めて来て、冬の間の仕事の一つとして籠や笊を編もうとしているらしい。

シャルロッテやミトは、ベルグリフたちが留守の間にグラハムに教わったようで、小さいけれど中々綺麗な籠を編む。籠はなんだかんだと使う機会が多いし、綺麗にできれば行商人に売る事もできる。冬の室内仕事としては良い。

グラハムとミト、ビャクは森へと出かけている。恐らくは村の子供たちも連れて、果実や薬草、木の蔓などを集めているのだろう。

パーシヴァルとカシムは相変わらず気ままにぶらついているようだ。手伝いはしてくれるものの、根っからの冒険者気質である彼らは、農村の日々の暮らしには未だに馴染んでいない。

ハルとマルはパーシヴァルに付いて行った。腕にぶら下がったり振り回されたり放り投げられたり、少し乱暴な遊びはパーシヴァルがやってくれる。暴れたい気分の双子の相手には持って来いだ。

じきに昼になる。グラハムたちは弁当を持って行ったが、他の者は帰って来る筈だ。昼の支度をしなくてはならない。

粉を練って寝かせておき、燻《くすぶ》っている暖炉の火に薪を足し、余ったスープに水と具材を足してかき混ぜる。青い豆を莢《さや》ごと切って入れ、さらに煮込む。昼食の支度はこれで終わりだ。後は食べる時に生地を伸ばしてスキレットで焼く。

昼の支度が終わると、シャルロッテは羊の様子を見に行くとケリーの家に出かけて行った。最近は可愛がっている子羊がいるらしい。

ベルグリフは少し考えてから、穴の開いた袋を持って来て繕い物を始めた。サティは棚の瓶詰や乾燥品の箱、塩漬けの壺などを確認し始める。

しばらくは黙々と作業をしていたが、やがてサティが口を開いた。

「こういうのが嫌で故郷を飛び出したのに、今はこれが愛おしいなんて不思議」

ベルグリフは微笑んだ。

「そうか……俺にとってはこれが日常だが」

「ふふ、いいね。こういうのが大事っていうのは、若い時には分からなかったから」

サティはくすくす笑って、瓶の埃を拭った。

「アンジェは、いつ帰って来るかな」

「秋祭りの前には帰って来ると言っていたが……忙しいかもな。Sランク冒険者だから」

「会いたいなあ。なんだか凄く会いたい」

サティはそう言って息をついた。

「やっぱりね、あの子は特別っていう感じがする」

「かもな……俺にとってもアンジェは特別だよ」

「だろうね。ふふ、あの子のおかげで再会できたんだしね」

サティは最後の瓶詰を棚に戻して、ベルグリフの隣に腰を下ろした。

「また冬が来るね……アンジェはここで冬越えをするのかなあ？」

「どうだろうね。その可能性は大いにあり得るけど」

Sランク冒険者として無類の強さと名声を得ていても、いつまでもアンジェリンは甘えん坊だ。両親や家族、仲間と一緒にトルネラの冬を過ごすとなれば、喜んで腰を据えるだろう。

しかし、同時に少しずつ成長しているらしいのも確かだ。甘えん坊は甘えん坊なりに考えて、自立しようとしている。

だからベルグリフは、アンジェリンが一緒に冬を越したいと言おうが、秋祭りが終わったらトルネラを出ると言おうが、どっちにしても受け入れてやると決めていた。

しんとした家の中で、暖炉の燻る音だけが聞こえる。時折風が窓を揺らす。耳を澄ませば、遠くで羊や山羊が鳴いているのが聞こえる。鶏の声もした。

しばらく二人で並んで座っていた。

サティはベルグリフに寄り掛かり、ベルグリフは袋を繕う。サティは少し眠そうに目を伏せて、小さく呼吸を繰り返していた。

本当に寝てしまったのか、とベルグリフはちらとサティの方を見た。

「サティ？」

「……起きてるよ」

サティは薄目を開けてベルグリフを見た。それから「んん」と言って伸びをした。

「はー……もう皆帰って来るかな。あ、そうだ。塩漬けのちょっと残ってるのがあったから、使い切っちゃわないと」

そう言って立ち上がり、別に置いてあった小さな壺を手に取った。中身を出して細かく刻んでいる。

その背中を眺めながらベルグリフは大きく欠伸をした。

○

マリアの家はオルフェンからは少し離れた所にあるから、気軽に訪ねて行こうという風にはならないが、話をしたかったのもあるから、アンジェリンは頑張った。

オルフェンに宿を取っている筈のイシュメールには会えていない。滞在中は日銭を稼ぐ為に仕事を受けようと思っている、と聞いたから、ギルドでユーリに尋ねたのだが、イシュメールは一度も仕事を受けていないらしく、宿の場所も分からないと言われてしまった。

相変わらずだるさの抜けない体を動かしてマリアの庵にやって来た時には、もう昼を過ぎていた。

乗合馬車を降りると、土埃が舞っている。

珍しく一人だった。少し大規模な魔獣討伐の仕事があって、そちらの助けに入って欲しいと要請があった為、三人はそっちに出かけて行った。

アンジェリンは仕事に出られない状態だが、他三人は元気だ。アンジェリンが動けないからその代わりに、という意味合いもある。高位ランク冒険者は気ままな仕事だが、難易度の高い仕事の場合にはそれを優先して動かなくてはならない。

アンジェリンは荷物を担ぎ直した。秋の初めの太陽が目に眩しかった。乾いた唇を舐めてから、ゆっくりと歩き出す。

小さな村を通り抜け、白い壁の大きな建物の脇を抜けて行くと、木造りの小さなマリアの庵がある。

前に来た時は周りでたむろしている連中がいたが、今日はいない。それもその筈で、マリアが家の外に揺り椅子を出して腰かけている。

基本的に来客を歓迎しない姿勢のマリアは、その実力と名声で尊敬されてもいるが、恐れられてもいる。鋭い目つきで不機嫌に睨まれては、半端者では退散する他ない。下手に声でもかけようものなら容赦なく喝破されてしまうだろう。魔法の一つでもお見舞いされるかも知れない。

アンジェリンが近づくと、マリアは片目を開けた。

「ふん、アンジェか……」

「マリアばあちゃん、日向ぼっこ？」

「もう陽射しもそれほどひどくねえからな。げほっ」

マリアはそう言って口元を押さえて小さく咳き込んだ。アンジェリンは歩み寄ってその背中をさすってやる。マリアは怪訝な顔をして目を細めた。

「一人か？」

「うん」

「珍しいな……お前、調子でも悪いのか？」

「うん……」

アンジェリンは嘆息した。マリアはくたびれた様子で揺り椅子に深く腰掛けた。

「ったく、元気だけが取り柄の癖して……それでどうして来たんだ」

「寝れないの。寝ても、変な夢ばっかり見て、逆に疲れちゃうから……」

良い薬ない？　とアンジェリンは言った。マリアは頭を乱暴に掻いた。

「安眠薬くらいクソ猫でも作れるだろう」

「ミリィも作ってくれた。でも効かなかった……」

「チッ、馬鹿弟子が……入れ」

マリアは億劫そうに立ち上がって家の中に入って行った。アンジェリンはその後に続く。

家の中は相変わらず埃っぽいが、マリアが日光浴をしている間に戸も窓も開け放していたらしく、風が通って少しはまともなように感ぜられた。

「お掃除したの？　珍しいね」

「窓を開けただけだ……ほらよ。余りもんだ、薬代はいらん」

マリアは小さな小瓶をアンジェリンに手渡した。薄紫色の液体が入っている。アンジェリンはそれをハンカチで包んで鞄にしまった。

「ありがと、ばあちゃん」

マリアは部屋の中の椅子に腰かけて、顎で暖炉の薬缶《やかん》の方を示した。アンジェリンはもそもそとお茶の支度を始める。その背中を見ながら、マリアが言った。

「お前が弱弱しいと不気味だ。どんな夢を見てやがる？」

「それが……思い出せないの。ただ、嫌な夢だったのは確かで……」

「面倒だな……何か心当たりはねえのか？」

「分かんない……そんなに疲れてるつもりもなかったし、気になる事も……あ、ソロモンの事、何か分かった？」

アンジェリンが言うと、マリアはふうと息をついた。

「概ね推測はついた。エルフの母親を持つお前がどうして人間なのかもな」

アンジェリンはポットにお湯を注いでお盆に載せた。

「ホント？　凄いね、ばあちゃん……」

「当たり前だろうが。お前はあたしを馬鹿にしてんのか。げほっ」

アンジェリンはくすくす笑ってマリアにお茶を手渡した。

「仕事に出るにはきついけど、する事ないから……ソロモンの事調べようと思って」

「お前如きが片手間で調べても何も分からねえよ」

「うん。だからばあちゃんの所に来たの」

あっけらかんと言うアンジェリンに、マリアはふうと息をついて、お茶をすすった。

「……ひとまず、ソロモンとヴィエナの関係から調べた。禁書扱いの歴史書や叙事詩、散文なんかも当たってみたが、どうやら奴らが協力して旧神と戦ったのは確からしい」

「そうなんだ……じゃあどうして敵対する事になっちゃったんだろ？」

「権力を得たソロモンが増長してヴィエナと考え方が変わってしまった、と考えるのが妥当だろうな。ヴィエナは旧神の一柱ではあったが、人間を好いて慈愛の女神と呼ばれていた。ソロモンが後に苛烈な支配を布いたというのと照らし合わせれば……げほっ、敵対してもおかしくない」

確かに、帝都で敵対した偽ベンジャミンも、ソロモンは人間に絶望して、自らが人々を導かねばならないと考えるようになった、と言っていた。そういう者は、従わない者に対しては容赦しないだろう。

しかし、その為に惹かれ合っていた筈のヴィエナとまで敵対するものなのだろうか。

「でも、あの、ニ、ニカ……」

「ニーカユチシマか」

「そう、それ。それには二人は惹かれ合ったって書いてあったけど……」

「だがついに結ばれる事はなかった、ともある。男と女はすれ違う事は珍しくない」

「……それ、経験談？　ばあちゃんもすれ違った事あるの？」

「やかましい。話を逸らすな」

マリアはお茶をすすった。

「……ともかく、奴らは協力し合ってはいたが、魔力の質自体は正反対だった。エルフに通ずる白く清浄な魔力を持つヴィエナと、人間でありながら魔王を生み出す事ができた黒い魔力を持つソロモン。正反対だからこそ惹かれ合ったのかも知れんが……ともかく結ばれはしなかった」

「ええと……魂の白と黒？」

「そうだ。普通に考えれば、相性は最悪だ。だが、正反対のものを上手く混ぜ合わせる事ができれば、それは中庸となる。人間の魔力は白でも黒でもない。魔王ってのは魔力の塊だ。その黒い魔力にエルフの白い魔力を丁度いいくらいに混ぜる……すると肉体は人間に近くなるんだろうよ。そう考えると、魔王の魂とエルフの母を持つお前が人間として生まれて来たのも納得がいく」

「そっか……だからわたしは人間なんだ」

何となく得心がいった。本来交わる筈のない正反対のものが上手くバランスを取った状態になったのがアンジェリンだったのだ。

アンジェリンはお茶を一口飲んで、言った。

「他には、何か分かった……？」

「シュバイツの目的に関しては見当が付かん。奴の言うところの成功作がお前だとしても、わざわざ逃がして自分に敵対させている事が分からん。そういう部分では絶対に油断しない野郎だからな」

「やっぱりそうかあ……お母さんもそう言ってた」

アンジェリンはそう言って椅子の背にもたれ、頭の後ろで手を組んだ。

自分を兵器として扱うつもりであるならばそれはとうに失敗している。加えて帝都の拠点を壊滅させ、ベンジャミンを助け出しさえしたのだ。

だからこそシュバイツの目的が不明瞭になって自分たちを混乱させている。

マリアは少し考えている様子だったが、やがてアンジェリンの方を見た。

「……シュバイツには、協力者がいたんだったな」

「え？　うん。皇太子に化けてた死霊魔術を使う奴と、あとヘクターっていう冒険者……それと聖堂騎士もいたけど……一人は死んじゃって、もう一人は操られてたみたい。それから大公家の……ええと、三男だったかな？　あいつも騙されてたっぽいけど」

「他には？」

「え、と……うーん、他には……」

いたような、いなかったような。

アンジェリンは腕組みした。実際に戦ったのはその連中だったが、他にも誰かいたような気がする。

最後の戦いの舞台になった奇妙な空間を作り出していたのはシュバイツでも偽ベンジャミンでもない、と後になってカシムから聞いたような。

ぼやけた記憶を辿って行って、ようやく思い当たった。

「……あ、そうだ。確かサラザールっていう大魔導の人。わたしを閉じ込めた時空牢って魔法の使い手はその人なんだって」

「サラザールだと？　げほっ……〝蛇の目〟か？」

「うん。姿がころころ変わって、変な事ばっかり言うの」

「あいつが協力するという事は……さては時空魔法か？　まさか事象流……？　あの荒唐無稽な説をシュバイツが……？　いや、もしあたしらの知らない何かを摑んでいたとしたら、それもあり得ねえ話じゃねえか……」

「ばあちゃん？」

急に眉をひそめてぶつぶつ呟き出したマリアを見て、アンジェリンはおずおずと声をかけた。マリアはハッとしたように顔を上げてアンジェリンを見た。

「……考える事ができた。少し待ってろ」

「え、うん。分かった……」

何だか分からないが、マリアは何か摑んだらしい。アンジェリンは困惑したけれど、どうせ急いで帰ってもする事があるわけでもない。

「……お茶、淹れるね」

マリアは返事をしなかった。完全に思考に沈み込んでいる。アンジェリンは肩をすくめて立ち上がった。ポットに古そうな茶葉を入れ、お湯を注ぐ。

陽は傾いて、夕方が近くなっているようで、窓から朱色を増した光が斜に射し込んで来る。湯気立つコップを手に持ってぼんやりしていると、瞼が重くなって来た。夕方のこの時間は妙に眠くなって来る。

眠るのが怖い、と思いながらも次第に体から力が抜けて、いつの間にかアンジェリンはテーブルに突っ伏していた。

○

ぷんと血の臭いが鼻を突いた。驚いて目を開けると、青白い光が照り返す石の壁が見えた。地下らしかった。冷たく、重い空気が充満している。窓はなく、壁にある小さな硝子の筒の中で、青白い炎が燃えていた。

前を見て、後ろを見返る。

廊下くらいに幅の狭い空間が延びていた。後ろには上へと向かう階段があり、前は少し行った先が曲がり角になっていた。

ここはどこだろうと思った。

見知らぬ場所である。

足の裏の床は硬く、重苦しい感触がした。

床も壁も天井さえも、すべて石でできている。靴の踵が床を打つと、大きく音が響くような気がしたが、足踏みしても音がしなかった。

足元に血が飛び散っていた。まだ乾いておらず、独特の鼻に突く臭いが漂っている。気分が悪くなる。

静寂が耳に痛い。自分の心臓の音が大きい。

落ち着かない気分で立ち尽くしていると、誰かの苦し気な息遣いが聞こえて来た。ハッとして顔を上げ、その音の方に目をやった。奥の曲がり角の方から聞こえた。

ごくり、と息を呑んでから、そろそろと歩き出した。足音はしない。靴底を越して冷たさが足に伝わって来るようだ。

角を曲がると、その奥は鉄格子の牢屋が幾つも並んでいた。同じような青白い光に照らされたそれらは、光を照り返して濡れているように見えた。

鉄格子のなかで誰かが呻いていた。女の人だった。

「ハ――ァアッ！　あッが……ぐうぅ……ッ！」

思わず駆け寄って鉄格子にすがり付いた。女はうずくまっている。栗色の髪の毛を振り乱し、苦痛に悶えていた。

どうしたの、しっかりして。

口だけがぱくぱくと動く。喉の奥から音は出て来ない。

「十三番はもう少しのようです」

男の声がした。そちらを見る。ローブを着た数人の人物が立っていて、手に持った紙と鉄格子とを交互に見ていた。

「しかし望み薄だな。もし成功であるならばここまで異常成長はすまい」

「概ねひと月と少しで腹部が肥大しましたからな」

お前らが！

怒りが沸き立って、地面を蹴る。飛びかかって、殴り倒してやる。

しかし立っている連中の体をすり抜けて、地面に転がってしまった。男たちは気付いた様子もなく鉄格子の中の女を眺めているだけだ。

どうしてだ？　と困惑して自分の両手を見る。

ぎゅうと握れば感触がある。足だってしっかと地面を踏み締めている。それなのに、女を助ける事も、ローブの連中を叩きのめす事も出来ない。

あまりの無力感に呆然としていると、不意に空間がぐにゃりと歪んだ。まるで陶器にひびが入るような音がしたと思ったら、何もない空間に突然穴が開いて、誰かが飛び出して来た。銀髪がたなびいて、青白い光で輝いた。

お母さん？

サティだった。着地するや素早く辺りを見回し、状況を一瞬で把握したらしい。たちまち目に怒りの炎を宿して地面を蹴った。

「なっ！」

ローブの男たちが態勢を整える前に、サティは肉薄して腕を振る。一人の首が宙に舞った。剣など持っていないのに、まるで剣士のような動きだ。魔力で作った見えない剣があるのだろうか。

「きさ――」

容赦はなかった。サティはあっという間にローブの男たちを皆殺しにすると、鉄格子に駆け寄った。

「しっかりして！」

そう叫んで腕を振る。鉄格子が斬られてばらばらと散らばった。サティは中に飛び込んで、女の肩に手を回す。もう片方の手は大きく膨らんだ腹に当てられた。女は苦し気に喘いで、サティの服の裾を握り締めた。

「あ、あ……た、助けて……」

「大丈夫……大丈夫だから……」

サティは必死の表情で何か小さく詠唱している。しかし女の苦悶の声は止まない。触れようにも触れられない。すり抜けてしまう。励ましの声すらかけてやれない。だからもどかしい気持ちで見守っていると、女が一際大きな悲鳴を上げた。丸めていた体が跳ね上がり、のけぞる。膨らんだ腹がぼこぼこと動いた。中で何かが暴れているようだ。

サティが歯を食いしばった。

「駄目！　お願い、大人しく――！」

「かはっ」

女の悲鳴が止んだ。小さな吐息と共にかくんと頭が垂れた。手足もだらりと垂れて力が抜けているのに、腹だけが変わらずに暴れている。

「――ッ！」

サティが素早く飛び退った。

ほぼ同時に、女の腹を突き破って何だか黒くて形の定かでないものが出て来た。かろうじて人間のような手足と顔とが見受けられるが、長さも太さもばらばらで、すぐにバランスを崩して床に転げた。血が舞い散り、床にも広がって行く。

直視できない光景だ。しかし目を逸らす事ができない。あまりに凄惨で悲しく、目に涙が滲んで来た。嗚咽が込み上げて来て、鼻の奥が詰まって息がしづらい。

『あ、るじ……？　あるじ、ど、こ……？』

黒いものはぶつぶつと呟いて、手足らしいものをずるずると動かしている。

サティは悲愴な顔で胸元を押さえた。呼吸が荒くなっているらしい。苦し気に喘ぎ、目の端に涙を浮かべながらも、もがく黒い物体を見据えた。

「ごめん……ごめんね……」

そう言って一瞬目を伏せたと思うや、即座に見開き、両手を振り上げた。そして剣を振るように前に振り下ろす。すると、幾閃もの斬撃が走り、黒い物体は細切れになった。

ばらばらと落ちたそれは、どろりと溶けて、粘度のある液体になって広がった。それが血と一緒に赤と黒の二色のコントラストになって、ひどく気味が悪い。

サティはがくりと膝を突いた。肩を震わせて、両手で顔を覆う。

「ごめんなさい……また、助けられなかった……うぅ……あぁあぁあぁああ」

死んだ女にすがるようにうずくまって、水門が決壊したかのように泣き出した。服が汚れるのにも気付かない様子だった。

その姿に、とにかく涙が溢れて堪らなかった。自分自身の悲しみに加え、サティの悲しみと苦しみが流れ込んで来るようだった。

お母さん。

今すぐにでもそう叫んで抱きしめてやりたかった。

しかし、さっきまで動いていた筈の体は動かず、声は相変わらず出ない。ただ立ち尽くして、泣いているその姿を見ている事しか出来ない。

やがて泣き声が遠くなり、次第に視界に膜がかかったようになって、少しずつ目の前が暗くなって来た。

一四七　今すぐにでも帰りたかった。ともかく早く

今すぐにでも帰りたかった。ともかく早く帰って、ベルグリフの胸に飛び込みたかった。

マリアの庵でうたた寝に身を任せると、案の定悪夢が襲って来て、アンジェリンは跳ね起きた。全身がびっしょりと汗を掻いていて、燃えるように熱いのに、体の芯だけは氷のように冷えているように思われた。

跳ねるように起きたが、しかし力が入らずに椅子にへたり込み、両腕で体を抱くようにして震えていると、マリアが即座に何か魔法をかけて、それから温かくて甘いものを飲ませてくれた。

それからは少し落ち着いた。

それでも体がだるく、疲れが抜けたという風ではなかった。節々に痛みすらあったくらいで、風邪を引いたかと思うくらいだった。しかし熱はない。ただ力が抜けて、動くのがひどく億劫になっていた。

これは最早寝不足による疲労ではなかった。精神が完全に疲弊して、それが体を重くしていた。不意に涙が溢れて来て、嗚咽が止まらない事もあった。

マリアが渋面のまま、カップに飲み物を注ぎ足した。

「病人に世話をさせるんじゃねえよ、手のかかるガキだ」

「……ごめん」

アンジェリンは俯いたままカップに口を付けた。不思議な匂いが鼻腔をくすぐる。薬草を何種類も煎じて、そこに砂糖と乳を入れて混ぜたものだ。流石にミリアムよりも作るのが上手いようで、甘く、飲みやすくて落ち着く。マリアはふうと息をついて椅子に腰かけた。

「げほっ……また悪い夢か」

「……今までで一番ひどい夢だった」

「覚えてるのか？」

「ううん……でも、お母さんが出て来た。すごく悲しそうで、わたしも悲しくて……」

段々と夢が現実と紛うほどに鮮明になっていた。しかし起きるとその鮮明さがたちまち陽炎のようにぼやけて曖昧になってしまう。それを見た時の感情の動きだけが明確に心に残っていて、それがひどく辛い。

長く眠ったような気がするのに、まだ日は暮れていなかった。相変わらず赤みがかった光が窓から射し込んで、舞う埃が見える。

アンジェリンが俯いたまま黙っていると、やがてマリアは大きく息をついて、アンジェリンを見た。

「……アンジェ、早めにトルネラに帰れ」

「え……」

「悪夢の原因は分からんし、シュバイツの狙いも不明瞭ではあるが……それでお前が倒れちまったら無意味だ。ベルグリフに会うのが、お前にとっては一番の薬だろうよ」

「でも……」

アンジェリンはもじもじした。

早く帰りたい、という思いに偽りはない。しかし、自分に変な事態が訪れている時に帰るのは、大事な故郷や家族の許にその面倒事を持ち込むようで、何となく気後れする。帰郷する時は何のしがらみもなく、お土産を山と抱えて、笑顔で帰りたいのである。

マリアはばりばりと髪の毛を掻いた。

「これは荒唐無稽な話だが……事象流って言葉は聞いた事があるか？」

アンジェリンは首を傾げた。そういえば、帝都でサラザールと会った時に、そんな事を言っていたような気がする。難しい話だったし、カシムが与太話だと言っていた覚えがあるから、今の今まで考えていなかったが。

「サラザールさんが、そんな事を言ってた気がするけど……カシムさんが与太話だって」

「だろうな。魔法学の分野でも正直根拠のない話だ。だが〝蛇の目〟は性格こそ別にしても魔法使いとしては一流だ。あれとシュバイツが絡んでいるなら、単なる与太話として片付けるわけにもいかん」

「……事象流って何なの？　それがわたしと何か関係あるの？」

「お前との関係は分からん。だが、魔力とは別に、ある事象の流れ……物事の因果というものがあるだろう。それには大小があって、大きなものは時空的に影響を持つ、というものだ。それは魔力などの外的な力によるものではなく、人間自身が持つ魂の意識や行動、そういったものに起因する、という説だな。げほっ、げほっ！　ごほっ！」

「ええと……」

要領を得ていないらしい顔のアンジェリンに、マリアは嘆息した。

「……そんな顔するんじゃねえよ、あたしだって与太話としか思えん。魔力じゃねえって事は既存のやり方じゃ観測もできん。時空魔法の連中の中で一時期盛り上がった事もあったが、結局形而《けいじ》上学《じょうがく》的な議論に終始するしかなかったわけだ。〝蛇の目〟はこれを単なる哲学じゃなくて現実の問題に当てはめようとしているようだが……」

ちっとも分からない。本調子ではない事も手伝って、アンジェリンは早々に理解する事を放棄してコップに口を付けた。マリアはそれを察したのか、やれやれと肩をすくめた。

「ともかく、もしそういう無茶苦茶な話を根拠に何かを企んでるとしたら、あたしにも対策を考えるのは難しいって事だよ。くそ、どこまでもあたしの神経を逆撫でしやがる野郎だ……」

「でも……それでわたしがトルネラに帰っても大丈夫なのかな？」

アンジェリンが言うと、マリアは少し難しそうな顔をしたが、やがて小さく首を振った。

「分からん。だが、トルネラには〝パラディン〟がいる。カシムに〝覇王剣〟もいるんだろう？」

「お父さんもいる……」

「ああ、まあ……シュバイツの企みは想像できんが、悪夢があいつの仕掛けている事だとしたら、お前の心がぐらつくのが一番まずいだろう。それならお前の安心出来る場所に居た方がいい。トルネラにも、何か起こっても対応できるだけの連中は揃ってるだろうし、相手が相手なだけにオルフェンでも出来る事は限られるからな」

「そう、かな……」

何だかそんな気がして来た。何よりも、ベルグリフが傍にいてくれさえすれば、色んな事が大丈夫なような気がする。

コップの中身を飲み干して、アンジェリンはふうと息をついた。

話をして頭が覚醒するほどに、夢の内容が消え去っていた。嫌な感じだけは残っているけれど、どうして自分が涙を流す程悲しかったのかちっとも分からない。

「じゃあ、そうしようかな……ギルドマスターに話しなくちゃ」

「そうしろ。ま、今はお前が長くいなくても何とかなるだろうよ」

マリアはそう言って、くたびれたように椅子の背にもたれた。

「帰るんなら、ついでに窓閉めてけ」

「ん……」

アンジェリンは立ち上がって鞄を持ち、開け放たれたままだった窓を閉めて回った。そうして扉に向かい、ふと思い立って振り返った。

「ねえ……ばあちゃんもトルネラに遊びに来る？」

「……考えとく」

マリアはまた何か考え事を始めたようで、もそもそとマフラーに口元をうずめて丸くなった。寒い日の小鳥みたいだ、とアンジェリンは思った。

最後の乗合馬車に飛び乗って、オルフェンへの道を揺られて行った。都に入る頃にはすっかり陽が落ちて、辺りは暗く、風も冷たくなっていた。

慣れた道を歩きながら、妙に気持ちが軽くなっている事に気付いた。帰ると決めてしまった事が、色々な悩みの区切りになったような気がしているのかも知れない。

しかし明日すぐに帰るというわけにもいかない。

ギルドに話をして、パーティメンバーにもそう言って、急ぎの用事があればそれを済まして、と色々する事がある。Sランク冒険者ともなれば、ギルドを離れる手続きもある。

夕飯を済まして行こうと、アンジェリンはいつもの酒場に入った。人が沢山いて、たいへんざわざわしている。

カウンターも一杯で、これは入れないかな、と見回していると、テーブルの一つをアネッサたちが囲んでいた。

これはいいタイミング、とアンジェリンは軽快な足取りで歩み寄った。マルグリットが最初に気付いて、「おー」と杯を掲げた。

「お前どこ行ってたんだよー、部屋まで様子見に行ったんだぞー」

「マリアばあちゃんの所に行ってた……」

「えー、オババの所？　元気なさそうだったのに、よく行けたねー」

「でもちょっと元気そうじゃないか」

アネッサがそう言いながら、グラスにワインを注いでくれた。アンジェリンはそれを一息で飲み干して、ふうと息をつく。

「決めたの。もうトルネラに帰る。準備ができ次第、すぐ」

三人は目を丸くした。しかし何となく予想できていたような風でもあった。

「マジか。おれはいいけど……」

「どうせ行くとは思ってたし、いいんじゃないか？　アンジェが動けないなら、オルフェンにいてもトルネラにいても同じだし」

「じゃあ早く準備しないとねー。お土産も買わなきゃいけませんにゃー」

アンジェリンがずっと帰りたがっていた事は三人とも知っている。今日明日とは思っていなかったからその驚きはあるが、別に突拍子もないという感じはないらしい。

追加の注文を終えたアネッサが言った。

「マリアさんにいい薬でも貰ったのか？」

「んー、それもあるけど……早くトルネラに帰れって言われた。わたしにはお父さんが一番の薬だろうって」

アンジェリンが言うと、三人とも笑い出した。

「あっははは、そりゃそうだな！　アンジェにはベルが特効薬だぜ」

「顔色がいいのはそのせいかな。よかったじゃないか」

「オババもたまには良い事言うねー」

踏ん切りが付かない時に、誰かが背中を押してくれるというのはありがたい事だ。アンジェリンは頷きながら二杯目のワインに口を付けた。

また今夜も悪夢が来るのかと思うとやや憂鬱ではあったが、だからこそ酒場の騒がしさが、アンジェリンには不思議と心地よかった。このまま眠らずにここで夜を明かす事ができたら、と思うけれどそうもいかない。

「マリアさんと何話したんだ?」

「えっと……お母さんがエルフなのにわたしが人間なのは何でかって」

「あー、それか。何か分かったのか?」

アンジェリンはマリアと話した事を思い出しながらぽつぽつと話をした。三人は納得したように頷いた。

「成る程……確かに、辻褄は合いそうだな」

「他には?」

「他には……あの、サラザールさんの言ってた事象流って奴の事とか」

アンジェリンが言うと、マルグリットは露骨に嫌そうな顔をした。

「うえー、おれあの話チンプンカンプンだったんだよな。サラザールも何言ってるか分かんねーし……アンジェは分かったのか?」

「分かったと思う……?」

「よかった。仲間だ仲間」

マルグリットは嬉しそうにアンジェリンのグラスにワインを注ぎ足した。

アネッサとミリアムも苦笑いを浮かべている。カシムも与太話と切り捨てたあの話は、少女たちにはよく分かっていないようである。

今日三人が助けで入った討伐依頼の話や、トルネラに何を土産にしようとか、結局冬越しするのか、それともかねての計画通り東への旅に出るのかなど、話は転々としながら、段々と盛り上がって来た。

マルグリットが蒸かし芋を頰張りながら、言った。

「そういやイシュメールとかどうすんだろうな？　あいつもトルネラに行ってみたいとか言ってなかったっけ」

「あー、そうだねー。でもイシュメールさんどうしてるんだろ？　あの時ここで会った以来全然見ていないんだけど」

ミリアムが言った。アネッサがふむと口元に手をやった。

「日銭を稼ぐのに、仕事をしてるとか？」

「ううん、ユーリさんに聞いたら一度も依頼受けたりしてないって」

とアンジェリンが即座に否定した。だから足取りがつかめず、アンジェリンもマリアに先に会いに行ったのだ。それで余計に分からなくなって、四人は揃って首を傾げた。

「それとあれだ、ヤクモさんとルシールも」

「東に行くとしたら一緒に行くんだよね？　トルネラに来ないってなったら、オルフェンで待っててもらう事になるのかなー？」

それは考えていなかった。アンジェリンは腕組みする。

確かに、そうだとしたらトルネラで冬越しするわけにはいかなくなるだろう。かといって二人がまたトルネラで冬を越したいと思ってくれるかどうかは分からない。

前に話した時も、ルシールはともかく、ヤクモはあまり乗り気でなさそうだった。自分にとってはかけがえのない故郷でも、二人にとってはただの田舎でしかないのだ。それはイシュメールだって同じだろう。

アンジェリンは椅子にもたれた。早く帰る、といっても自分一人の問題ではない。

「どうしよ……参った」

「まあまあ、ひとまず直接会ってみないと。明日は皆で捜してみようよ」

ミリアムがそう言ってアンジェリンの頬をつつく。アンジェリンはミリアムの頬をつつき返した。

「……ミリィ、なんかぷにぷに感増した？」

「なにぃー」

ミリアムは口を尖らした。

少しずつ夜が更けて来たが、悪夢で跳ね起きたとはいえ、夕方に少し寝たのもあり、また気持ちが落ち着いて来たのもあって、あまり眠くなかった。

しかし他の三人は仕事に出ていたのもあって、少しくたびれているようだ。

マルグリットが両手を上げて欠伸をした。

「はー……眠くなって来た」

「だねー。合同依頼なんか久しぶりだったからなんか気疲れしちゃった」

三人が行ったのは、いくつものパーティが合同で行った討伐依頼だったらしい。ダンジョンの一つで魔獣の数が増えて、溢れ出しそうになっていたのだそうだ。魔獣自体は下位ランクのものばかりだったが、数が多いというのはそれだけでも大変である。

アンジェリンは椅子にもたれた。

「早く寝た方がいいよ……明日はギルドで待ち合わせしよ」

「アンジェはどうするんだ？」とアネッサが言った。

「もうちょっと飲んでく……まだ眠くないから」

三人は顔を見合わせた。アネッサが考えるように言った。

「そうさせてもらうか。正直、アンジェがいなかった分、今日はわたしも疲れたよ」

「ねー。マリーってばどんどんテンション上がって突っ込んで行こうとするんだもん」

「だからごめんって謝ってるじゃねえかよぉ」

マルグリットは拗ねたように口を尖らした。アンジェリンたちはけらけら笑った。

それで三人が先に帰って、アンジェリンはテーブルに一人で残った。

夜が更けて来ているから、少し人も減っている。

しばらくワインをちびちびと舐めながらぼんやりしていた。不思議なほど落ち着いている。こんなのは久しぶりだ。

少しずつ料理の残った皿を空にしていると、「あ、いた」と聞き覚えのある声がした。

「……ギルドマスター？」

見るとライオネルが立っていた。ホッとしたような顔をしている。珍しい所で会うな、とアンジェリンは目を細めた。

「いやあ、いてよかったよ」

「どうしたの。何か用？」

「や、俺じゃなくて」

ライオネルが少し身を避けると、後ろからイシュメールがひょっこり顔を出した。アンジェリンはおやという顔をする。

「イシュメールさんだ。わたしも捜してたのに……どこ行ってたの？」

アンジェリンが言うと、イシュメールはバツが悪そうに頭を掻いた。

「いや、申し訳ない。実はずっとエルマー図書館に籠っておりまして……ちょっとのつもりが気付いたら随分時間が」

成る程、そういう事だったのかとアンジェリンは思った。魔法を使わない者にとっては単に本が多いだけのあの場所も、魔法使いにとっては宝の山に見えるのであろう。

それにしたって、どうしてライオネルも一緒に？　とアンジェリンは首を傾げた。

ライオネルは頭を掻いた。

「いやね、イシュメールさんが来て、アンジェさんの居場所を知らないかって。何でもトルネラに一緒に行くとかどうとか……二人の関係がよく分からなかったから、一応俺が付き添いでさ、部屋まで行ったけど留守だったから、もしかしたらここかなって」

アンジェリンはSランク冒険者だ。〝黒髪の戦乙女〟の異名もオルフェンに留まらず各地で知られている。何かよからぬ事を企む輩が接触を図ろうとしてもおかしくない。ライオネルはそれを心配して付いて来たらしい。

アンジェリンは呆れたように頬杖を突いた。

「わたしがどうこうされると思ってるの？」

「いや、そうは思わないけど、それで油断するのも嫌じゃない。最近アンジェさん調子悪そうだったし……まあ、杞憂だったみたいだけどね」

ライオネルは苦笑いを浮かべた。アンジェリンはふうと息をついて、二人に座るよう促した。ライオネルは頬を掻いた。

「やー、俺はまだちょっとやる事が」

「いいから。丁度ギルドマスターにも話したい事があったの」

「俺にも？」

それなら、とライオネルはちょっと嬉しそうに座った。休む口実ができたと思っているのだろう。

アンジェリンはワインを追加した。

「トルネラにまた帰るのは言ってたと思うけど……」

「言ってたね」

「それを早めたいの。出来れば今すぐにでも帰りたい……」

アンジェリンが言うと、ライオネルはからから笑った。

「なるほど、そういう事ね。もしかして調子が悪いのは早く帰りたかったから？」

アンジェリンはむうと唇を尖らした。そういうつもりではないが、確かにそう取られてもおかしくない。

「駄目？」

「いや、駄目って事はないよ。今は魔王騒ぎの時と違って人も足りてるからね。それに冬前には一度戻って来るんだよね？」

「一応その予定……」

「はは、一応ね。まあ冬越しして来てもいいんだけどさ……それにアンジェさんはトルネラから戻ったら東に旅に出るんでしょ？　それを思えば多少早まるくらい何ともないよ」

どうやらそうらしい。今はアンジェリン以外にもSランク冒険者はいる。人手は足りているのだろう。

勿論アンジェリンは功績の点からいってもオルフェンのギルドでは信用も実力もトップだが、だからアンジェリンでなくてはいけない、という仕事はない。大公家から呼び出しでも食らえば別の話だろうが、そんな事はもうあるまい。

手続きはあるだろうが、ひとまず自分がいなくても大丈夫そうだ、とアンジェリンはワインを一口飲み、それからイシュメールの方を見た。

「そういう事なんだけど、イシュメールさん、どうする……？」

「え？　なんです？」

ぼんやりしていたらしいイシュメールは驚いたようにアンジェリンを見た。

「トルネラに行こうって話……それでわたしを捜してたんでしょ？」

「ああ、そうでしたね……ええと、行くつもりではいたのですが……今のお話だと、数日中にオルフェンを出るという事に？」

「ん……そういう事になっちゃう、かも」

やっぱり急な話かなあ、とアンジェリンは頬を掻いた。自分や仲間たちだけならばともかく、イシュメールやヤクモ、ルシールなども一緒と考えると、あまり事を急いては来られない人もいるだろう。

しかし、一刻も早く帰りたいのも確かだ。もう帰ると決めてしまうと、是非帰りたくて仕方がなくなっている自分に気付く。

魔王騒ぎの時はそれで何度も引き留められて怒り心頭に発していた。今度はそういう事情はないが、ともかく早く帰りたい事に変わりはない。

イシュメールはしばらく考えていたが、やがて顔を上げた。

「いいです、ご一緒しましょう……冬越しは厳しいかも知れませんが」

元々そういうつもりでしたしね、とイシュメールは笑った。アンジェリンはホッと胸を撫で下ろした。

「ありがと……もし帰るなら秋祭りの後になるから、冬前にはオルフェンに戻れるよ」

「そうですか。お祭りがあるなら隊商に交ぜてもらえそうですね」

もしアンジェリンがトルネラに残る気になっても、そうすれば帰る事ができる。

そう考えると、ヤクモとルシールにもその選択肢がある事に気付いた。トルネラに行くのはよくても、長い冬を過ごすのは嫌だというのはヤクモも言っていた。しかしそうなると二人と一緒に東に行くのは現実味を失う。だとすればやはり帰らなくてはならない。

いずれにせよ、冬越しはしないという方針でいて、いざトルネラでそういう気になればその時はその時という事にしよう。

アンジェリンは一人で頷く。何だかそこまで頭が行くと気持ちが落ち着いた。

とにかく一度実際会って話ができさえすればそれでいい。イシュメールには会えたから、明日はヤクモとルシールを探そう。急過ぎて無理だというならば、それは仕方がない。

ちゃっかりワインを舐めているライオネルが口を開いた。

「アンジェさん、悪い夢が続いてるんだったよね？」

「うん……でも起きたら内容は忘れちゃってるの。だから逆に気持ち悪くて」

アンジェリンはそう言ってイシュメールを見た。

「イシュメールさん、何かそういうのの対策知らない？　マリアばあちゃんには相談したんだけど、薬もそんなに効果なくて……」

「むむ……〝灰色〟のマリアの手に負えないなら私の出る幕ではなさそうですが……」

「え、マリアさんでも駄目だったの？」

「分かんないけど、ばあちゃんにはさっさとトルネラに帰れって言われた……わたしの特効薬はお父さんだろうって」

そう言うとライオネルは噴き出し、イシュメールはくすくす笑った。

「確かに、アンジェさんにはベルグリフさんだねえ。流石マリアさん、よく分かってるよ」

「流石に有名なんですね、アンジェリンさんのお父さん好きは」

「そうなんですよ。前にオルフェンで色々あって里帰りを引き留めちゃってた時は、そりゃもう今にも殺されるんじゃないかっていうような」

「……だって帰りたかったんだもん」

頰を膨らますアンジェリンに、二人はさらに笑った。

少しの間談笑してから、「あんまりいないと怒られる」とライオネルが席を立って行った。夜が更けても仕事があるのかしら、とアンジェリンは怪訝に思ったが、最近はギルドも景気がいいらしいから、色々の事があるのだろう。

店の中も段々人がはけて来た。イシュメールと差し向かいになって杯を傾ける。イシュメールは飲んでも顔色が変わらないが、それでも回っているらしいのは手元の動きで何となく分かった。

「ギルドマスターというのは、忙しいものですね」

「そだね……ね、この前会った時に話せなかった事があるよね。ソロモンの事」

「ああ、そういえばそうでしたね。あの時も随分飲んでいましたから……」

イシュメールは手を上げて水を注文し、アンジェリンに向き直った。

「それで、ソロモンについて何が知りたいんです？」

「あのね」

アンジェリンはエルマーから聞いた話や、マリアと話した事などをかいつまんで説明した。自分が魔王であるという事は伏せたが、シュバイツが魔王を人間にする実験を行っていた事なども話した。

イシュメールは目を白黒させながらも時折相槌を打ちながら静かに聞いていた。

「……だから、わたしも一応色々調べておきたいなと思って」

「成る程、そういう事ですか。そんな実験を……」

イシュメールは腕組みをしてしばらく考えていたが、やがて口を開いた。

「ソロモンとヴィエナが共に戦った、というのは私も知っています。事実かどうかはともかく、古い文献にそういった事が多く記載されているのは確かです。しかしソロモン消失後の魔王の暴走、そしてヴィエナの勇者による討伐などは公平な文献が少ないのです。恐らくその頃になるとヴィエナ教の力が強くなっていたのでしょうね」

「あれ……ヴィエナとソロモンは最終的に敵対してたわけじゃないの？」

「いえ、彼らが直接争う事はなかったようです。ソロモンの大陸征服の際には、ヴィエナは静かにしていたようですね。ソロモンが消失した後、魔王が暴走して大陸中を破壊するようになってから、ヴィエナは勇者に力を授けて魔王を討伐した、とある文献にはあります。信ぴょう性の程は謎ですが」

　アンジェリンは腕組みした。何だかこんがらがって来るようだった。

　ヴィエナはソロモンのやり方に賛同していたのだろうか。それともソロモンの力が強すぎて、ヴィエナでは逆らう事ができなかったのだろうか。

　どちらにせよ、ヴィエナ教からは敵視されそうな話だ。その辺りの文献の多くが失われているのも、何だか納得できるような気がした。

　アンジェリンはテーブルに顎を付けて嘆息した。

「……こういう話って難しい。わたしの性には合わない……」

　イシュメールは苦笑いを浮かべて、コップの水を口に運んだ。

「歴史というのはそういうものです。文献があっても、書かれている事が必ずしも真実とは限らない。書いた者がいる以上、その文はその人物の主観でしか物事を捉えられていませんからね。だから数多くの資料に当たり、その断片を組み合わせて全体の輪郭を摑むしかないのですよ。それすらも多くは歪《いびつ》なものになってしまうのですが」

「そうなのかも……でも真実は一つだけ、だよね？」

「ええ。しかし我々はその真実を目と頭と心を通して描きます。ある人物の正面を細かに描けたとしても、背後を見た事にはならない。真実は一つでも、我々は自分の視点でしか物事は捉えられませんから」

「……ソロモンとかヴィエナに直接話が聞ければいいのに」

「ははは、そうなったら凄いものですね」

少し飲み過ぎて舌が重い。水を飲んでひと息ついた。

イシュメールはごそごそと荷物を漁っている。財布を探しているらしい。

ふと、その荷物から林檎の枝が覗いているのが分かった。アンジェリンはドキリとした。前にイシュメールが落としたのを拾い上げた時、体にビリッとした衝撃が走った覚えがある。

財布を取り出したイシュメールが、アンジェリンを見て不思議そうに首を傾げた。

「どうかしましたか?」

「その枝……それって何なの?」

「枝? ああ、これですか」

イシュメールは枝を取り出してテーブルに置き、水を一口飲んだ。

「研究仲間から押し付けられたんですよ。なんでも古い時代の魔法使いの杖を復元したものだとかで。一種のレプリカですね」

アンジェリンは手を触れないように警戒しながら、林檎の枝をしげじげと見た。

相変わらず青々として、鞄に入れられていたであろうにもかかわらず、葉は萎れる様子もなく、ぴんと張って、葉脈一筋一筋がはっきりと分かるようだった。

「……これが杖なの?」

アンジェリンは怪訝な顔をして言った。ミリアムの持っている杖とは随分違う。他の魔法使いでも、杖を使っている者が持っているのは、もっと長いものばかりだ。こんな短い枝をそのまま使っている者など見た事がない。

イシュメールは水を一口飲んで頷いた。

「現在は魔法使いの杖は綺麗に形作られたもの、いわゆる通常の杖と同じ形状ですが、古代の、つまりソロモン以前の時代の魔法使いたちは、体を支える用途の杖とは別の、魔道具としての杖を使用していたとされています。多くは木々の枝をそのまま折り取ったもの、特に力の強い古木の若枝が好まれたらしいですね」

「林檎の木は力があるの……？」

「林檎自体がどうかは分かりませんが、樹齢のある木には力があると考えられていたようです。術式の公式が殆どなかった時代ですから、道具自体の強さが重要視されていたのかも知れませんね」

「へえ……」

アンジェリンはそっと手を伸ばして、指先でちょんちょんと触れてみた。特に痺れるような感じはない。思い切って手に取ってみたが、恐れていたような衝撃はなかった。若枝らしいざらざらした手触りがする。

「……前も見たけど、よく枯れないね」

「はい。これも友人が魔術式を刻み、魔力をかなり込めています。だから葉も落ちませんし、青々としているでしょう。尤も、その為の術式にばかり比重が偏っていて、魔法の補助の道具としてはまあ正直、あまり役に立っていないのですよ」

イシュメールはそう言って苦笑した。

アンジェリンは手に持った枝をじっくりと見た。それにしては、何だか不思議な感じがする。奇妙に惹かれるものがある。

しばらく眺めているうちに、葉先が風で揺れたような気がした。

同時に、アンジェリンの胸の内でかちゃんと何か音が鳴ったような気がした。びくりと体を震わせたが、特に不調な感じはしない。枝をイシュメールに返して、ワインを飲み干した。

誰かが店を出る時に、外から風が吹き込んで来た。宵の風は酔った体にひんやりと心地よい。

少しずつ人が減っていて、マスターも店仕舞いの片づけをしているように思われた。アンジェリンは欠伸をして目をこすった。

「……帰ろうかな」

「そうしますか」

「でも……寝るのが怖い」

「確か悪夢がどうとか」

「うん」

それを考えると憂鬱になる。しかしこの酒場も夜通しやっているわけではない。いつまでも腰を据えているわけにもいかないだろう。

イシュメールは少し考えてから口を開いた。

「私も、時折奇妙な夢を見ます。それになぜか記憶が途切れる事もあります。まあ、根を詰め過ぎる性格ですから、疲労のせいでそうなるのだと思っていますが……」

「……わたしも、そうなのかな？」

「分かりませんが、ともかく悪夢というのは特別なものというわけではありません。あまり気にし過ぎないよう……」

「うん……」

アンジェリンとイシュメールは揃って席を立った。途中までは道が同じである。

石畳を撫でて行く夜の風が、アンジェリンの三つ編みを揺らす。

「あのね、いつ帰るか決まったら言うから、宿屋の場所教えて……」

「ああ、そうですね。鍵と木馬という宿なんですが。魔道具や薬を取り扱う店の多い通りにある」

「……分かった」

少し頭を巡らせて、ああ、あの宿かと思い当たった。あの辺りは駆け出しの頃からよく出かけている。宿には入った事がないが、扉の上に吊り下げられた木製の馬と鍵の人形は印象に残っていた。

「ではお大事に……」

イシュメールと別れ、部屋への道を辿って行く。ワインが回っていい具合に気分がいい。不思議と憂鬱ではない。

足を止めて大きく息を吐き、空を見上げた。

薄雲がかかった夜空に星が瞬いている。

「……もうすぐ帰るね。待っててね、お父さん」

一四八　秋の夜は賑やかだ。村の外の

秋の夜は賑やかだ。村の外の平原では虫たちの歌声が夜中響いている。ランプを持って歩いて行くと、その光に向かって大小の羽虫たちが飛んで来て、顔や体に当たる。

夜露が降りていた。草を分けて行くと服が濡れ、ズボンの裾から覗く足首に冷たい。しかし十二歳のアンジェリンはそんな事は気にせずに草むらに分け入って行く。

「アンジェ、走ると危ないよ」

まとわりついて来る虫を手で払いながら、ベルグリフは言った。アンジェリンは振り返ってにへにへと笑った。

「えへへ……」

そのまま今度は駆け足で戻って来て、ベルグリフに飛び付いた。

「お星さま、きれい！」

「そうだなあ……」

ベルグリフは娘の髪の毛を撫でて、それからランプの火を吹き消した。あっという間に暗闇が二人を包んだが、満天の星々の下に黒い山の輪郭が残り、それから近くの草の形がぼんやりと見え始めた。

アンジェリンは目をぱちくりさせながら、ベルグリフの手を握り直した。

「さっきよりきれいに見える……」

「そうだろう？　他の明かりがなくなるとね、お星さまの光は強くなるんだ」

アンジェリンは星を見上げながらも、両手をベルグリフに向かって差し出した。

「抱っこ」

「ん？　はは、ほら」

ベルグリフは軽く腰を落とし、抱き付いて来たアンジェリンを抱え上げた。

父娘の背後では、村の賑やかな宴の音が微かに聞こえていた。数日前から隊商が来ている。もうじき秋祭りだ。少しずつ隊商や行商人が集まって、トルネラは祭りのムードに包まれつつある。娘はもう少しでオルフェンの都に旅立つ。秋祭りの後、最後に発つ隊商と共に行くと話を付けてあるのだ。

胸元に顔をうずめているアンジェリンを見て、ベルグリフは微笑んだ。

「……もうすぐ旅立ちだね、アンジェ」

「うん……」

アンジェリンは顔をうずめたまま、もぞもぞと身じろぎした。

その頭を優しく撫でてやりながら、ベルグリフは濡れた草の中をゆっくりと歩いた。

「色んなものを見て、色んな人に会えるな」

「うん」

「きっと楽しいぞ。トルネラじゃ見られない風景が見られる筈だ」

「うん」

アンジェリンはそっと顔を上げて、上目遣いでベルグリフを見た。

「でも……今日行商人のおじさんに聞いた」

「ん？」

「都には、悪い人もいっぱいいるって。ずるがしこくて、騙されて悪者にされちゃう事もあるって。気を付けなきゃいけないって」

ベルグリフは苦笑いを浮かべて、アンジェリンの頭をぽんぽんと叩いた。

「そうだな。色んな人がいる。良い人も悪い人も……」

「……わたし、騙されちゃったらどうしよう。悪い人になっちゃったら……」

怯えたように眉をひそめる娘を見て、ベルグリフは小さく笑い、背中をさすってやった。

「大丈夫、そんな事はないさ。アンジェは強い。強くて優しい。そういう冒険者になるってお父さんと約束しただろう？」

「……した」

「それに……」

「それに？」

アンジェリンは不思議そうな顔をしてベルグリフを見上げた。ベルグリフは笑みを浮かべたままアンジェリンを抱え直し、少し強く抱きしめた。

「アンジェがどんな人になっても、仮に世界中の人が敵になったとしても、お父さんは絶対にアンジェの味方だ。何があっても」

「……うん！」

アンジェリンはベルグリフを抱き返した。星がきらきらと輝いている。

○

あれから妙に調子が良かった。しばらく悩まされていた悪夢にも襲われなくなり、怖い怖いと思いながら寝床でまんじりとしているうちに、夢も見ずに朝を迎えているようになった。

そんな事が幾日か続くうちに、もうあの悪夢を見ていた事自体が夢のように思われた。

そんな風だから、不調を理由に帰郷するという名目が立たなくなりそうだったのだが、帰ろうと決めてしまったアンジェリンには、もう帰るという選択肢以外存在しない。調子が良くなったのを良い事に、パーティメンバーを伴って土産物探しに都をうろついた。

それで調子もよくなったから、これはトルネラで冬越しをしなくても済みそうだぞ、という風にまで考えが進んで、ヤクモとルシールにも秋祭り後に帰るという風に確信を持って言う事ができた。

その甲斐あってか、というわけでもないかも知れないが、二人もトルネラに来る事になった。ルシールはともかく、ヤクモは何となく片付かない顔をしていたが。

イシュメールにもそう伝え、賑やかな帰郷となりそうである。浮き立った心持のアンジェリンには賑やかなのは喜ばしく、もっと賑やかなのがいいとマリアにもトルネラへ来るよう熱心に口説いたが一蹴された。

ともかくそんな風にどたどたしながらも、いよいよ翌日発つという段取りになって、荷物もまとめ終えて、すっかり気持ちが持ち上がったアンジェリンは自分の部屋ではなく、アネッサとミリアム、マルグリットの家に転がり込んでいた。翌日合流も面倒だとヤクモとルシールまで引っ張り込んでいる。

空になった酒瓶を振って、ヤクモが壁に背をもたせた。

「うーむ、明日出るっちゅうのに、こんなに飲んで平気かの？」

「飲んでから言う事じゃねーぞ」

とマルグリットは相変わらず平然と杯を干している。アネッサはまだ平気そうだが、ミリアムなどは既に目を閉じて左右に揺れていた。ルシールも六弦を抱くようにして舟を漕いでいる。

アンジェリンはにまにま笑って、新しいワインの栓を抜いた。

「大丈夫……そんなに朝早くない」

「そういう問題かのう……まあ、ええが」

ヤクモは苦笑いを浮かべながら煙管を咥《くわ》えた。アネッサが片付かない表情をして、アンジェリンの差し出したワインを杯で受けた。

「今度は元気過ぎるぞ……何があったんだ？」

「分かんない。でもいいの。元気なのは」

アンジェリンは自分の杯にもなみなみとワインを注いだ。縁から溢れて外を伝って垂れる。マルグリットが変な顔をした。

「元気にしてもなんか変だな。酔ってんのか？」

「酔っとるのは当たり前じゃろ、こんなに飲んどるんじゃから」

「ふうん、そうか。ま、アンジェが変なのは今に始まった事じゃねえけどな」

アンジェリンはワインを一息に飲み干すと、勢いよく杯をテーブルに置いた。

「別に変じゃないぞ……喜びを全身から発しているだけ……」

「それが変だって言ってるんだよ」

「ちょっと極端な気がするぞ」

「アンジェ、もう寝たらどうじゃ？」

「ぐむう」

三人ともそういう事を言うから、アンジェリンは悔しそうに口を尖らした。

別にそんなに変なつもりはないのだが、そんな風に見えるのかしら。だがそう決めつけられると何となく反抗する気持ちが湧くのも事実で、アンジェリンはムスッとしたまま外套を羽織った。

「なんじゃ、何処へ行く」

「散歩！」

それで早足で飛び出した。後ろでは三人が顔を見合わせて肩をすくめていた。

外は夜のひんやりした空気が充満していた。胸いっぱいに吸い込むとすっきりして、成る程確かに随分回っていたみたいだと思う。

散歩だから行く当てはない。荷物もこちらに運び込んでいるから、今更部屋に戻る用事もないし、買い物も済ましているから店を冷やかすのも必要ない。漫然と、住み慣れた都の夜を楽しむように石畳を踏んで行く。

往来は人が行き交っていたが、裏路地に入るとたちまち静かになった。

一人で涼風に当たったせいか、皆で飲んでいた時の浮かれた気持ちが幾分か落ち着いていて、こういう静かな雰囲気が好ましいように思われた。そうなると、成る程確かに変だったかも知れないと思う。

建物に挟まれた狭い夜空に半月が浮かんでいる。それが明かりを投げかけて、街灯もないのに足元は明るい。アンジェリンは鼻歌交じりに軽い足取りで歩いて行った。

またしばらくこの町ともお別れだ。トルネラから帰って来れば、もっと長い旅に出る。そんな風に思うと、こんな時間も貴重なように思う。

石畳の石を一つ飛びにぽんぽんと踏んで行く。

都に来たばかり、まだ十二歳の娘だった頃も、こんな風に石の上を歩いた。

来たのは冬だった。トルネラでは冬といえば家に籠っているのが普通だったのが、オルフェンでは道に雪が積もっても、誰かが掃除して歩く事ができる。同じ北国であっても、随分環境が違うと驚いたものだ。

当てもなく歩いているうちに、段々と高台の方に来ていたらしい。突然開けた場所に出た。もう夜中に近い時間だから、アンジェリンの他には誰もいない。見通しのいい小さな空き地になっていて、風が抜けて行く。

歩哨の兵士もいないし、浮浪者もいないようだ。静かで、自分の呼吸の音がはっきりと聞こえるようだ。

家々の屋根に白い月明かりが照り返しているのが見えた。その向こうに広々とした平原が広がり、遠くにはうっすらと山の稜線が広がって、その上に押し潰したような雲がたなびいてかぶさっていた。

ひんやりする空気も相まって、アンジェリンは何だか透き通ったような気分でそれを眺めた。とても遠くまで見通す事ができるようだった。

北の方に目をやった。あの方向に故郷があって、自分が今こうしている間に、家族もトルネラで過ごしている。それを思うと不思議だった。

鼻がむず痒くなって、大きな欠伸が出た。動いていないと何となく肌寒い様に思われて来たので、アンジェリンは踵を返して歩き出した。

往来まで出ると、まだ人通りがあった。無論昼間ほどの多さではないが、オルフェンみたいな大きな都では、夜にこそ元気になる様な人種も一定数いるから、大通りから人影が途絶える事はない。

調子外れな歌声を響かせながら通り過ぎて行く酔漢を眺めながら、アンジェリンはぶらぶらと歩いて行った。夜の風は頬にひんやりと触れて来る。随分飲んだけれど、不思議と心持がすっきりとしている。夜の寒気のせいだろうか。

こんな風になると、帰って寝床に入るのが惜しい。もう少しお酒が飲みたいと思う。アンジェリンはまだ若い。無茶を楽しむだけの気概があり、また実際楽しんでおけるくらいに体は丈夫だ。

しかし、考えてみれば明日は出かけねばならない。馬車に乗っかっている間はする事がないから、座席で寝ていたって構わないのだが、乗合馬車の硬い座席に突っ張らかっていたのでは気持ちよく眠れそうもない。さっきは意地を張って逃げ出したが、アネッサたちの言うように部屋に戻って寝てしまった方がいいだろうか。

通りに面した軒先に簡易の移動式焜炉《こんろ》が据えられていて、赤々と火が燃えている。かけられた薬缶から立ち上る湯気は、外気に当てられたせいか無暗に派手に舞い上がって、そうしてとける様に消えてしまう。何の店かと思うと、軒下からこちらに本棚が向かっていて、どうやら本屋らしい。

焜炉の傍には小さなテーブルと椅子が据えられていて、そこで座って本を読めるようにしてあるらしかった。店主らしい初老の男が、身を縮こめて分厚い本に向かっている。

変な店だなと思いながらアンジェリンがその前を通りかかると、中から誰かが出て来た。

「あれ、イシュメールさん」

「おや、奇遇ですね」

出て来たのはイシュメールだった。古ぼけた本を抱えている。店主らしいのが顔を上げた。

「決まったかね」

「ああ、これをお願いします」

何か本を買ったらしい。イシュメールは代金を支払い、本を鞄に仕舞い込んだ。

「お買い物……？」

「ええ。思いのほか面白い本がありまして……道中退屈しなくて済みそうですよ」

イシュメールは鞄を肩にかけ直した。

「しかし、アンジェリンさん、明日には出発だというのに、何か用事でもあったんですか？」

「ううん……アーネたちの家で飲み会してて、それで酔い覚ましに散歩に来たの。もう帰るけど、イシュメールさんも来る？　ヤクモさんとルシールもいるよ？」

「いえ、流石に女性だけの所に私が入り込むのは気が引けますから……」

それもそうか、とアンジェリンは納得した。考えてみれば見事に女ばかりである。しかし、なぜだかベルグリフに限っては、その面子に交じっていても変じゃないな、と思う。そんな事を呟くと、イシュメールがくっくっと笑った。

「確かにそうかも知れませんね。あの方は不思議と女性的な包容力もありますし」

「うむ……お父さんはそうなのだ」

とアンジェリンは自分の事のように威張った。

並んで歩きながら、アンジェリンは白い息を吐いた。

「もう冬が来るね……」

「秋祭りの後は、すぐに戻って来る予定でしたか」

「うん。そしたら東に行こうと思ってるから……イシュメールさんは？」

「私は帝都に帰りますが……音に聞こえたエルマー図書館がありますからね。しばらくオルフェンで冒険者をやりつつ滞在してもいいかと思っています」

やはりあの図書館は魔法使いにとっては貴重な所らしい。館長の人となりを知ってしまったアンジェリンとしては、再び足を運ぼうという気にはならないのだが。

何となく話に興が乗って来てしまって、すぐに別れるのが勿体なくなった。アンジェリンはまだ明るく賑やかな酒場を指さした。

「一杯、飲んでかない？」

「おや。しかし明日があるのでは？」

「でも出発は昼だし、ちょっとだけ……眠い？」

「いえ、折角ですからお付き合いしましょう」

それで酒場に入る。初めての場所だが、酒場なぞどこでも似た様なものだ。まして夜中に酒場で騒いでいるようなのがいれば、雰囲気なぞ同じである。

アンジェリンとイシュメールは適当な席に腰を下ろし、軽いつまみと酒を注文した。

「帝都まで、結構かかる？」

「そうですね。寄り道しながらですとひと月半、脇目もふらずにまっしぐらに向かってひと月といったところでしょうか。雪で道が悪くなればもっとかかるかも知れません」

「だよね……」

前にオルフェンで魔王騒ぎがあった時、帝都にいたユーリやエドガー、ギルメーニャたちをライオネルが呼び寄せたのだが、結局間に合わずに解決してしまった記憶がある。彼らも遊んでいたわけではないだろうが、帝都はそれだけ遠いのである。

エストガル大公家に行った時も半月ばかりかかった。冒険者だから旅慣れているとはいえ、長期間の旅というのは中々くたびれるものだ。そう考えると、よくもまあティルディスを回って『大地のヘソ』へ行き、そこから帝都へと行ったものだと思う。

運ばれて来たワインをちびちびと飲みながら、アンジェリンは頰杖を突いた。

「イシュメールさんは、旅は慣れてる？」

「素材などを自分で集めるようになってからは、結構あちこちに出向くようになりましたよ。何だかんだ一度出ると、ついでだと思ってあちこちに行きますから、結果的に長期になる事もしばしばで……いや、最初は少しのつもりで出かけるんですが、つい」

アンジェリンはくすくす笑った。

「意外に無計画……」

「いや、ははは」

イシュメールはぼさぼさの頭を搔いて、それから麦酒を一口飲んだ。アンジェリンは塩豆をかじった。

「わたしはオルフェンの周辺にはあちこち行ったけど……公国を出たのはこの前が初めて」

「私も国境を跨ぐ事はあまりありませんよ。あってもルクレシアくらいで……それも国境すぐの町に行く程度です」

ルクレシアはシャルロッテの故郷だ。ローデシアよりもやや南に位置しており、温暖で海に恵まれた国だと聞いている。帝都からルクレシアの国境までは、街道も整備されていて比較的行き来が容易であるらしい。

「南はやっぱりあったかい？」

「ええ。北部は寒いですねえ。私、公都以北は初めてですから」

「トルネラはもっと寒い……」

「脅《おど》さないでくださいよ」

とイシュメールは苦笑した。アンジェリンはにんまり笑う。コップを持ったがワインはいつの間にか空になっていた。一杯だけのつもりなど忘れて、お代わりを頼む。

「色々な出会いもありますからね、旅は。いい出会いもありますが」

「悪いのもあった？」

「ええ。一度手痛い失敗をした事があります。裏切りとでもいうんですかね。路銀を稼ぐのに少しばかり仕事を共にした相手がいるんですが……これが人当りのいい男でしてね、すっかり信用してしまいまして」

イシュメールはやれやれと頭を振った。アンジェリンは運ばれて来たワインを一口飲んだ。

「それでどうしたの……？」

「一緒に仕事をしていて、向こうは何もかも知った風な様子でね、口も上手いからすっかり信用して、仕事の段取りなんかも任せてしまっていたんです。五分五分の取り分の筈が、ちゃっかり向こうの方が多く取っていましてね、それがしばらく続いて、私が変だなと思い出した頃、さらっと姿を消しました。しかも私の財布も一緒にです。ほとんど無駄働きさせられた挙句、一文無しにされて、随分困りましたよ」

「うわあ……」

「イスタフで最初にアンジェリンさんたちにお会いした時も、私、少し警戒していたでしょう？　私、それで人と組む前はかなり警戒する様になっていまして……まあ、Ｓランク冒険者がケチな詐欺などする筈ありませんから、かなり早くに警戒は解きましたけれどもね」

「むう……」

アンジェリンは口を尖らして頬杖を突いた。世の中にはやっぱり悪い人もいるもんだと思った。不思議と周囲にいい人間ばかり集まっていると、世間は悪くないと思う。しかし、悪意を持って近づいてくるような輩もある程度はいるのだ。そんな者たちに利用されたりしなかったのは、運が良かったのか何なのか、アンジェリンは不思議な気分になった。

アンジェリンは塩豆を指先でもてあそびながら口を開いた。

「わたし、そういう人たちには会った事ないな……大体いい人ばっかりだった」

「ええ、しばらくご一緒させていただいて、それは如実に感じましたよ。特にベルグリフさんは驚くほどの好人物で……正直、あれで裏がないというのが最初は信じられませんでした。カシムさんやパーシヴァルさんのように、多少相手に疑いの目を持ち続けているような人の方が、却って安心できます」

唐突に父を褒められて、アンジェリンはにんまり笑った。

「だから、みんなお父さんが好きなんだよ……」

「でしょうね」

イシュメールは麦酒を飲み干し、やや逡巡した様子だったが、もう一杯注文した。

「あれで、よく悪い人間に利用されたりしなかったと思いますよ。尤も、あの方は物事をよく見てらっしゃるから、そういった下心のある人間はあらかじめ近づけないようにしていたのかも知れませんが……」

「……お父さんも若い時に結構苦労したみたいだから、ただぼんやりと人と付き合ってるわけじゃないと思う……」

「そうですね……裏切りというのは辛いものです。信用していた相手であるほどにね。それが信頼や親愛の情を持っている相手ならば尚更……例えばパーティメンバーや、あるいは家族とか」

ベルグリフが自分を裏切る？　アンジェリンは首をひねった。どう考えたってそんな事はあり得ない。

「……想像できない」

「経験せずに済むならその方がいいんですよ。楽しいものではありませんからね……カッコウという鳥をご存じですか？」

「うん、知ってるけど……それがどうかした？」

イシュメールは運ばれて来た麦酒をぐいと飲んだ。

「カッコウは別の鳥の巣に卵を産むんです。カッコウのヒナはその巣のヒナよりも先に生まれ、そして巣にある他の卵をみんな木から落としてしまいます。本来生まれる筈だったその鳥の卵をね」

「え……そうなんだ……」

「そうして、他の鳥の子供に収まって育ててもらうのですよ。親鳥は気づかずにカッコウの子をせっせと育て上げるわけです。鳥に意思があるのかは解りませんが……鳥親からすれば、子供のふりをして育てさせられるわけですからね。自分の子供だと思って惜しみなく愛情と餌を与えるわけです。しかしそれは自分の子ではない。カッコウに自分の子は殺されているわけです」

「うん……」

「親愛の情を抱いていた子が、自分の本当の子供と成り代わった偽者だった……いや、人間でこういった事はまずないと思いますが、いかがです？　そういう事があったとしたら」

「……分かんない。考えた事もない」

と答えたものの、アンジェリンは何となく大きくなった気がする心臓の音を聞きながら、ワインを飲んだ。確かにそんな事があったら恐ろしい。なぜだか、カッコウの子と自分の姿がダブって見えてしまった。本当の子ではない、というのが、奇妙に胸に刺さる気がした。

しかし、ベルグリフには本当の子はいない。それにサティにとっては、自分は実の娘だ。カッコウとは違う。違う親に育てられる、という環境が似たように感じられたに過ぎない。アンジェリンは小さく頭を振った。

「……考えすぎ」

「そうですか？　本当にそう思いますか？」

「え？」

「悪夢を見ていたんでしょう」

「見てた、けど……もう覚えてない。最近は調子もいいんだよ」

「アンジェリンさんは、馬鹿だな。そんな事を言って」

「どうして……？」

「馬鹿ですよ。いい加減にしたらどうです」

声の調子は穏やかなのに、奇妙に険を伴って来ていた。アンジェリンはうろたえた。

「どうしたの？　何か気に障ったの……？」

「知らないふりをしたって、いけないんですよ。この世に帰る場所なんかありゃしないのに。あはは、そうでしょう。そうなんでしょう。だからそうしたんでしょう？」

さっきまで優しかったイシュメールの顔が、段々に物凄くなって来るらしかった。状況が呑み込めないから、アンジェリンはどうしていいか分からない。一人で笑っていたイシュメールだったが、不意にうろたえているアンジェリンを見て、ハッとした様に頭を振った。

「失礼。少し酔ってしまったようで」

「ううん、いい……」

イシュメールは眼鏡を上げ、目頭を指で押さえながらやれやれと頭を振った。

「ここのところ、奇妙に記憶が飛ぶんですよ。しかも思考や感情があらぬ方向に流れてしまう。急に頭の中が自分以外の何かに支配されたような気になって……前からちょくちょくあったのですが、頻度が増えましして。昔の事も思い出せない時もあって……慣れない土地で疲労でも溜まったんでしょうかね」

「あの、トルネラに来て大丈夫なの……？」

「はは、それは大丈夫ですよ。おそらく図書館に籠り過ぎたせいでしょうから、むしろ田舎に行った方が体にはいいかも知れません。御迷惑でなければ、ですが」

アンジェリンはくすっと笑った。

「迷惑なんかじゃない。トルネラの空気は体にもいい……そろそろ帰ろっか」

「そうですね。流石に夜も更けて来ましたし」

それで二人は店を出た。外は相変わらず夜の寒気が漂っている。空には星が瞬き、薄雲がところどころにかかっている。空が晴れている分だけ空気が冷たい。風は微弱だが、時折首筋や頬を撫でて行くのもあって、身震いする瞬間もあった。息はうっすらと白い。

「では、私はこっちですから」

「ん、おやすみなさい……」

それでアンジェリンは一人でぶらぶらと戻った。部屋ではまだマルグリットが元気に杯を傾けていた。ミリアムとルシールは既に撃沈していて、部屋の隅のソファの上でくっつくようにして眠っている。ヤクモは面倒くさそうな顔で紫煙をくゆらせ、アネッサは眠そうに目をしばたたかせながらも、舐めるようにワインを飲んでいた。

マルグリットが「おー」と言ってコップを持った手を掲げた。

「やっと帰って来た。どっかでぶっ倒れたのかと思ったぞー」

「長い散歩じゃったのう」

ヤクモが口から煙を吐きながら言った。アンジェリンは適当な椅子を引き出して腰を下ろす。

「イシュメールさんとばったり会って……ちょっとお話して来たの」

「へぇー。あいつも一緒に行くんだろ？　連れてくりゃよかったのに」

「女ばっかりだから来づらいって……」

「そりゃそうじゃの。ま、明日合流すりゃよかろう」

そう言ってヤクモは大きくあくびをした。

「儂ももう寝かしてもらうぞ。流石に飲み疲れたわい。うわばみと一緒じゃ切りがないわい」

「うわばみってなんだ？」

とマルグリットがきょとんと首を傾げた。ヤクモは煙管をぽんと叩いて灰を落とした。

「おんしみたいなのをそう言うんじゃ。アネッサ、寝床を借りるぞ」

「ああ、そっちのソファ……それかミリィのが空いてるから、そっちの部屋に……」

自分も寝かけていたらしいアネッサは、ハッとした様に顔を上げて指先で目元をこすった。マルグリットが手酌でお代わりを注ぎながらけらけら笑った。

「おれってうわばみっていうんだ。知らなかったなー」

「酒に強い人の事をそういうんだよ。サーシャもそうかもな」

アネッサはふうと息をついて、酒の代わりに薄荷水を注いだ。アンジェリンは頬杖を突く。

「……サーシャとマリーってどっちがお酒強いんだろ？」

「この前ボルドー家に寄った時は、わたしらが寝てからもずっと飲んでたよな」

アンジェリンとアネッサは、揃ってマルグリットを見た。マルグリットは相変わらず蒸留酒を飲みながら「んー？」と小首を傾げた。けろりとしているけれど、しかしずっと飲んでいるせいか、いつもより肌に赤みがさして、機嫌も上向きになっているように見えた。やや腑抜けた感じが何だか可愛い。とはいえ酔い潰れるような気配は微塵もない。

コップを空にしたマルグリットは伸びをしながら「ふあー」と言った。

「サーシャなー。会いたいなー。あいつと飲むの楽しいんだよなー」

トルネラからオルフェンへと向かう旅の途上でボルドー家に立ち寄った際、サーシャとマルグリットは妙に馬が合って、たちまち仲良くなっていた。サーシャの方はグラハムの姪孫であるマルグリットに会った事に無暗に感動し、さらにマルグリットがアンジェリンとほぼ互角の剣の腕を持つと知ると大興奮して、いつもの勢いで模擬戦に突入した。

サーシャもかなり腕を上げていたのと、マルグリットが様子見をしていたのもあって、最初は互角の戦いを繰り広げていたが、最終的にはマルグリットの勝ちだった。それですっかり仲良くなった二人は、晩の酒盛りで他の者が皆寝てしまった後も、二人して夜遅くまで飲み続けていたらしい。

アネッサは薄荷水のお代わりを注いだ。

「トルネラに行く途中に会えるだろ」

「へへへー、ここの酒をお土産に持ってってやろーっと」

とマルグリットはテーブルの下で足をぱたぱたさせる。この無邪気さに、アンジェリンも思わず笑ってしまった。

ついこの前まで悪夢に悩まされていたのに、今はこんなに楽しい。

しかし、なぜイシュメールはあんな事を言ったんだろう、と思う。あの時の彼の顔はひどく怖かった。酒に酔ったせいだろう。誰だって酔ってしまえば、何か琴線に触れて感情が大きくなる事もある。酒席の事と受け流しておけばいい。あんなものは些細な事だ。

ふあ、と欠伸が出た。流石にもう眠った方がいいだろう。

「そろそろ、寝ようかな……」

「やっとか。その前に片づけだ。明日からしばらく留守だし」

それはそうである。起きている三人で簡単に宴の後始末をし、そうして銘々に床に就いた。

アンジェリンは椅子にもたれたまま目を閉じて、頭の中が眠気で痺れて来る感覚を楽しんだ。帰途に就くのはいつでも楽しい。旅に出るのとはまた違った楽しさだ。

次第に思考がもつれて来て、イメージの連なりが唐突なものになって来る。映像や言葉が取り留めもなくアンジェリンの頭をよぎり、そのすぐ後には余韻も残さずに別のイメージにすり替わってしまう。

不意に、どこか知らない部屋の中が見えた。宿の一室らしい。一人用の小さなベッドと、小さな机に椅子が一脚。椅子に誰かが腰かけている。ぼさぼさの髪の毛に眼鏡だ。イシュメールらしい。

眼前の机には本が広げてある。読書の最中なのだろうか。しかし目は本の方を見ていない。焦点が定まっていない。ただ椅子に腰を下ろして、全身から力が抜けて、口元もだらしなく開いたままだ。どうやら、そうやってずっと動いていないらしかった。

魂が抜けて、体だけが抜け殻のように残されている。そんな感じがした。

夢に入りかけているらしく、アンジェリンは思考が追い付かない。部屋のイメージは次なるイメージに取って代わった。今のは何だろう、などと思い返す暇もない。

子供の頃、巣から落ちた鳥の雛を見た。そのイメージが眠る前のアンジェリンの脳裏を横切って行った。

一四九　車輪を軋ませながら乗合馬車が

車輪を軋ませながら乗合馬車が進んで行く。四頭立ての大きな馬車に人がいっぱい詰まっていて、アンジェリンたち一行が後ろの方に固まっていた。

天気は良く、風も心地よいので、幌は上げられて陽がいっぱいに当たるようになっている。

ミリアムがうんと両腕を上げて伸びをした。

「はー、ちょっと飲み過ぎだったかにゃー。中々体がしゃきっとしないよう」

「あれっぽっちでか？　ミリィ、お前弱過ぎじゃねーか？」

「マリーを基準にしちゃ皆弱いでしょ！　ミリィちゃんは繊細なんですー！」

「繊細？」

「あっ、そういう事を！」

「……ミリィが繊細かどうかはともかく、わたしもまだちょっと眠い」

アネッサもそう言って目をこすった。

前夜祭が盛り上がり過ぎたせいか、朝起きた時は体がぐったりしていた。一番飲んだ筈のマルグリットが一番元気で、何となく意気の上がらない一行をよそに楽しそうにしている。

アンジェリンもちょっと頭がぼんやりしている。女子会で散々飲んだ挙句、イシュメールと一緒に追い酒をしてしまったせいだろう。昔に比べてお酒に強くなったものの、マルグリットやサーシャのような桁外れの酒豪とは言い難い。起きた時にはズキズキしていた頭もようやく落ち着いて、進む馬車に吹く風と、それに乗って来る土や草の匂いが気持ちをすっきりさせてくれるようであった。昨夜の出来事はカーテン一枚隔てたようにはっきりとしていないが。

それでも何となく悔しいので、隣に座っているマルグリットの頬をむにっとつまんだ。

「んが」

「マリーだけ元気なのはずるい……」

「るせー、お前らが弱いのはおれのせいじゃないだろー」

マルグリットもアンジェリンを摑み返して、きゃあきゃあとじゃれ合う。アネッサが眉をひそめた。

「ほらほら、乗合で暴れるなよ。迷惑だぞ」

「元気じゃのう、おんしらは」

後ろの席からヤクモが言った。アンジェリンは見返った。隣ではルシールが六弦を抱いて目をつむっている。さっきまでしきりにイシュメールの匂いを気にしていたのだが、今は静かにしているらしい。側面の幌が上げられているから、秋の陽射しがよく入って来る。ひなたぼっこという様相である。寝ているのかも知れない。

「ヤクモさんも眠い……？」

「そうでもないが、おんしらのようにトルネラ行きを心待ちにしてはおらんからの。別に気分が盛り上がるわけでもないわい」

「お父さんと会えるのに？」

「それが嬉しいのはおんしじゃろうが」

「わたしは勿論嬉しい。でもアーネもミリィも嬉しい。マリーも嬉しい」

「おれはそうでもねーぞ。ベルは説教ばっかだもん」

アンジェリンはぷうと頰を膨らました。

「お父さんは無駄な説教はしない……」

「そりゃそうだけど。あー、やめやめ。ベルの事でお前とやり合っても埒が明かねえ」

マルグリットはそう言ってひらひらと手を振った。アンジェリンは何か言いたげに口をもぐもぐさせたが、結局黙ったまま座席にもたれた。こんな言い合いは珍しくもないし、決着がついた事もない。尤もアンジェリンはいつも自分が勝っていると思っているが。何となく気持ちが盛り上がらないのもあって、だから敢えて今マルグリットとやり合う気にはならなかった。

マルグリットは馬車の縁に寄り掛かって遠くの風景を眺め出した。ミリアムは欠伸をしてもそもそと膝を抱え、アネッサは鞄から本を取り出している。

平和な光景だ、とアンジェリンは思った。このままトルネラに帰れば、すぐに秋祭りがやって来る。ベルグリフに思う存分甘えて、サティと料理をしたり畑を手伝ったりして、子供たちと遊んで、ビャクをからかって、それからパーシヴァルやグラハムを相手に模擬戦なんかもいいかも知れない、と楽しい出来事を想像する。

それから鞄一杯に詰め込んだお土産の事を考えた。

お菓子もあるし、人形や本もある。ミトも双子も、シャルロッテも喜ぶだろう。ワインや蒸留酒だって買った。カシムもパーシヴァルも嬉しがる筈だ。

そうだ、今度こそ山に入って岩コケモモを採りに行ける。あの群生地には春先に行った。濃い緑色の葉がいっぱいに生い茂っていて、秋になるとそこに赤くみずみずしい小さな実が沢山なるのである。籠一杯に摘み取っても、ちっとも減ったように見えない。

山を楽しみ、お祭りを楽しみ、暖炉の前での夜更かしを楽しむ。東への旅路の計画を話せば、きっとグラハムの昔話も聞けるだろう。彼の冒険譚は面白く、誰もが耳を傾ける。かつて東に行った時の話は、きっとアンジェリンたちの助けにもなる筈だ。

セレンは冬前にトルネラに引っ越すらしい、と少し前に来た手紙で知った。

自分は簡単な手紙しか書けていないが、ベルグリフは月に一度というくらいに丁寧な手紙をくれた。日々の暮らしの事や、アンジェリンを激励するような言葉が連ねられ、時にはサティやパーシヴァル、カシムの書いた文もあったりした。シャルロッテの作ったらしい押し花が一緒に入っていた事もある。

ギルドの新設や、それに伴う種々の施設の建造、ケリーを中心とした新しい事業の事など、ベルグリフ自身も楽しんでいる事が窺える筆跡で長々と書かれていたから、アンジェリンはトルネラでの出来事は何となく分かっている。それが郷愁の念を掻き立てたし、想像するほどに帰るのが楽しみだった。

もうじき帰れる。ちょっとばかり旅するけれど、それは些細な問題だ。

アンジェリンは身じろぎして膝を抱いた。靴を脱いで足の指を伸ばす。まだ先は長い。足を休ませられる時には休ませておきたい。乗合馬車だから他にもお客が乗っていて、方々から話声が聞こえる。老若男女、様々な人がいる。この人たちはどこへ行くのだろう、と思う。

アンジェリンの隣の窓側にはマルグリットが座っており、真ん中の狭い通路を挟んだ反対にアネッサとミリアムがいる。その後ろの通路側にイシュメールがいて、通路を挟んだ向かいのヤクモと何か話していた。

「いえ、そうではありません。あんまり夢を見るのは、眠りが浅いからです。夢自体はどんな睡眠でも必ず見ています。ただ、それを自分が認識するかしないかだけです」

「じゃあ、何かい、夢っちゅうのは毎晩見とるっちゅう事か」

「そうです。夢とは記憶の整理の過程で起こるイメージの断片のツギハギだと言われています。ただし睡眠が深ければ頭がそれを認識しない。眠りが浅いと頭に現れて来るという事です。夢を認識できるのは頭が半分覚醒状態にある時、という事ですかね。半分目覚めていると言ってもいいかも知れません」

「ははあ、成る程のう……」

「まあ、夢を見てすっきり目覚める、という事はあまりないですからね。寝が浅かったと考えるのが妥当かと」

「又寝をすると大概夢を見るからのう……酒盛りの後に妙な夢ばっかり見るのは、寝が浅いせいじゃったか」

「そうでしょう。結局、我々は起きていなければ夢すら見られないという事ですよ」

「なんじゃい、警句めいた事を言いよってからに」

「はは……しかし、私は時折思いますよ。果たして我々は今この瞬間も起きているのか。もしかしたらすべては夢幻の中の事で、次の瞬間には目を覚ますのではないか。我々が認識している現実は、我々が思っている以上に確固たるものではなく、何かの拍子に形が崩れてしまうのではないか、と」

ヤクモは煙を吐き出した。

「儂も似たような話を聞いた事があるよ。キータイの話じゃったかのう、男が夢を見たんじゃ。夢の中で男は蝶となって自在に逍遥し、眠っている男を見下ろしていた。さて、男が目覚めたのちこう思ったのじゃ。自分は夢の中で蝶となったのか、それとも今、蝶が夢の中で男になっているのか、とな」

アンジェリンは座席に寄り掛かりながら、この会話を聞くともなく聞いていた。

最近は悪夢を見ない。夢を見た、という事は分かっていても覚えていない事はある。しかし少し前に悩まされていた、悪夢を見た、という記憶はない。

くたびれていたのかなあ、と思う。単純に体が疲れていただけならばぐっすりと眠り込んで朝まで夢も見ないけれど、何かしら考える事が多くなると頭が取っ散らかって、体は寝ていても頭ばかり起きているようなちぐはぐな状態になる。それで変な夢を見ていたのかも知れない。

しかし、記憶の整理であるならば、自分の頭にある風景しか見ない筈だ。自分の見た悪夢は確か……と考えた所で頭の隅がちくちくと痛んだ。

内容は覚えていない。しかし自分の見た事のない景色があったと思う。だが内容を覚えていないのだから、もしかしたら何か本で読んだり、自分で想像したりしたものがイメージになって組み合わさって来た可能性もある。

いや、しかし二人が話していたように、夢には夢の世界があるとしたら？　自分の記憶以上のものが何かしらの要因で自分の頭に流れ込んで来ていたのだとしたら？　そうなると、あれは本当にあった光景なのかも知れない。

――あれ？

アンジェリンは腕組みした。内容など覚えていないのに、何かを見たという気がしてならない。小骨が喉に引っかかったような、何とも釈然としない気分だ。

いずれにせよ、もう悩んでも仕方がない事だ。アンジェリンは大きく欠伸をした。昼下がりの陽射しは眠気を誘う。

もうトルネラの山は紅葉しているだろう。昔ベルグリフと何度も入った秋の山の事を思い起こしながら、アンジェリンは重くなった瞼を閉じるに任せた。

○

赤や黄に彩られた森の上に真っ青な空がかぶさっている。もう本格的に秋がやって来た。公国では最も早い秋の訪れだが、トルネラで暮らしているとこれが普通だ。

村では春まき小麦や芋、豆の収穫が始まり、羊たちの冬越しの小屋の支度がされる。

秋まき小麦の畑は耕され、既に種のまかれた畑もいくらかあるくらいだ。もう朝晩は冷えて来て、薄着ではいられないような具合である。

街道が少しずつ整備されて来たせいか、行商人たちが早い頃から出入りを始めていた。

耳聡い者はここにダンジョンを基礎とした経済母体が生まれそうだと嗅ぎ付け、早めに唾を付けておこうとしているようだ。

そんな来客もあってベルグリフは対応に追われたが、もうトルネラに腰を据えているセレンが出張って来て、上手い具合に話をまとめてくれた。

辺境まで足を延ばすくらい行動力のある海千山千の行商人たち相手でも、セレンは一歩も引かないどころか対等以上に渡り合い、不義理で下心のある者は容赦なく突っぱね、有望で誠実そうな者とはきちんと商売の話をまとめた。

元来人が良く、交渉事に不慣れなベルグリフにとってこれは有難く、またセレンの有能さを再確認する事となった。これならばトルネラが食い物にされる事はあるまい。

契約書などを検めながら、ベルグリフは呟いた。

「今年は……冬の間にも行き来できるようになるのでしょうか」

「実際に雪の具合との兼ね合いを見たわけではありませんから確実な事は言えませんが、大きな隊商であれば越えて来る事は出来ると思いますよ」

とセレンが答えた。ベルグリフはハッとして顔を上げる。

「これは失礼、口に出ていましたか……」

「ふふ、はっきりと仰っていましたよ」

「いやはや……」

年を取ると独り言が多くなっていけない、とベルグリフは照れ臭そうに頬を掻いた。

ギルドの建物はまだ出来ていない。まずは代官屋敷を、という事だったから後に回ったのは止むを得ないだろう。その間、ギルドの事務仕事も代官屋敷の執務室を使わせてもらっていた。種々の資料もセレンが保管しているから、結局その方が効率はいいし、そもそもセレンが赴任するきっかけはダンジョンだ。ギルドの仕事をするのもおかしな話ではない。内務に手慣れているセレンの傍らにいられるのは、ベルグリフとしても気が楽だった。

ベルグリフは窓の外を見た。いい天気だ。こんな日は畑に出たくなる。実際、今は収穫の忙しい時期だ。冬の間に雪の下で育つ野菜も植えておかなくてはいけない。山にも実りが多く、外仕事に欠く日はない。

何となくそわそわしているベルグリフを見て、セレンがくすくす笑った。

「畑に出たそうですね、ベルグリフ様」

「は、まあ……元々外仕事ばかりして暮らして来た身ですから、どうにも」

「分かります。すみません、いつまでも付き合っていただいてしまって」

「いえいえ、これは私の仕事でもありますから……」

商人たちも出て来たとなると、本格的に運営の体制を整えなくてはならない。素材の卸し、冒険に必要な物品の入荷など、そういった事をギルドで一元的に管理できるようにした方が良い、というのがセレンの主張であった。

ボルドーやオルフェンのギルドは、そういったやり方で運営を安定化している。従来の中央ギルドのやり方とは違うが、元々そちらの息がまったくかかっていないので、それもすんなり行くだろうという事だ。

そういった事には疎いベルグリフはほぼ鵜呑み状態だったが、理屈は分かったので勉強の最中である。この歳になってもまだまだ学ぶ事が多いと嬉しいような気もするし、ちょっとくたびれるような気もする。いずれにせよ、目の前の仕事を片付けなくてはならない。

粗方の書類と参考資料をまとめて片付け、ようやく終わった。座りっぱなしで体が硬くなっている。ベルグリフは肩を回し、細かな文字を見続けて疲れた目を瞼の上から押した。少しずつ老眼になって来ているし、これはそのうち眼鏡が必要になるかも知れないと思う。

セレンがメイドにお茶を運ばせて、砂糖菓子の入った皿を差し出した。

「どうぞ」

「ああ、ありがとうございます……」

「もうすっかり秋ですね」

セレンはそう言ってベルグリフの向かいに座り、自分も砂糖菓子を一つつまんだ。

「アンジェリン様は、秋祭りには帰って来られるのでしょうか？」

「そう言っていましたね。忙しいようで手紙の一つも来ませんが……元々いたずら好きな所もある子ですから、突然帰って来て私たちを驚かせようと思っているのかと」

ベルグリフが言うと、セレンは可笑し気に笑った。

「あんなに強くて頼りになるのに、アンジェリン様は可愛いですよね。わたし、そういう所がとても好きで」

「はは、そうですな。中々子供っぽい所が抜けませんから……そこがああいう素直さにつながっているのかも知れませんね」

砂糖菓子の甘みをお茶で流すと人心地ついた。セレンもお茶をすすって、湯気に曇った眼鏡を取ってハンカチで拭う。

「もうすぐ秋祭りですね」

「ええ。早いもので」

「わたしも準備を手伝わないと……」

「いえいえ、そんな。それに祭りの準備自体はそんなにありませんから」

ベルグリフが言うと、セレンは目をぱちくりさせた。

「そうなのですか？」

「はい。教会から神像を運んで、料理を作って……どちらかというと、祭りの準備というよりは、祭りまでに済ませておく仕事が多いのですよ。収穫と冬支度の労いの意味合いが大きい祭りですから」

「そうでしたか……初めてトルネラにお邪魔した時、お姉さまと一緒に参加させていただきましたね。ベルグリフ様に計らっていただいて、とても助かりました」

「いえ、あの時は皆も喜んでおりましたよ。華やかになったと」

「ふふ、それなら良かったです。今度の秋祭りも、絶対に行くと姉は張り切っておりまして……もう馬鹿げた事は言わないと思うのですが」

とセレンは眼鏡をかけ直して嘆息した。ベルグリフはくつくつと笑う。仲の良い姉妹だと思う。

セレンはお茶のカップを両手で包むように持ちながら、ぽつりと呟いた。

「……不思議ですね。アンジェリン様に助けていただいたのが縁になって、今はこうしてトルネラで代官を務める事になるなんて」

「人生とは不思議なものですよ。それを言えば、私など今になってギルドマスターをやらされる羽目になるとは想像もしていませんでした」

ベルグリフが肩をすくめて言うと、セレンは「ぷふっ！」と噴き出した。

「――ごめんなさい、ふふふ……そうですね。思えばベルグリフ様が一番巻き込まれておいでなのかも」

本当にそうかも知れない、とベルグリフは笑った。

いつもならば、こんな綺麗な部屋に籠ってなどおらず、畑を耕して手と服を土まみれにして、山に子供たちを連れて出かけていた。種々の山の恵みは子供だけでなく大人たちも喜ばせた。干して貯蔵するのは勿論、新鮮な果実は生のまま味わって楽しんだものだ。

幼いアンジェリンが岩コケモモの群生地に大はしゃぎしていたのを思い出す。

あの小さな娘が、今となっては公国の、いや、帝国の英雄にまでなっている。その娘がいたから、ボルドー家に出会い、かつての仲間たちと再会した。

その糸を手繰って行くと、結局トルネラの山に行き着く。

丁度こんな季節だったとベルグリフはまた窓の外を見た。朝晩の寒風にさらされて、森の木々は却って燃え立つように葉を赤く染め上げていた時期だ。あの時アンジェリンを拾っていなかったら……。

「……きっとアンジェを拾った時から何かが変わって行ったのでしょう。驚く事ばかりですが……嫌な気はしていません。むしろあの子には感謝していますよ」

「わたしもです。トルネラの皆さまと知り合えたのは本当に僥倖《ぎょうこう》だと思っています」

二人はテーブルを挟んだまま少し黙った。カップから湯気が上がって宙に溶けて行った。遠くから鶏の鳴く声が聞こえて来る。

「……さて、ぼつぼつ仕事に行かせていただきます」

「ああ、お引き止めしてすみませんでした……アンジェリン様が帰って来るのが、楽しみですね。また色んなお話を聞かせてくれるでしょうか」

「ええ、きっと。あの子も喜んで話をすると思いますよ」

ベルグリフは微笑んで立ち上がり、執務室を出た。

○

「お父さん、ほら、こんなにいっぱい！」

岩コケモモを満載した手提げ籠を持って、十歳のアンジェリンが駆けて来る。縁から幾つか零れ落ちて足元に散らばってもお構いなしだ。

「ほらほら、そんなに慌てなくてもいいよ」

ベルグリフは笑いながら、やって来たアンジェリンの頭を撫でた。

アンジェリンは得意気に籠を差し出して胸を張る。鼻の穴が膨らんでいる。いくらかはつまみ食いしたらしく、口の周りに点々と赤色の汚れが付いていた。

ベルグリフは口端を緩めて、アンジェリンの頭をぐいぐい押した。

「つまみ食いしたな？」

「やーん」

アンジェリンはきゃあきゃあとはしゃいで、籠を抱いた。

「今夜はごちそう！」

「おいおい、この籠全部食べる気かい？」

「岩コケモモならいくらでも食べられるもん」

「食べ過ぎてもお腹を壊すよ。ほどほどにしておきなさいね」

「むう……はぁい」

アンジェリンはちょっと不満そうに口を尖らしたが、それ以上文句を言うでもなく、籠をベルグリフに押し付けた。そうして空の籠を手に取って、再び岩コケモモの茂みの中に踏み入って行く。

岩コケモモの群生地は森の中にあるけれど、日当たりが良い。

この辺りは岩の多い傾斜地で、背の高い木がなく、秋の陽光が存分に降り注いで、赤い実は宝石のように光っている。アンジェリンは身をかがめて、黙々とそれを摘み取っては籠に入れていた。

宝探し、というには宝が多すぎるが、ともかく子供にとっては夢中になる事のようだ。それでも時折何粒か口に運び、その度に表情を緩めていた。

ベルグリフも一粒口に入れた。噛むとぷちんと果汁が弾けて、細かな種を噛む感触が楽しい。酸味の強い味わいだが、甘みもあって後を引く。この季節の御馳走だ。

草の茂みに義足を突っ込むのに警戒を要するベルグリフと違って、アンジェリンは身軽に茂みの中を歩き回って、ベルグリフよりも早く籠をいっぱいにする。それが嬉しいらしく、アンジェリンは時折顔を上げてベルグリフの籠と自分の籠とを見比べて、得意気に笑った。

「これはジャム？」

「そうだな。干したのはこの前作ったから……」

「瓶がいっぱいになるね」

冬越しの為の貯蔵に瓶詰は有効な手段だ。果物のジャムを始め、野菜を煮詰めたものや茸《きのこ》の油漬けなども作る。多くは陶器の瓶や壺だが、時に行商人が売りに来る硝子瓶を使う事もある。それらが棚に幾つも並ぶと、たまらなく豊かな気分になるものだ。

やがて夕方が近くなると、手提げ籠の岩コケモモを背負い籠に移し、父娘は山を下り始めた。西の山に太陽がかかり、影が伸びて来る。

アンジェリンは拾った枝を振りながら、ベルグリフの少し前を軽い足取りで下って行った。

ベルグリフはその後をゆっくりと付いて行く。何度も一緒に入った山だから、アンジェリンも道を覚えつつあるようだ。

「……ああ、アンジェ。そっちじゃないよ」

それでも間違える。

別の獣道に足が向いたアンジェリンをベルグリフは呼び止めた。アンジェリンは足を止めて振り向いた。

「……そうだっけ？」

「そうだよ。そっちは動物の道だ」

アンジェリンは獣道を見、別の方を見、それからベルグリフに駆け寄って来て手を握った。

頭上に紅葉した木々がかぶさって、辺りは薄暗くなっている。昼間来た時とは様相が違っていて、少し不安になったようだ。ベルグリフは微笑んだ。

「気を付けないと迷子になるからな。さ、行こうか」

「うん……」

アンジェリンはつないだ手をぎゅうと握り、ベルグリフを見上げた。

「帰ったら、ジャム作り？」

「そうだな。沢山作らないと、春が来る前に食べきっちゃうからね」

「……初雪、いつかな」

「いつだろうなあ」

降り積もった初雪の、一番上の柔らかい所を取って、それに岩コケモモのジャムをかけて食べるのが、アンジェリンの楽しみなのである。それでも一番好きなのは生の岩コケモモなのだけれど。

やがて森を出た。空は紫色で、もう足元に影はなかった。

空から冷気が降りて来て、吹く風が肌に冷たい。村の家々の煙突から煙が立ち上っている。

もうじき秋祭りだ。そうしたらほどなく冬がやって来る。

二人は村へと下って行った。

一五〇　春まき小麦の刈り取られた後を

春まき小麦の刈り取られた後を、籠を抱えた子供たちが歩いて行く。刈り取る時にこぼれた落穂を拾い集める仕事だ。

とにかく刈っては集める麦刈りは、畑の面積が広い分丁寧にやっている時間がない。刈る時、束ねる時、運ぶ時に容赦なく穂がこぼれ落ちる。それらを集めるだけでかなりの量になるのだ。

刈り取った麦は棒で叩いて実を落とし、それらを広げて乾燥させる。鳥が狙って来るのを追っ払うのも、子供たちの仕事である。

そうやっているうちに秋はさらに深まり、早くまかれた秋まき小麦の畑には小さな青い芽が見え始め、段々と秋祭りが近くなる。

そんな頃に、秋祭りを目指して行商人たちがぱらぱらと現れる。

トルネラの農産物や工芸品は質が高いと評判だ。秋口には、初夏に刈り取られた羊毛で編まれた布が出来上がり始める。冬の防寒具として使う以外に、それらは行商人たちに売れる。布に限らず、紡いだ糸も同様だ。

そうして、売った分買う。長い冬を目前にしているから、必要なものを買い揃えたいのだ。ある程度の貯蓄は必要だとはいえ、財布で腹を膨らましたり暖を取ったりする事が出来ないのを知っているから、トルネラの村人たちは秋祭りの頃には財布の紐が緩くなる。だから行商人も多いのである。

行商人たちの露店には食料品はもちろん、冬の間の娯楽としての本や、チェッカーなどの遊戯盤、ブリキや木で出来たおもちゃもある。そんな風に冬越しの準備はより勢いを増し、トルネラは活気づいて毎日が賑やかだ。特に今年は夏の間に街道整備の仕事の出稼ぎに行った若者も多く、それが冬支度の為に皆トルネラに帰って来ており、例年よりも懐の温かい者が多い。広場の市もいつもに増して賑やかなように思われた。

そんなわけで、今日も広場には行商人が品を広げ、仕事の合間に村人たちが覗きに来ている。玉葱を植え終えたベルグリフも、子供たちを連れてやって来ていた。

ブリキのおもちゃを手に取って、双子がきゃっきゃとはしゃいでいる。龍を模した人形だ。安い造りだが、そんな事は関係ないらしい。二人して掲げ持つようにして、ミトに見せている。

「ミトにい、ドラゴン」

「とげとげでカッコいいよ」

ミトはしかつめらしい顔をして頷いた。

「ドラゴンは強い」

「強い？」

「じいじとどっちが強い？」

「それはじいじ」

「じゃあ、アンジェとどっちが強い？」

「それはお姉さん」

「パーシーとは？」

「それはパーシー」

「あれー、ドラゴン強くない……」

「ねー」

「……うん」

三人は何となく片付かない顔をしている。それでも人形の造形は好きなようで、手放す様子はなさそうだ。面白そうな顔をして見ていた店主が、ベルグリフの方に顔をやった。

「どうだね」

「うん、もらおうかな。あとこっちの本も」

「毎度どうも」

双子やミトの欲しがるものを買い、シャルロッテとビャクに本を買い、他のものも物色していると、隣の露店で、サティが紙に包まれたチーズの塊を持ってベルグリフを見た。

「ベル君ベル君、この乾燥チーズも買っていい？」

「ああ、いいよ」

「ベル、オイラこの蒸留酒欲しいんだけど」とカシムが瓶を掲げ持った。

「いいよ」

「ベル、この燻製肉」とパーシヴァルがベーコンの塊を見せた。

「いいよ……いや、なんでいちいち俺に聞くんだ？」

「そりゃ、パーティの財布の管理はお前の仕事だからな」

「ああ、そうか……そうか？」

まだ存続していたんだっけ？　とベルグリフは首を傾げた。そもそもカシムもパーシヴァルも自分の財布を持っている筈ではないか。

まあいいかとベルグリフが財布の中身を検めていると、また馬車が一台広場に入って来た。「おーい、ベルグリフさーん」という声がした。見ると、御者台にすっかり馴染みになった青髪の女商人が座っていて、ぶんぶんと手を振っていた。

商人は馬車を停めるとひょいと飛び降りて、足早に駆けて来た。

「どうも、お久しぶりです。お元気そうで」

「ご無沙汰しております。いつも御足労いただいて」

「いえいえ、わたしもトルネラ好きですし、お互いさまですよ」

商人はにこにこ笑ってぺこりと頭を下げた。そう言ってもらえると嬉しいな、とベルグリフも笑って顎鬚を撫でる。

「そういえば、娘と――アンジェリンとは会っていませんか？」

「アンジェリンさんですか？　いやあ、ここのところご無沙汰で。あたし、しばらく西のエルブレン周りをうろうろしてましたから……あ、でも活躍の噂はちょくちょく聞きましたよ」

「そうですか……や、あの子も秋祭りに帰ると言っていましたから、もしかしたらご一緒だったかな、と思いまして」

「うーん、あたしのタイミングには合わなかったですけど……でもアンジェリンさんがそう言うなら、多分きっと帰って来るんだと思います」

青髪の女商人も、幾度もアンジェリンを乗せて行った経験から、彼女の人となりをよく分かっているようだ。パーシヴァルが笑う。

「あいつくらい分かりやすい奴も中々いないからな」

「まー、久々に長く会ってないわけだしね。ベルの方も寂しいんじゃないの？」

カシムもにやにやしながら言った。サティが頷いた。

「そうそう。だってベル君たら、夏の終わりくらいから何となくそわそわしてるんだもの。無事に便りなしなんて言っといてそれだから、寂しいんだねえ」

仲間たちは容赦がない。ベルグリフはバツが悪そうに頬を掻いた。

いずれにせよ、アンジェリンが元気にやっているのは確かなようだ。行商人たちの話を聞けば、オルフェン周辺で何か起こっているようでもないし、恐らく予定通りに秋祭り前に帰って来る筈だ。いつまでも親馬鹿が抜けないな、とベルグリフは苦笑いを浮かべた。『大地のヘソ』でも帝都でも、自分以上に強く頼もしい姿を見ておきながら、ついつい心配になってしまうのは困ったものだ。

チーズやベーコンを籠に入れて、サティが考えるように目を閉じた。

「んー……ベル君、夕飯どうしようか。食べたいものとかある？」

「いや、任せるよ。ただ、干し野菜の古いやつは使ってしまった方がいいと思うけど」

「なるほど、そうだね。昼で煮込みは食べきっちゃったから、新しく作らないと駄目だなあ……」

「……パン生地はこねてあるが」

とビャクが言った。サティはハッとしたように目を開いた。

「そうだ、わたしが頼んだんだっけ……」

「何かしながらな」

「むー、片手間に言うと忘れちゃうな。反省反省……じゃ具入りパンにしようか。干し野菜とベーコン、あとチーズ入れて……」

「お母さま、わたしもお手伝いするわ！」

シャルロッテがそう言ってサティの手を握る。

「あはは、ありがと。よし、先に戻ろうかな。洗濯物も干してあるし……子供たちおいでー」

それでサティは子供たちを連れて先に帰って行った。

ベルグリフたちオヤジ組は残って、細々したものを買ったり売ったりしているうちに時間が経って、段々と影が長くなって来た。しかし午後も仕事をしていた連中が、今になってやって来たりするから、相変わらず賑やかだ。

買い物を一段落させたあと、ベルグリフたちは村人と旅人が行き交うのを眺めていた。

買ったばかりの蒸留酒をもう飲んでいるカシムが、上機嫌で言った。

「もう秋か。早いもんだなあ、時間が経つのは」

「そうだな。で、ベル。ダンジョンの場所は大体決まったって事でいいのか?」

「ああ。あの魔導球を上手く使って、少しずつダンジョンを形成するような具合になるらしい。一度君たちが魔力を魔獣化して消費したから、そう凄まじい勢いで変化はしないだろうって」

「成る程な。ま、どのみち冬の間はそう人も流れねえだろうから、丁度いいかも知れねえな」

パーシヴァルは頷いて、カシムからひったくった蒸留酒の瓶を傾けた。

確かに、街道が整備されてきたとはいえ、そうそうすぐに人の行き来が始まるわけではないだろう。それにダンジョン自体もギルドも手探り状態だ。あまり最初からあれもこれもとどたどたされてはベルグリフの手に余る。そういう点では非常にありがたかった。

いずれにせよ、長く準備して来た事が本格的に動き出す。

トルネラで畑を耕し、山や森の恵みを享受するだけだと思われていた人生が、突然こんな事になってしまうとは、ベルグリフはまったく想像していなかった。

「……できるかなあ」

呟いた。

ベルグリフはこれまでの戦いや旅路で、思っていた以上に自分には力があるのだという事を自覚するに至った。だがそれでも、長い年月の間に染みついた自己評価の低さはそうそう覆らない。満腔の自信を持って何かをやろうという気概には未だに欠けていた。一々立ち止まってあれこれ確認しなくては気が済まないのである。尤も、その慎重さと注意深さが、周囲から評価される要因の一つである事もまた事実なのだが。

「パーシーは……どうするんだい？」

「どうするって」

「そのうち旅に出るとは聞いているが……いつになるのかなと思って」

「さあな。ここが落ち着いたらそうするさ。今はまだ何とも言えねえ」

「そうか……カシムも？」

「どうすっかなー。ま、オイラたちの役目はダンジョンが暴走しないかってのと、外から来る冒険者どもの抑えみたいなもんでしょ？　そこが上手く回り始めれば、別にする事ないし、元気な連中の仕事取っちゃうからね」

「お前は女がいるんだろうが。長く待たせるもんじゃねえぞ」

「いや、そうなんだけどさ……そうなんだけどさあ」

ぐたーっと体を曲げるカシムを見て、パーシヴァルが眉をひそめた。

「なんだ、もう酔ってんのか？」

「ちげーよ、馬鹿。どっちも大事だからもどかしいんだよ、分かれよ、無神経」

カシムはそう言ってパーシヴァルの肩をばしばし叩いた。

「んだよ、面倒臭せえ奴だな。テメーはそんなに繊細じゃねえだろうが」

「うるせー、実は繊細なんだよ」

二人は互いに睨み合って小突き合った。ベルグリフはくつくつと笑った。

賑やかだ。あの時よりも遥かに年を取っているのに、同じような心地よさがある。もちろんまったく同じとは言えないが、それでもいい。むしろ同じわけがないのだ。ここに娘たちが帰って来れば、また毎日が騒がしくなるだろう。

西の山に太陽がかかって、広場まで影がかぶさって来た。ぼつぼつ帰って夜の仕事の支度でもしようか、とベルグリフは立ち上がった。

○

数日の旅のうちに帰郷の楽しみは弥が上にも増した。立ち寄った町や村でうまい料理に舌鼓を打ち、蒸し風呂なぞにも入って、思い出話に花を咲かした。

北へと進むにつれて風は冷たさを増すように思われたが、まだまだ陽射しは暖かく、厚着をするには及ばない。しかしそれがいつの間にか外套が手放せなくなるのだから不思議だ。日々の微弱な変化は、後できっかけというものを思い出すのが難しいものである。

そんな風にしているうちにボルドーへと辿り着き、ボルドーを発った。ここまで来ればあと少しだ。

尤も、乗合馬車はボルドーまでだった。トルネラまでの乗合馬車なぞ出ていない。そこからどう行こうか、というのがアンジェリンたちの目下の考え事で、おそらく秋祭りを目指して行く行商人や隊商があるだろうから、それの護衛という態《てい》で乗せて行ってもらおうと考えていた。

それが、今は目の前でヘルベチカがにこにこしている。

「ふふ、こんなに頼もしい護衛が一緒ならば、何の心配も要らないわね？」

「そだね……」

アンジェリンはくすくす笑った。

ボルドーに着いたアンジェリンたちは、当然ボルドー家に顔を出した。もうすっかり馴染みであるし、挨拶くらいはしておこうという理由である。

しかしそれだけの筈が、トルネラの秋祭りに絶対に行くと息巻いていたヘルベチカが、難色を示すアシュクロフトを強引に説き伏せて、たちまち馬車隊を編成するや、アンジェリンたちも乗っけてトルネラへと旅立ったのである。

マルグリットが頭の後ろで手を組みながら笑う。

「『これ以上なく安心な護衛がいる時に行かないで、後で行く時にわたしが襲われたらどうするのですか！』ってな。いやあ、傑作だったぜ」

「まー、ヘルベチカさんならこっそり抜け出して行きそうだしねー。アシュクロフトさんもそっちの方が怖いから許してくれたんじゃない？」

「それはあるかもな……でもサーシャも一緒なんだし、安全な事に変わりはなさそうだけど」

とアネッサが言った。ヘルベチカの隣に座っていたサーシャはぶんぶんと首を横に振る。

「何をおっしゃるのですか、アーネ殿！　皆さんとわたし一人を比べるなどおこがましい！」

サーシャまで一緒だった。ヘルベチカは最初、護衛としてサーシャを連れて行く予定だったようだ。だからアンジェリンたちがいるという事になっては、サーシャは別にいなくてもいいのだが、自分も行くものと信じて疑わぬサーシャを前に、そんな事を言える筈もない。結局一緒に来る事にになり、アシュクロフトは頭を抱えていた。

砂糖菓子の箱を取り出しながら、アネッサが言った。

「しかし、トルネラでボルドー姉妹勢揃いか。何気に初めてなんじゃないか？」

「そういえばそうですね」

サーシャが頷いた。今まで個別に、あるいは二人でという事はあったけれど、三人揃って、というのは初めてだ。

今年の秋祭りは今まで以上に賑やかだぞ、とアンジェリンは何だか嬉しくなった。

砂糖菓子をつまみながら、ヘルベチカが嬉しそうに言う。

「そういえば、春は同じような面子でトルネラから戻ったんだったわね。ついこの前の事のような気がするのに、もうそんなに時間が経っちゃったのね」

「あー、そうだったねー。サーシャじゃなくてセレンがいて」

「春告祭の後だったよな。ヘルベチカが盛大に振られてさー」

「もう、マリー！　蒸し返さないで頂戴！」

マルグリットの言葉に、ヘルベチカは頰を膨らました。アンジェリンたちはけらけら笑う。サーシャが顎に手をやってふむふむと頷いた。

「サティ殿は師匠の昔馴染みだといいますし、美人で優しくて腕も立つお方ですから、姉上は最初から相手にされていなかった、という感じでしょうか！」

「ちょ、ちょっとサーシャ！　確かにそうだけれど、もう少しオブラートに包みなさい！」

「え!?　あ、すみません姉上！」

サーシャはぺこぺこと頭を下げた。悪気なく素で言っている分性質《たち》が悪そうだ。ヘルベチカはくたびれたように額に手をやって嘆息した。

「アッシュがいるのはともかく、本領にいるのがこの子だけというのは中々……経験を積ませるためとはいえ、セレンをトルネラにやっちゃったのは失敗だったかしら」

「大変ですね」

アネッサが妙に共感したようにヘルベチカを慰めた。

今日はロディナまで行ける筈だ。領主の馬車は安物の荷車とは違って車輪も軸もしっかりしている。ロディナまでの街道もすっかり整備されて走りやすくなっており、かなりスムーズに進んでいる。

こちらの馬車はもう一杯なので、ヤクモ、ルシール、イシュメールは後ろの馬車に乗っていて、その後ろの馬車から六弦の音が聞こえて来る。ルシールが何か旅の歌を歌っているらしい。

アンジェリンは馬車の椅子の背にもたれた。革張りで、クッションまであって、座り心地がとてもいい。座りっぱなしでも尻が痛くもならないし、意識して体を動かす必要もない。車輪が地面を踏んで行く律動も心地よく、眠気を誘うかと思われるくらいだ。

窓の外を眺めながら、ヘルベチカが口を開いた。

「初めてトルネラに行った時が秋祭りで……参加させてもらってとっても楽しかったわ。あちこち巡察に行っていた筈なのに、今まで行かなかったのが信じられないくらい」

「わたしは秋祭りは初めてです！　どのようなものなのか、今から楽しみで！」

サーシャは興奮気味に腕をぶんぶん振って言った。アンジェリンはくすくす笑う。

「別に特別なものじゃないよ？　皆で歌って踊っておいしいもの食べて……」

「最高ではありませんか！」

「そういえば、わたしたちも秋祭りは初めてですにゃー。春告祭は何度も参加してるのにねー」

「そうだな。このタイミングで帰ろうって時はいつも邪魔が入ったから……」

「でも今度は大丈夫……ふふ、帰ったら早速岩コケモモを採りに行くぞ……」

アンジェリンはそう言ってほくそ笑んだ。摘みながらつまみ食いする岩コケモモが何よりもおいしいのである。もう何年も口にしていないのに、思い出すと口の中に唾液が溢れて来た。あの甘酸っぱさは他の果物にはない。

ミリアムがふむふむと頷いた。

「アンジェ、ずーっと言ってるもんね。これは期待が高まりますにゃー」

「岩コケモモか……ジャムとか干したのは食べた事あるけど、生はないなあ」

「おいしいですよ！　わたしもご馳走になりました！」

サーシャが言うと、アンジェリンは口を尖らしてサーシャの頰をつまんだ。

「ずるいぞ……おしおきだ」

「ふぇ……」

頬をむにとつねられて、サーシャは目を白黒させた。マルグリットがからから笑う。

「もうちょいの辛抱だろうが、頑張れよ」

「……頑張る」

そんな筈はないのに、口の中に唾液が溜まっていた。ごくりと飲み下して、唇を手の甲で拭う。

「アーネ、薄荷水頂戴……」

「ん」

アネッサは荷物を引き寄せてごそごそと漁っている。

アンジェリンはまた窓の外を見た。風景がゆるゆると後ろへ流れて行く。もう随分日が傾いているが、まだまだ空は青く、刷毛で薄く塗ったような雲がそこここに浮かんでいる。日暮れが近づいている分、空は輝くようだ。

薄荷水を飲みながらぼんやりしていると、馬に乗った護衛の兵士が窓の外に現れた。

「失礼いたします。もうじきロディナに着くようですが」

「そう、ご苦労様。先に行って宿の手配をお願いできる？」

「はっ！」

ヘルベチカに敬礼して、兵士は馬を駆って行った。

「……もう少し」

ロディナを出れば半日でトルネラだ。一晩眠って、明日の昼には着く。

赤や黄に染まった森の木々に、青く高い空。そこに溶けて行く家々の煙。暖炉でちろちろと揺れる火を前に、温かい飲み物を手に持って夜更かしする。布一枚隔てた麦藁のごつごつした感触もありありと思い出せる。寝返りを打つと藁が擦れ合う音がする。それがアンジェリンの子守唄だった。

そんな事を想像すると、まだ早いと思っているのに、口元には笑みが浮かんでしまう。

アンジェリンは目を閉じた。瞼の裏にトルネラの景色が浮かび、それからベルグリフの顔が浮かんだ。

「あと少し……」

一五一　薄雲が空にかかり、朝日に照らされて

薄雲が空にかかり、朝日に照らされてあめ色に光っていた。大地には靄がかかり、あちこちに光の柱が立っている。それほど寒くはないのだが、息を吐くと白く煙のように漂って中々消えなかった。

ミトが白く漂う息を手で叩いて消そうとしている。

「……消えない」

「はは、そうだろう。さ、帰ろうか」

丘の上から見る景色は、次第に色彩を増していた。夜明けとその後の、景色が移り変わって行く様を見るのが、ベルグリフは好きだった。

そうして朝の見回りを済まし、ベルグリフは家に戻った。庭先でパーシヴァルが剣を振っていた。もう朝方は冷え込むのに上は肌着一枚で、体から湯気が立ち上っている。

「ただいま」

「おう、お帰り。異常なしか」

「ああ、いつも通りだよ」

「パーシー、鍛錬？」

とミトが言った。パーシヴァルはにやりと笑った。

「そうさ。お前もやるだろ？」

「うん」

ミトはふんすと胸を張り、木剣を取りに家の中に駆けて行く。ベルグリフも続いて家に入った。

家の中は暖かかった。

ベルグリフはマントを脱いで壁にかける。暖炉では埋め火を焚き直し、鍋でシチューがぐつぐつと煮られている。夜の間に寝かしたパン生地をこねながら、サティが顔を上げた。

「あ、お帰りなさい。パンまだなんだ。もう少し待って」

「いいよ。軽く剣を振って来るから。カシムとグラハムは？」

「瞑想しに出かけたよ。ビャクも一緒」

上げ床の方ではシャルロッテが双子と一緒に何かしている。買ったばかりの龍の人形で遊んでいるようだ。同じような朝の風景である。

ベルグリフは剣を持って外に出た。パーシヴァルの横でミトが木剣を振っている。毎日やっているから、段々と構えが様になって来ているように思われた。

三人で少し素振りをし、軽く体をほぐして、井戸の水で顔を洗った。ひんやりして気持ちがいい。

タオルで顔を拭いながら、パーシヴァルが言った。

「今日は山に行くんだったか」

「ギルドも畑も一段落したからね。木の実や蔓を集めるよ」

「それも冬支度の一環ってわけだ」

「冬の間は家仕事ばかりだからな。糸を紡いで、籠を編んで」

「去年の冬は賑やかだったが、今年はどうだろうな」

「アンジェたち次第だろうなあ……まあ、冬ごとにギルドを空けるわけにもいかないだろうから、流石に冬越しはしないだろうと思うが」

それでもアンジェリンの事だから分からない。最初はそのつもりがなくても、ここでの生活が楽しくなって腰を据えているうちに初雪が降る可能性はあり得る。

「まあ、それでも街道が整備されて来たから、雪が降っても帰れない事もないと思うけど……」

「なんだ、お前はさっさと帰って欲しいのか？」

「そうじゃないよ。でもアンジェはオルフェンじゃ頼りにされてるんだから、俺がいつまでも捕まえておくわけにもいかないだろう」

ベルグリフは苦笑しながら髪の毛を結び直した。パーシヴァルはふっと笑う。

「真面目な奴だ。ま、どうせ会ったら帰って欲しくないと思うんだろ？」

「そりゃ、まあ……」

ミトがベルグリフの袖をくいくいと引っ張った。

「僕も、お姉さんがずっといたらいいなって思う」

「そうだな……」

ベルグリフは微笑んで、ミトの頭を撫でた。

それから朝食を済まして、それぞれに動き始めた。

シャルロッテはミトと双子を連れてケリーの家に行き、ビャクは畑に、カシムとパーシヴァルは釣竿を持って川へ出かけた。グラハムは魔導球と向き合って術式を考えている。サティはいつも通りに掃除や洗濯をしている。

ベルグリフは籠を背負い、弁当を持って家を出た。

早朝にかかっていた薄雲は、太陽が昇るにつれて姿を消し、抜けるような青い空が広がっている。平原を抜け、森へと入る。常緑の木もあるが、多くは紅葉し、近いうちに葉を散らす。一足早く枝だけになった木もあって、その隙間から青空が覗いている。夏よりも陽当たりがいいように思われた。

日陰の辺りに茸が生えていた。しかし大きくなりすぎて裂けている。きっきっと声を出しながら、繁みの中から小鳥が飛び出して、空に舞い上がって行った。

見上げると、木の枝にアケビの蔓が巻き付いて、実がぶら下がっていた。

「……無理かな」

ベルグリフは義足で軽く地面を蹴った。木登りは不得手だ。ああいった高い場所の木の実を採るのは、アンジェリンの役目だった。身軽なアンジェリンは、どんな木にもするすると登って行って、アケビや山葡萄《ぶどう》を籠に山盛りにしていたものだ。

そういえば、あの子を拾ったのもこんな時期だったな、とベルグリフは思った。

秋深く、あの頃も秋祭りが近かった。あの時はカイヤ婆さんに頼まれて薬草を探しに行った最中だった。そのカイヤ婆さんはもう亡くなり、アンジェリンはあんなに大きくなっている。

ベルグリフはほうと息を吐いた。それほど寒くはないのに、口許で息が白くなってすぐ消えた。事あるごとにアンジェリンの事を思い出すのは、やはり寂しいからだろうかと苦笑いが浮かんだ。口では偉そうに立場だ役目だと言っていても、本心では娘が傍にいる方が嬉しいのだ。

「……駄目な父親だな」

ベルグリフはぼりぼりと頭を掻いてから、気を取り直して歩き始めた。次第に地面が上向きの傾斜になって来た。今日はもっと山手の方まで行ってみるつもりだ。今年は書類仕事をしていた時間が長かったから、久々に思い切り森の木々に囲まれていたかった。

時折手の届く場所にある木の実や蔓を採り、籠に入れて行く。周りに注意しながらずんずん歩を進めて行くのは楽しい作業だ。子供を連れて来ている時はそちらを注意しなければいけないから、こうもいかない。

開けた場所まで来て、ベルグリフは息をついた。手近な石に腰を下ろし水筒の水を一口含む。麓の方で煙が幾筋も昇って行くのが見えた。

「蔓は大分集まったが……さて」

独り言ちる。低い所にある山葡萄もいくらかは採れた。もっと足を延ばして岩コケモモを採りに行こうかと思ったが、

「……いや、やめよう」

それはアンジェリンが帰って来てからでいい。食べたがっていたが、それ以上に自分で採りに行きたがっていた。先に採っておいて家にあっては、採りに行く前に食べてしまうだろう。そうなると喜びが半減するかも知れない。

数年越しの岩コケモモだ。なるべく楽しませてやりたいというのは、余計な親心だろうか。ベルグリフは頰を搔いた。

「そろそろ、帰って来てもよさそうなもんだがな」

水をもう一口飲んで、ベルグリフは空を見上げた。獲物を見つけたのだろう、鳶が向こうの方に鋭く下って行くのが見えた。

○

整備された街道は、成る程確かに走りやすいようだった。初めはその違いが分からなかったが、まだ整備されていない道に入ると、その違いがてきめんに分かった。ごつごつした道では馬車が大きく跳ねたりして気が抜けなかったが、手入れされて平坦になった道では、うとうとして昼寝が出来るくらいであった。

街道整備はトルネラ側とロディナ側とから同時に行われている。その間の部分で整備されていない所があって、そこでは寝ているどころではなかった。喋っていると急に馬車が大きく揺れて舌を嚙みそうになるくらいで、その辺りは皆口数が減った。

　しかしトルネラ側から延びて来ていた街道に行きあたると、もうすっかり走りやすくなった。工員に友達がいるかな、とアンジェリンは思ったけれど、今の時期トルネラは冬支度で忙しい為、夏の間に工員として働いていた若者たちも、秋口には村に戻ってしまったようだった。

　ともあれ、もうトルネラは間近だ。朝早くロディナを出て、もう昼前には辿り着く算段である。ロディナの宿で、明日には帰れると思ったアンジェリンは高揚していつまでも眠れず、輾転反側《てんてんはんそく》しているうちに朝になったものだから、馬車の小刻みな律動を体に感じているうちに、ついうたた寝したらしい。ぽんと肩を叩かれて、仰天して目を開けた。

「ひゃあう！」

「わあ」

　ミリアムが目を真ん丸にしてアンジェリンを見ていた。

「そ、そんなに驚く事？」

「……寝てた？」

　アンジェリンが言うと、アネッサが笑いながら言った。

「幸せそうな顔してぐうぐう言ってたぞ」

「うぬう……」

　アンジェリンは照れ臭そうに頭を掻いた。窓から外を眺めていたマルグリットが振り返った。

「もうちょいで着くぞ。森がすっかり紅葉してら」

　アンジェリンは体を起こして、マルグリットの肩に頭を置くようにして外を見た。

道はもうなだらかになっていた。緩やかな丘陵に秋の草が揺れて、燃え立つような色の森の上に隆々とした山肌が陽を照り返して輝き、抜けるような青い空が乗っかっている。そこに村から立ち上る炉の煙が筋になって立ち昇っていた。懐かしい匂いがする。

「……帰って来た」

アンジェリンは緩んで来る頰を両指の先でむにむにと揉んだ。

故郷の景色を見るだけでもう嬉しい。半年ばかり離れただけなのに、こんなに嬉しくて仕方がない。そう考えると、五年以上も帰れなかった時はよく我慢できたものだと思う。

元通りに座って、そわそわして、今すぐにでも馬車を飛び出して駆け出したくなったけれど、そんなわけにもいかない。とりあえず隣にいたミリアムに抱き付いた。ミリアムは「うぎゃ」と言った。

「なにすんだよう」

「……ふふふ」

ミリアムのふかふかした胸元に顔を埋めてぐりぐりと頰ずりする。ミリアムはくすぐったそうに身をよじらせたが、アンジェリンにがっちり捕まっていて逃げられない。

「やめろー」

「大人しくしろ……」

「何やってんだよ……」

アネッサが呆れたように言った。マルグリットはけらけら笑っている。向かいに座ったヘルベチカもくすくす笑った。

「あなたが甘えたいのはミリィじゃないんじゃない？」

「……甘えているわけではなくて」

駆け出したい気持ちを誤魔化しているのだ、という風に上手く言えず、アンジェリンは口をもぐもぐさせて、またミリアムを抱きしめた。

「うぎゅうー」

「もちもち……」

ぐたぐたと揉み合っていると、窓の外からサーシャの顔が覗いた。今日は馬に乗る気分だと言って、ロディナからずっと馬に乗って馬車を先導している。

「アンジェ殿！　もう到着しますよ！」

「知ってる……嬉しい」

「サーシャ、一足先に行ってセレンに先触れしておいて頂戴」

「はい、分かりました姉上！」

サーシャはそう言うと、たちまち駆けて行ってしまった。アンジェリンはミリアムを解放してむうと口を尖らせる。

「ずるい……馬に乗れる人は」

「あら、アンジェは乗馬が苦手なの？」

とヘルベチカが言った。アンジェリンは小さく頷いた。

「なんか……苦手」

「ふふ、あなたにも弱点はあるのねえ」

「こいつは弱点だらけだぜ」

マルグリットがそう言いながら手を伸ばしてアンジェリンの頬をつついた。アンジェリンはその手を摑んでぐいと引き寄せた。体勢の整っていなかったマルグリットはそのままアンジェリンに捕まり、ぎゅうと抱きしめられた。

マルグリットは抵抗して身じろぎした。

「やーめろー」

「生意気マリーめ……うりゃうりゃ」

「うぎゃー」

くすぐられてマルグリットは手足をばたばたさせた。しかしアンジェリンからは逃げられない。

「まずいなあ、嬉し過ぎておかしくなってるぞ」

アネッサが困ったように呟いた。

そんな風にどたどたしているうちに馬車は進んで行き、やがて村に入った。広場の方には流浪の民が来ているらしく、賑やかな演奏が聞こえて来る。ヘルベチカが窓から外を見た。

「あら、もう秋祭りが始まっているのかしら?」

「そんな事ない……祭りの前から来る人もいるから。道も綺麗になってるし」

アンジェリンはそわそわしながら言った。やっと解放されたマルグリットは乱れた服を直しながら、荒くなった息を整えている。

馬車が広場に入って、動きが緩やかになった。領主様の馬車が来たぞ、と外はざわざわしている。もう待ちきれない、とアンジェリンがまだ動いている馬車の戸を開けて飛び出すと、外にいた連中が目を丸くした。

「あれ、領主様の馬車なのにアンジェが出て来た！」

「いつもいつも派手な奴だなあ」

「おかえりアンジェー」

見知った顔が口々に言う。アンジェリンは「ただいま！」と手を振って辺りを見回した。行商人たちが来ているから、家族が誰かいるかと思ったが、誰もいない。

「お前焦り過ぎだよ、ちょっと落ち着け」

後から降りて来たアネッサがアンジェリンの頭をこつんと叩いた。アンジェリンは振り向いて口を尖らす。

「だって……」

「ま、嬉しいのは分かるけどさ」

「アンジェリンさーん」

誰かが駆け寄って来た。見ると、すっかり馴染みの青髪の女商人だ。アンジェリンは「おお」と言って差し出された手を握った。

「久しぶり……元気？」

「ええ、おかげさまで！　いやあ、ニアミスでしたねえ、あたし昨日来たんですよ」

「あれ、そうだったんだ……お父さんたちに会った？」

「昨日会いましたよ。今日は来てないみたいですけど……」

「そう……」

アンジェリンはちらと露店の方を見て、また視線を戻した。

「あのね、後でまたゆっくり見に来るね」

「はい、お待ちしてます！」

女商人はにこにこして頷いた。

後ろの馬車からヤクモとルシールが降りて来た。その後ろからイシュメールがくたびれた表情で降りて来る。ルシールは垂れた耳をぱたぱたさせて六弦をじゃらんと鳴らした。

「おう、いっつふぃえすた。れったぐったいむろー」

「着いて早々これとはありがたい。丁度腹も減ったところじゃ……おいアンジェ、儂らはここで何か見繕うが」

「わたしはいい……うちでご飯食べれるよ？」

「うん？　そうか。まあ、何か買ってからお邪魔しようかの」

家に帰るのに荷物だけもらおうかと思っていると、見慣れない建物から先触れに来ていたサーシャと一緒にセレンがひょっこりと顔を出した。そうして駆け足でやって来る。

「アンジェリン様！　皆様！」

「おー……」

アンジェリンは駆け寄って来たセレンの頭をよしよしと撫でた。

「セレン、トルネラには慣れた？　もうここで暮らすの……？」

アンジェリンが言うとセレンははにかんだ。

「ええ、今年の冬はここで越す事になりそうです。ベルグリフ様や皆さんに助けていただいて、何とかやって行けそうです」

「そっか。よかった……」

それならそれに越した事はない。

アンジェリンは新しい建物を見た。トルネラの新しい行政拠点であると同時にセレンの邸宅である。白亜の壁の立派な建物で、トルネラの建物とは思えない出来だ。セレンと一緒にトルネラの冬を過ごす。それも中々魅力的で、オルフェン行きを来春まで延ばそうかしらと決心がぐらついた。

馬車からヘルベチカも降りて来る。

「セレン、元気そうね。きちんとやれている？」

「はい、お姉さま。皆様に助けてもらって、何とか」

そういえば、ベルグリフからの手紙に、最近はセレンと一緒にギルドの立ち上げや整備などをやっていると書かれていた。もしかしたらベルグリフは家ではなくてここにいるかも、とアンジェリンは口を開く。

「そうだ、お父さんはいる？」

「ベルグリフ様ですか？　いえ、今日は山に行かれるとかでこちらには」

「えっ、いらっしゃらないの？」

ヘルベチカががっくりと肩を落とした。アンジェリンも肩をすくめる。せっかく帰って来たのに、すぐにおかえりって言ってもらえないのは何だか寂しいが、これぱかりは仕方がない。

「山に行ったなら、多分夕方には帰って来ると思うよ……」

「むむう、師匠に一手御教授いただきたかったのですが……」

とサーシャも腕組みしている。マルグリットが頭の後ろで手を組みながら言った。

「大叔父上はいるぜ。多分だけど」

「おお！　ではグラハム殿に！」

「ちい姉さま、落ち着いてください。来たばかりなのに」

セレンがやれやれと首を振ると、一同はくすくすと笑った。

アンジェリンは気を取り直してヘルベチカの方を見た。

「わたしはお家に帰る……わたしたちの荷物だけもらっていい？」

「そうね、サティ様にも会いたいでしょうし。後でお茶の支度をするから、遊びに来て頂戴」

「うん」

そういう事になった。それで荷物を降ろしている時、買い物をしていた筈のルシールがやって来てアンジェリンに耳打ちした。

「やっぱり、イシュメールさん、匂い変わった」

「そうなの……？　でもそれがどうかしたの？」

「わたしの嗅覚は魔力の違いを嗅ぎ分けるから……段々違いが濃くなって来てると思う。あの人、本当にイシュメールさん？」

「だって、一緒に冒険した時の事、みんな覚えてたよ……？」

「……じゃあ勘違いかも。でも気をつけておいてねアンジェ。昔の人は言いました。備えあれば嬉しいな」

「うん……一応、気に留めとくね」

ルシールはぽてぽてと露店の方に歩いて行った。オルフェンを出る前の晩、イシュメールがひどく怖くなった時の事をおぼろげながら思い出したが、そんな筈はないとアンジェリンは頭を振った。あれは酔っていただけだ。

それでアンジェリンたち四人は荷物を担いで家に向かった。家並みや道、垣根や灌木の茂みなどを見るだけで落ち着く。故郷に帰って来たという気分になる。

「変わんねーなー。ま、当たり前だけど」

「半年くらいだもんな。そう変わらない、と思うけど道があんなに綺麗だったもんなあ」

「ねー。セレンのお屋敷、綺麗だったねー。中もどんな風か楽しみですにゃー」

小さな雲が流れているばかりで、相変わらずいいお天気である。広場の方から音楽が聞こえて来る。流浪の民たちは陽気で、大抵何かしら音楽を奏でて踊っている。彼らがいると祭りはとても盛り上がるのだ。

動物、藁、煙など様々な匂いの混じったトルネラの空気を吸うと、アンジェリンはホッとした。オルフェンやボルドーよりも空気はひんやりしているようで、胸いっぱいに吸い込むと気分がすっきりする。

沢山の仲間と家族に出迎えてもらって嬉しかった。それでも何かが物足りない。

「……お父さん、早く帰って来ないかなあ」

アンジェリンは呟いた。どうあっても、アンジェリンにはそれが一番になるのだ。

帰って来たのは自分たちなのに、お父さんの帰りを待つなんて変だな、とアンジェリンはくすくす笑った。そうして、ベルグリフが帰って来た時は何と言って出迎えればいいかと考えた。帰って来る人を出迎えるのだから、やはり「おかえり」だろうか。

「……ううん、やっぱり」

わたしはお父さんに「おかえり」って言って欲しいな、とアンジェリンは思った。

「なにぶつぶつ言ってんだよ」

とマルグリットがアンジェリンの背中を小突いた。アンジェリンは「ううん」と言った。

「なんでもない」

ミリアムがうんと伸びをする。

「ふはー、やっぱり空気が澄んでて気持ちいいー」

「何だかホッとするな……ここが故郷ってわけでもないんだけど」

アネッサが言った。アンジェリンはアネッサの顔を覗き込む。

「そう？　もう故郷みたいなもんでしょ……？」

「ん、む、ま、まあ……うん……」

アネッサは照れ臭そうに頰を搔いた。ミリアムはくすくす笑っている。

ベルグリフはどの辺りにいるだろうか、とアンジェリンは山の方を見た。赤や黄に染まった森の色が鮮烈に目に飛び込んで来る。あれを眺めると岩コケモモの事を思い出す。

明日は早速出かけようと思う。シャルロッテやミト、ハルとマルの双子も連れて、摘んでも摘んでもなくならない岩コケモモで籠をいっぱいにする。考えるだけでアンジェリンの頰は緩んだ。

話をしながら歩いて行くと、見慣れた家が姿を現して来た。庭先に洗濯物がはためいている。井戸の辺りでサティが屈んで何かしているのが見えた。アンジェリンは嬉しくなって、重い荷物を担いでいるにもかかわらず、飛ぶように駆けて行った。

足音に気付いたのか、サティが立ち上がって振り向く。アンジェリンは庭に入ると荷物を投げ出して、サティに飛び付いた。

「お母さん！　ただいま！」

「うわっと！」

唐突な突進にサティはよろめいたが、何とか倒れずに踏みとどまった。そのまま苦笑いを浮かべて、アンジェリンを抱き返す。

「もー、やんちゃっ子！　びっくりするじゃない」

回って来た手が背中を優しくさすり、頭を撫でてくれる。背丈は同じくらいなのに、こんなに安心する。アンジェリンはえへへと笑ってサティに頬ずりした。サティは微笑んだ。

「おかえりアンジェ。よかった、元気そうで」

「うん！　あのね、あのね、色々話したい事あるんだけど……」

「大丈夫、焦らないでも。今皆出掛けちゃってるんだよ。今回もゆっくりして行けるの？」

「分かんないけど、秋祭りが終わるまではいる……お父さんもお出かけ？」

「うん。お弁当持って山に入ってるから帰って来るのは夕方かなあ……ベル君もタイミングが悪いねえ」

　向き合っている母娘を見て、アネッサが呟いた。

「やっぱり、親子には見えないよな」

「ねー。姉妹だよねー」

「おーいサティ、おれたちもいるぞー。昼飯できてんのかー？」

　それで皆して荷物を運んで、久闊を叙《の》べ合った。半年ばかりの間にも色々な事が詰まっているから、土産話には事欠かない。却って何から話していいか分からなくなったくらいだ。

　帰郷ですっかり高揚しているアンジェリンは地面から浮いたような足取りであっちに行ったりこっちに行ったりして、畑から戻って来たビャクにまで抱き付いて嫌な顔をされた。

　そのうちに昼食の時間になって、釣りに行っていたカシムとパーシヴァル、羊の世話に行っていた子供組も帰って来て、たちまち賑やかになった。これが楽しみだったんだ！　とアンジェリンは大はしゃぎで、シャルロッテやミト、双子を容赦なく捕まえては思う存分抱きしめた。嬉しいととにかく暴れ回りたくなるらしい。

　抱きかかえられたマルとハルがきゃっきゃとはしゃいでいる。

「アンジェ、力もちー」

「すごいねー」

「ふふ、お姉ちゃんパワーを見るがいい……」

「にしてもベルは山かよ。一人で行くって珍しいなあ」

　マルグリットが言った。

「最近はギルドの書類仕事で籠ってる事が多かったからね。あれでも鬱憤が溜まってたんじゃない？」

　とカシムが言った。パーシヴァルが頷く。

「だろうな。ま、たまには息抜きも必要って事だろう」

「あなたたち、そんな事言うなら手伝ってあげればいいじゃないの」

　サティに言われて、二人はそっと目を逸らした。

　久々に賑やかに食卓を囲う。ベルグリフの作ったものではないが、実家で食べる食事はおいしい。それに、サティの作る食事は、不思議とベルグリフの作るものと味付けが似ているように思われる事がよくあった。そう言うとサティははにかみながら指先で頰を掻いた。

「まあ、最初に料理教えてくれたのはベル君だし……ここでしばらく一緒に暮らしてるうちに、やっぱり影響受けてるなーって思うよ」

パーシヴァルとカシムがにやにや笑った。

「でも昔に教わったとか威張ってた時に出て来た飯は食えたもんじゃなかったぞ」

「混ぜないで放っといたから底が焦げたシチューだったよね。それを出す時に底をこそぐみたいにかき混ぜたもんだから焦げの塊が浮いて」

「もー、なんでそういう事ばっかり覚えてるのさ、あなたたちは」

そういう風に騒がしく食卓を囲んでいると、ヤクモとルシールがのっそりと現れた。

「おう、邪魔するぞ。なんじゃ、相変わらず賑やかじゃのう」

「なんだ、お前らも来たのか」

パーシヴァルがパンを切り分けながら言った。ヤクモは苦笑いしながら手近な椅子に腰を下ろした。

「アンジェに口説かれちまってのう。やれやれ、こんなに早くここに来る事になるとは思わなんだわ」

「因果だねえ、へっへっへ。飯は？」

「呼ばれようかの。儂らも適当に何か買って来たぞ」

「じすいずべりぃぐっどお肉ちゃん……」

ルシールが紙に包まれた焼き豚の塊を差し出した。香ばしく焼き上げられている。ミトや双子が歓声を上げる。なんだかんだいって、子供たちは肉が好きらしい。

ミリアムが首を傾げた。

「イシュメールさんはー？」

「なんぞ、行商人と話をしよったぞ。道順は教えておいたから、後で来ると思うがの」

トルネラはそう入り組んだ村ではない。ベルグリフの家は少し離れた所にあるから、間違える事はないだろう。

思い出話や土産話をしながら食卓を囲み、腹も膨れた所で食器を片付けて銘々に散らばった。グラハムはサーシャから稽古をつけて欲しいと頼まれたらしく、大剣を持って広場に出かけて行った。ミトとシャルロッテ、双子も一緒である。カシムはギルド予定地に出かけた。重い材を魔法で上げてくれと頼まれているらしい。ヤクモとルシールもそれを見物しようとついて行ったようだ。

ミリアムは上げ床でクッションを抱きながら寝転がり、アネッサは弓の手入れ、パーシヴァルとマルグリットはチェッカー盤を挟んで向き合っている。ビャクはやりかけだったらしい弦籠編みをしていた。

アンジェリンはベルグリフが帰って来るかもという期待のせいで、家から動こうとはしなかったが、そのせいで少しまどろんでしまった。寝てしまってはいの一番に「ただいま」を言えない、とアンジェリンは首を振り、立ち上がって外に出た。そうして庭先の柵にもたれて、向こうの村の家並みを何ともなしに見やる。

陽は少し傾いて、陽射しが重くなったようだった。山肌を照らす光がほんの少し赤みがかって来たように見える。

北から少しずつ雲が流れて来たらしい。抜けるようだった空に薄い膜がかかったようになった。

さらに北の方には濃い雲があるのが見える。それが流れて来ているのか、次第に雲が分厚くなって、空が重く垂れ下がって来た。風が湿って、冷たくなった。一雨来そうな雰囲気だ。この時季にこれでは木の葉が散ってしまうな、とアンジェリンは目を細めた。

サティが慌てたように庭に出て来た。

「天気が崩れそう。アンジェ、洗濯物取り込むの手伝って」

「はぁい、お母さん」

大所帯だから干すものも多い。ばたばたと駆け回っているうちに、家の中にいたアネッサとミリアムも出て来た。ビャクは裏の畑の方に駆けて行く。農具を出したままらしい。

「ひゃー、風つめたーい」

ミリアムがそう言いながら、重ねた洗濯物を籠に放り込む。アネッサがそれを抱えた。

「これじゃ外は大変だな……みんな帰って来そうだ」

広場の方も音が止んでいる。風で手がかじかむから、流浪の民たちも演奏をやめたのだろう。秋祭りには気温が戻って欲しいけれど、とアンジェリンはやきもきした。

ともかく洗濯物や干し野菜を取り込んでいると、不意に後ろから声がした。

「いいご家庭ですね。穏やかで、優しさに満ちている」

アンジェリンは驚いて振り返った。イシュメールが立っている。ぼさぼさの髪の毛が風に吹かれて揺れている。

「イシュメールさん」

「あら、お客さん?」

サティも足を止めた。

「うん、イシュメールさん。大地のヘソで一緒に戦って、帝都まで案内してくれたの」

イシュメールは慇懃に頭を下げる。

「初めまして。アンジェリンさんからお噂はかねがね。どうぞよろしく」

「こちらこそ。アンジェがお世話になったみたいで、ありがとうございます」

と言いながら、サティはやや怪訝な表情をしていた。アンジェリンが首を傾げる。

「どうしたの、お母さん」

「ううん、何でも……」

サティはイシュメールの荷物にちらと目をやり、首を傾げた。

「あの、何か魔道具を持ってらっしゃいます?」

「え?　ああ、魔法使いですから、いくつか持っています。例えばこんなものはどうでしょう」

と言って、イシュメールは鞄に突っ込んでいた手を出した。そこには葉のついた林檎の枝が握られていた。

一五二　急に風が冷たくなって

急に風が冷たくなって、上の方から吹き下ろして来るようになったと思ったら、唐突に幻肢痛が鎌首をもたげて来た。山道を歩いていたベルグリフは驚いて膝を突く。ない筈の右足が焼けるように痛み、いくら義足を握り締めてもどうにもならない。

額に脂汗が滲んだ。こんなに痛むのは久しぶりだ。心臓の音が大きくなり、顎の骨が痛くなるくらい歯を食いしばった。

木々の間を縫うように、冷たい風が吹き下ろして来た。風花すら交じっているらしく、肌に冷たくまとわりつく。

「ぐ、う……」

食いしばった歯の隙間から苦悶の声が漏れた。一秒が一時間にも感じる。風が冷たく吹き荒ぶのに、体は燃えるように熱い。

やがて痛みが引いた。時間にすれば数十秒の出来事だったが、ベルグリフには数時間にも感ぜられた。

解放された、というように、詰まっていた息が通るようになった。しかしあまり深くはならず、胸の浅いところで何度も短い呼吸が繰り返された。

「一体何が……」

ベルグリフは顔を上げた。汗を掻いた分、風が余計に冷たかった。

頭上の空には雲が立ち込めている。山を越えて北から下って来たらしい。それが冷たい空気を運んで来た。風花は次第に量を増し、もう雪と言っていいくらいになった。

もう少し上まで行くつもりだったが、これでは無理だ。嫌な予感もするし、ただちに下らねばならない。ベルグリフは籠を背負い直した。

「妙だな……こんなに突然変わる筈が」

自然の事だから絶対はないが、それでも長年の経験から、この時期に急激に天気が変わる事は異常だと思えた。

再び真珠色の空を見上げると、ふとその中にぽつんと白いものが浮かんでいるのが見えた。真っ白な髪の毛が風にたなびいている。

「冬の貴婦人……？」

浮かんでいたのは冬の大精霊だった。彼女が下って来たからか、と一応納得はできた。しかし、初夏に一度現れたのに、こんな短期間に彼女が来るのはおかしい。やはり異常事態かと思う。

冬の貴婦人は籠を眺めていた。ただ冷たい空気に乗って旅をするだけの彼女が、明らかに何か目的を持ってここに来たらしい事が何となく窺えた。

村で、あるいは村のすぐそばで何かが起こっている。

ベルグリフは逸《はや》る気持ちを抑えつつ、それでも足を速めて道を下って行った。

○

「それって、確か昔の魔法使いの杖のレプリカ……」

と言いかけて、アンジェリンはサティの顔色にびっくりした。真っ青だ。愕然としている。

「どうして……どうしてそれを！」

イシュメールに詰め寄ろうとするサティの鼻先に、枝の先端が突き付けられた。サティはたたらを踏んで足を止めた。そのまま一歩二歩後ろに下がる。それから凍り付いたように動かなくなった。

「お母さん？」

「アンジェ、来ちゃ駄目」

サティは動かないまま言った。何か妙だ。アンジェリンはすぐにサティに駆け寄りたかった。しかしイシュメールが持っている林檎の枝を見ていると、変に胸が締め付けられて、体が動こうとしない。サティもそうなのだろうか。アネッサとミリアムが慌ててアンジェリンを支える。

「アンジェ？」

「おい、真っ青だぞ。大丈夫か？」

「分からないんですよ」イシュメールは穏やかに言った。「考えてみれば、いつ、自分がこれを手にしていたのか、ちっとも分からない。ねえ、アンジェリンさん、人というのは過去を持つものです。しかし私はどうやら過去がないらしい」

「なに、言ってるの……？　イシュメールさん、どうしたの……？」

「やっぱりアンジェリンさんは馬鹿だな。まだそんな事を言ってる。だってねえ、パーシヴァルさんもそう言っていましたよ。私だってそう思う。そう思うでしょうサティさん、あなただって。思わなきゃおかしいいんだ。そうに決まってますよ」

「ねえ、待ってよ……何だか全然分かんないよ……」

「でもねえ、過去がないってのは楽かも知れませんよ。背負うものがないんだから。あなたは未来を過去にしてしまったんでしょう。だからそんな風に知らん顔してられるんだ。その癖自分ばっかり無邪気な風を装ってる」

　アンジェリンは困惑して何も言えない。枝の先はサティに向いている。サティは蛇に睨まれた蛙のように硬直して動かない。ただじっとイシュメールを睨みつけている。手は今にも見えない剣を抜き放とうとするかのように小刻みに震えている。アネッサとミリアムもどうしていいか分からないらしい。実家の庭先にいたのだ、誰も武器など持っていない。家に取りに戻るにも、イシュメールに背中を向けるのがひどく恐ろしく感ぜられる。しかしアネッサはそれとなくイシュメールにかかって行ける位置に足を動かした。

「やめておいた方がいいですよ」

　アネッサはぎくりとして足を止めた。

「あなたがかかって来るよりも、これが動く方が早い」

とイシュメールはにこにこと笑いながら、しかしひどくイラついた調子で喋っている。視線はアンジェリンの方を向いているのに、別のものを見ているような目つきだ。

「こいつに触れてから、あなたは悪夢を見たんじゃないですか」

「知らない」

「夢には知っている人が出て来た。カシムさん、パーシヴァルさん、サティさん。苦しんでいたでしょう。あるべき未来を奪われたから」

水をかぶったような気分になって、アンジェリンは震え上がった。どうしてそんな事を知っているんだろう。

「記憶の整理なんですよ。夢はね。誰かの記憶なんです。覆いのない、むき出しの記憶です。ねえ、あれが本当にあったんだって思わないですか。忘れたふりをしたっていけませんよ」

アンジェリンは頭を押さえた。ざっ、ざっと砂がこすれ合うような音と共に、断片的な映像が脳裏をかすめて行く。胸の奥がひどくざわつく。吐きそうだ。

「アンジェ、聞いちゃ駄目」

サティが絞り出すような声で言った。

「私もね、これをいつから持っていたのか分からないんです。でも、こいつが手元にあると……段々と自分というのが分からなくなって来る。些細な違和感がどんどん大きくなるんです。記憶も感情も、全部偽物だという気がして来る」

「だって、それは復元したレプリカだって……」

「そう思っていましたよ、私も。しかしそうじゃないんですよ。これは〝鍵〟なんです。これは本物なんです。そして私は偽物だ。どうです、試してみましょうか」

イシュメールの手が小さく動いた気がした。枝の先が揺れる。不意に魔力の膨れ上がる気配が充満した。

その時、家の中からパーシヴァルが飛び出して来た。物凄い速度で距離を詰めて来て、鋼のような拳でイシュメールを殴り飛ばす。殴ってから相手が誰だか理解したらしく、ギョッとした表情で殴った手を閉じたり開いたりした。

「イシュメール……？　おい、どういう事だ？　今の妙な魔力の高まりは……」

サティが解放されたように体から力を抜く。荒い息を整えながら言った。

「……わたしにも何が何だか。でもあの枝、あれは確かに……砕いて、魔力も全部放出させた筈……確かに枯らした筈なのに……そうだ、あれを」

柵の向こうまでぶっ飛んだイシュメールがよろよろと立ち上がる。

「ああ、くそ。痛みまで偽物だ。初めからいないのに、いる者として振舞うなんて馬鹿げてる」

「イシュメールさん」

近づこうとしたアンジェリンを制止するように、イシュメールは手の平を前に出した。

「いいんですよ。私はね、もうくたびれました。ありもしない感情に苛まれるのはもう沢山です。これが、こいつが、悪いんだ。だから、もう」

イシュメールは林檎の枝をへし折らんばかりに握りしめた。サティが飛び出して、その手に握られていた林檎の枝に手を伸ばす。

だがその手が届く前に、イシュメールは自分の頭に枝先を突き付けた。一瞬だった。枝から魔弾が撃ち出されて、イシュメールのこめかみを撃ち抜く。血が舞い散った。アンジェリンたちは呆気にとられる。しかしサティだけは足を止めず、倒れるイシュメールの持つ林檎の枝に手をかけた。

「これだけは……」

だが、確かに死んだと思われたイシュメールの左手が、サティの手首をがっしりと摑んだ。のけぞった状態が糸で吊られたように静止している。そのまま操り人形のように頭が起き、体が起きた。そうして輪郭が霧のようにぼやけたと思うや、そこには白いローブを着た男が立っていた。目深にかぶったフードが顔に陰を落としている。

「あいつは……！」

「シュバイツ！」

サティが見えない剣を抜き放とうと構えた。だがそれより前にシュバイツは枝に魔力を込めて衝撃波を放った。近距離でまともに食らったサティはたまらず後ろへ吹き飛ばされる。アンジェリンが咄嗟に数歩踏み出して受け止めた。それをかばうようにパーシヴァルが前に出る。そうして振り返らずに言った。

「武器持って来い！」

「あ、はいっ！」

アネッサがすぐに踵を返した。パーシヴァルはアンジェリンたちとシュバイツとの間に壁のように立ちはだかった。隆々とした背中がひどく頼もしく、アンジェリンは少し気持ちが楽になった。

サティはアンジェリンの腕の中で震えていた。青ざめている。

「どうして……あれは確かに……」

「お母さん、大丈夫……？」

「アンジェ……」

サティはひどく怯えて憔悴《しょうすい》した表情でアンジェリンを見、それからぐっと服を摑んだ。

「ごめんね……わたしが、わたしがもっとちゃんとしていれば……」

不思議と、アンジェリンは胸の底から力が湧いて来るようだった。サティに対する憐憫《れんびん》の情とシュバイツに対する怒りとが、強心薬のように気持ちを奮い立たせた。

「アンジェ」とアネッサが剣を手渡してくれた。

「くそ、折角おれが勝ってたのに」

マルグリットも細剣を片手に立っていた。パーシヴァルとのチェッカーがおじゃんになったので機嫌が悪そうだ。気配を察知したのだろう、畑から駆け戻って来たビャクが憎々し気な顔をしてシュバイツを睨み付けた。

「あの野郎……！」

シュバイツの口元がにやりと笑った。

「久しいな、失敗作」

「黙れ……！」

ビャクは怒りの形相で立体魔法陣を浮かび上がらせた。

さっき変な魔力が膨れたから、カシムやグラハムもその気配を感じ取るだろう。すぐに仲間が来てくれる。シュバイツがいくら優れた魔法使いとはいえ、こちらはいささかも劣っていないばかりか過剰戦力といってもいいだろう。

アンジェリンは心丈夫に立ち上がって剣を構えた。しかし隙がない。その上再び面と向かい合うとプレッシャーがのしかかって来る。まるでグラハムでも相手にしたかのような重圧感だ。パーシヴァルも様子を窺うように動かない。剣を手にしたSランク冒険者たちをして、容易に動きを許さぬ異様な迫力があった。

北側から冷たい風が吹き下ろして来た。風花交じりで、肌に刺すように冷たい。空はどんよりと曇って、陽の光がすっかり遮られてしまった。

「……イシュメールさんに何をしたの？」

アンジェリンは口を開いた。シュバイツはふんと鼻で笑った。

「そんな男は初めから存在しない。まあ、奴自身は本気でお前たちに協力しようと思っていたようだが」

「嘘だ！」

アンジェリンはぎゅうと剣の柄を握りしめた。

「ルシールが、お前は匂いが違うって言ってた。本物のイシュメールさんをどうしたのか知らないけど、許さない……今度こそやっつけてやる」

シュバイツがからからと笑い声を上げた。

「違うのは当たり前だ。お前たちと帝都までの旅を同じくしたイシュメールと、オルフェンで再びまみえたイシュメールとは違う。最初は完全なる別人格だった。だからこそ怪しまれる事なくお前たちの中に入り込む事が出来た。しかしオルフェンではしてもらう事がある。人格面や記憶が不安定になったが、些細な問題だ」

「……？　意味が分からない。出鱈目言ったたって無駄」

「そこのエルフに聞いていないのか？　疑似人格の事を」

「知らない」

シュバイツはくっくっと笑った。

「お前の母は思ったよりもお前を信用していないのかも知れないな」

「そんな事ない！」

歯噛みした。疑心暗鬼を誘おうったってそうはいかない。アンジェリンは剣の切っ先をシュバイツに向けた。

「ここには皆いるんだぞ。パーシーさんもカシムさんも、おじいちゃんも。お父さんだっている。逃げられないぞ」

「元より逃げるつもりなどない。それが目的だった」

シュバイツはそう言って、林檎の枝を軽く揺らした。

さっきから、あの枝を見ていると胸の奥が苦しくなって来る。もう何か魔法を使われているのだろうか。ただ立っているだけなのに、息が荒くなって来るような心持だ。そのせいか感情まで荒々しくなって来るような気がする。

「裏切られるのは辛かったか？」

シュバイツが言った。アンジェリンは眉をひそめる。

「裏切りじゃない……騙された。お前に」

「そうか。そうかも知れん。しかし、お前にそんな事を言う資格があるか？」

「なんだと……ッ！　わたしが誰を騙したって言うんだ！」

声を荒らげるアンジェリンを、アネッサが制した。

「落ち着けアンジェ。向こうのペースに乗るな」

「そうだよ。それに、あんなおかしな気配を振り撒いてたら、もうじき」

ミリアムが杖を構えながら囁いた。

果たして誰かが駆けて来る音が聞こえて来た。見るとカシムとグラハムとが全速力で駆けて来る。カシムは驚いたように足を止め、シュバイツをじろりと見やった。

「あいつ、やっぱし死んでなかったか……」

シュバイツは口元に愉快そうな笑みを浮かべたまま、さっと杖をひと振りした。するとその姿が少し離れた所に転移した。挟撃を避ける位置だ。

「事象は集束しつつある、が。〝赤鬼〟はまだか」

「……お前、なんか雰囲気変わったなあ。帝都で戦った時よりやばい感じだぜ」

とカシムが困ったように山高帽子をかぶり直した。グラハムの聖剣が今までになく凶暴な唸り声を上げている。それを握るグラハムも厳しい表情のままシュバイツを見据えて動かない。

アンジェリンは勿論、グラハム、パーシヴァル、カシムといったSランク冒険者をこれだけ前にしても、シュバイツは顔色一つ変えていない。こちらの実力を知らないわけはないだろう。だからこそ不気味であり、また、アンジェリンたちを容易に動かさないだけの奇妙な威圧感があった。

その気配の出所は間違いなくあの林檎の枝である。シュバイツ本人が、というよりもあの枝が手の内にある事が、突出した実力者たちに二の足を踏ませる要因になっているのだ。

アンジェリンはそっとサティに言った。

「お母さん、疑似人格って……？」

「……あのイシュメールって人は、シュバイツが魔法で作り出した人格だったんだよ。記憶も性格も、完全に偽装できるんだ。ただ、精度を完全にするには、元の人格や記憶は封印しておく必要がある。シュバイツは何か役割を果たさせようとしたみたいだから、その分人格や記憶が不安定になったんだろうね」

イシュメールが急に人が変わったようになったり、奇妙な事を口走ったりしたのは、それが原因だったのかとアンジェリンは得心した。同時に、本当にイシュメールはいなかったのだという事が理解できてしまって、ひどく寂しい気分になった。

だが悲嘆に暮れている場合ではない。アンジェリンはシュバイツを睨み、見る度に胸が詰まったようになる林檎の枝に顔をしかめた。

「ねえ……あの枝は何なの？　鍵って何の事？」

サティは大きく息をついた。

「……あれは〝ソロモンの鍵〟。魔王を研究している連中が血眼になって探していた遺物」

「え!?　で、でもそれはお母さんが奪って壊したって……」

「その筈だった……確かに砕いて、魔力も全部放出させた筈……完全に枯らした筈なのに」

シュバイツはくっくっと笑って、手に持った林檎の枝を軽く振った。

「お前如きに破壊できたと思ったか？」

「……粉々にした。魔力も空にしたんだ。復活する気配なんかなかった。それに、わたしが帝都を離れればあの空間は消滅する。それで跡形もなくなった筈」

「ソロモンの力はお前などの手に余る。あの空間は〝鍵〟の残骸の魔力だけで保たれていた」

「そんな……」

愕然とするサティを見て、シュバイツは軽蔑するように言った。

「見通しの甘い奴だ。いっそ利用してやればよかったのに……出来なかったのだろう？　呑まれそうになって」

サティはくっと唇を噛んでシュバイツを睨み付けた。カシムが目を細めた。

「もしかして、君が言ってたソロモンの鍵って、あれ？」

「……うん」

「……本物、なんだ」

アンジェリンは息を呑んだ。まさかあれがソロモンの鍵だなどとは思いもしなかった。オルフェンで実際に手に取って間近で見もしたのに。

サティが悔しそうに呟いた。

「ごめん、アンジェ。きちんとわたしが話を出来ていれば……」

「お母さんのせいじゃないよ」

「ふん、俺たち相手に平然としてんのはあれがあるせいか」

パーシヴァルは剣先をシュバイツに向けた。

「一々する事が回りくどいんだよ。テメエの目的は何なんだ？」

「今に分かる」

「ふん、喋るつもりはないか。だが、お前を倒せば全部終わりだ。のこのこ出て来やがって、後悔させてやるよ」

シュバイツはふっと笑うと、林檎の枝を一振りした。途端に空間が歪む程の衝撃波が向かって来た。パーシヴァルは目を剥いて前に出、剣で真正面から受け止めた。パーシヴァルの剣気と衝撃波とがぶつかり合い、それが周囲に弾けて烈風となり吹き荒れる。

「小手調べか？　舐めやがって！」

烈風をものともせず、パーシヴァルは剣を構えたまま前に駆けた。シュバイツはまた枝を振った。

「フラウロス」

すると、シュバイツの影からずるりと人型の黒いものが起き上がり、パーシヴァルの剣を受け止めた。

影の顔の部分にぎょろりと二つの目が開いた。上半身は人間の形だが、腰から下は四足の獣の形をしている。しかも上半身も腕が四本あった。

影法師は二本の手でパーシヴァルの剣を受け止めたまま、残りの腕をパーシヴァルに振り下ろした。パーシヴァルは強引に剣を引いてそれをかわすと、距離を取った。

「魔王か……?」

剣を構え直したパーシヴァルの頭上を越えて、ビャクによる砂色の立体魔法陣が流星のようにシュバイツ目掛けて降り注いだ。しかし影法師が腕を振ってそれらを打ち払ってしまう。

ビャクががくりと膝を突いた。息が荒く、苦しそうだ。それでいて目だけはぎらぎらと光っている。立体魔法陣が幾つも浮かび上がっているが、奇妙に明滅して安定しない。髪の毛が所々黒く染まっている。アンジェリンは慌ててビャクの肩を抱いた。

「ビャッくん、無理しちゃ駄目……」

「くそ……なんだ、おかしい……出て来るな……!」

「ボティス」

シュバイツがまた枝を振った。新しい影法師が立ち上がる。蛇のように長い体をうねらせている。

「邪魔くせえ!」

パーシヴァルが再び前に飛び出す。蛇の影法師が迎え撃った。激烈にパーシヴァルとやり合う。

ソロモンの鍵の力なのか、影法師の力はかなり増しているようで、パーシヴァルをして互角に打ち合うに留めるだけの実力があるようだ。

「カイム」

シュバイツがそう言って、ビャクに枝を向けた。

「ぐ――ッ!?」

ビャクが苦し気にうずくまった。髪の毛全部が真っ黒に染まって行く。浮かんでいた砂色の立体魔法陣が溶けるように消えて行き、服の袖が破れ、手が獣のもののように変わった。鋭い爪先はまるで鳥の鉤爪だ。腕や顔には毛とも羽ともつかぬ黒いものが生えている。

「ビャッくん!?」

「がぁアアあァああアあ!!」

ビャクは唸り声を上げて、アンジェリンに飛びかかった。アンジェリンは慌てて剣で受け止める。

「やめろ、この馬鹿！」

アンジェリンの後ろからマルグリットが飛び出して来て、ビャクを蹴り飛ばした。ビャクはすっ飛んで行ったが、受け身を取って獣のように四つん這いになる。

「ぐう、う……やメ、ろ、出て――があアァああぁアッ！」

ソロモンの鍵によって魔王の魂が呼び起こされたのだろうか。ビャクは必死に抵抗しているらしいが、それでも体が言う事を聞かないらしく、再び爪を振りかざして襲い掛かって来た。

「この馬鹿はおれが止めとく！　シュバイツを何とかしろ！」

マルグリットが怒鳴り、剣を構えてビャクを迎え撃った。

風花は雪に変わっていた。冷たい風が渦を巻くように吹き荒れていた。

サティがとんと地面を蹴った。それに反応するようにアンジェリンも即座に動く。サティは慌てたように口を開いた。

「アンジェ！　お願いだから下がってて！　わたしたちが何とかするから！」

「何言ってるの、お母さん！　パーシーさんもマリーも動けない……手を抜いて勝てる相手じゃないでしょ！」

「ッ……！　あんまりシュバイツに近づいちゃ駄目！　枝に気を付けて！」

「分かった！」

アンジェリンは剣を構える。ソロモンの鍵は不気味だが、突っ立って手をこまねいているわけにもいかない。サティは左側、アンジェリンは右側で、シュバイツを挟むように陣取った。目だけで合図して同時に地面を蹴る。

「エリゴール」

シュバイツがまた枝を振った。今度は鎧を着た騎士のような形の影法師が立ち上がって来た。そうして四つ腕の影がサティの見えない剣を受け止め、鎧の影法師がアンジェリンの剣を受け止めた。

サティが舌を打つ。

「くっ、いつの間にこんなに……」

「！　お母さん、下がって！」

影法師と数合やり合ったアンジェリンは叫ぶと同時に飛び退った。サティもすぐに後ろに下がる。

シュバイツの頭上でミリアムの『雷帝』が轟き、一筋の雷が落ちて来る。しかしシュバイツは枝を頭上に掲げて一振りした。雷はシュバイツに到達する前に掻き消えた。

しかし間髪を容れずにカシムの魔法が飛んで来る。らせん状に渦を巻き、破城槍のような鋭さで一直線にシュバイツに向かった。『ハルト・ランガの槍』だ。

「流石だ」

シュバイツは口でそう言いながらも、枝を前に出す。Sランク魔獣をも貫く筈の大魔法は、枝を貫く事なくその中に吸い込まれて消えてしまった。そうしてさっとそのままシュバイツは枝を振る。魔法に隠れて幾本も飛んで来ていた矢の先端にぽんと花が咲いたと思うや、柔らかくシュバイツの体に当たった。無論傷つける事などない。

アネッサが歯嚙みした。

「なんて奴だ……」

「とんでもない奴にとんでもないもんが渡っちゃったもんだね」

カシムが困ったように肩をすくめた。

しかしまだ、とそれぞれが攻撃の準備をしかけた時、グラハムの声がした。

「下がれ」

重厚で、叫んだわけでもないのに腹の底に響くようだった。アンジェリンとサティは勿論、蛇の影法師とやりあっていたパーシヴァルも即座に後ろに引く。

グラハムが大剣を振りかざして一歩踏み出した。集中して魔力を練っていたのかすさまじい気迫がみなぎっていて、体がびりびりと震えるようだ。シュバイツの顔色が変わった。

「来るか、〝パラディン〟」

三体の影法師がシュバイツを守るように前に立ちはだかる。聖剣は凄まじい唸り声を上げた。

グラハムは踏み込むと同時に大剣を振り下ろした。剣から光の奔流が衝撃波となって迸った。爆発するようだった。それは影法師を呑み込み、まとめて粉々に打ち砕いた。

マルグリットとやり合っていたビャクの動きが止まる。がくんと膝を突いて、うつ伏せに倒れた。爪や羽毛が消え去って行く。

「見事だ」

シュバイツの声がした。影法師は三体とも消え去ったが、彼はそこに立っていた。しかし左腕が肩の所からなくなっている。避けきれたわけではなさそうだった。

グラハムは聖剣にもたれた。息が上がっている。一振りに全力を込めたようだった。パーシヴァルは少し後ろだ。マルグリットもすぐに前に出られそうもない。

ここで勝負を決めなくては、とアンジェリンが即座に飛び出した。

「今度こそ……とどめッ！」

「！　アンジェ、待って！　駄目！」

サティが叫ぶと同時にアンジェリンの剣が突き出された。シュバイツは小さく体を動かす。剣は肩を深々と貫いた。心臓を狙ったのに、とアンジェリンは舌を打つ。

「待っていた」

シュバイツが言った。

アンジェリンはハッとして後ろに下がろうとした。

しかしそれより前に枝の先端がアンジェリンの胸を軽く突いた。

とくん、と心臓が鳴った。何かが閉じた。そうして、別の何かが開いた。

「え、あ……」

力が抜けた。ずるりと剣を抜いて、ふらふらとよろめいて一歩二歩後ろに下がる。シュバイツは冷たい目でアンジェリンを見据え、射程の外へと転移した。

「アンジェ？」

「おい、どうした？」

パーシヴァルとカシムの声がした。アンジェリンは振り向いた。目から光が失われている。

「あ、ああ……」

「アンジェ!?　しっかり！」

サティが駆け寄って来る。

視界が曇っていた。急に奇妙な寂しさが胸を満たす。帰りたい。帰って、褒めてもらいたい。褒めてもらうには？　もっと殺さないと。

「――ッ！」

急に鋭く振り下ろされた剣を、サティは見えない剣で受け止めた。

「アンジェ！」

「……帰る。だから、もっと……」

ぶつぶつと呟きながら、しかし尋常ではない殺気が膨れ上がった。剣を受け止めていたサティを蹴り飛ばす。パーシヴァルが驚愕した表情で彼女を受け止めた。みぞおちに蹴りを食らったらしいサティは、苦し気に咳き込んでいる。

「おい！　何してやがる！　気でも狂ったか！」

「洗脳魔法か……？　いや、ソロモンの鍵……アンジェが魔王だったから……くそ、オイラの馬鹿め、なんで早く思いつかないんだよ！」

「なんだ、どういう事だ？」

とパーシヴァルは眉をひそめる。サティが咳き込みながら口を開いた。

「ごほっ……アンジェは、魔王なんだ。だから、ソロモンの鍵から繰り出される魔法からの影響は大きい……どうなるかは分からなかったけど、近づかせたくなかったのに……」

「ちっくしょうめ、ともかくちょっと荒っぽく行くぞぉ！」

とカシムが悔しそうに歯噛みしながら、素早く魔力で網を作ってアンジェリンに絡みつかせた。剣を構えてかかって来ようとしていたアンジェリンの動きが一瞬止まったが、すぐにそれを力ずくで引きちぎる。

「うげっ、金属並みの強度だぞ」

「魔法使いはすっこんでろ！」

マルグリットが細剣を構えて飛び出した。アンジェリンは虚ろな目でマルグリットに斬りかかる。

幽鬼のような動きだ。マルグリットは驚いて身をかわしたが、すぐに二の剣、三の剣が襲い掛かって来る。模擬戦の時とは違う完全に殺意のこもった剣撃は、マルグリットの肌を容赦なく傷つけた。

致命傷こそないものの、手足に幾本もの傷が走る。マルグリットは歯を食いしばった。

「テメェ……！　本気でおれを殺そうってんだな！」

「ん……」

アンジェリンは無感動に剣を繰り出す。マルグリットの方は殺そうというつもりなどないのだから、どうしても手加減を加える形になる。殺意を以てかかって来るアンジェリン相手では、防戦一方にならざるを得ない。

むしろ、手加減しなかったところで、果たしてこのアンジェリンに勝てるだろうか、という思いがマルグリットの頭をよぎった。こちらは傷だらけだ。しかし向こうは勢いを増す一方である。

「アンジェ！　やめろ！」

「やめてよぉ！　マリーが死んじゃうよぉ！」

アネッサとミリアムが悲痛な声で叫んでいる。しかしその声もアンジェリンの耳には届かないらしい。

その時、強引にパーシヴァルが割り込んで来た。久しく見なかった怪物のような雰囲気を漂わせて、アンジェリンの前に憤然と立ちはだかる。

「軽々と操られてんじゃねえ。お前はそんなに弱い娘じゃねえだろうが！」

「……殺す」

アンジェリンは容赦なく剣を繰り出す。しかしパーシヴァルは流石に踏んで来た場数が違う。アンジェリンを殺すつもりではなくとも、その剣を叩き折るくらいの勢いでそれを迎え撃った。さっきまで攻め続けていたアンジェリンが、今度は守勢に回った。

しかし、剣を合わせ続けるうちに、少しずつアンジェリンの動きは素早くなっていた。段々とパーシヴァルの動きを学習しているのか、フェイントなども織り交ぜるようになって来て、次第に攻勢に出て来る。パーシヴァルは顔をしかめた。

「こんな状況じゃなけりゃ喜んでやるんだがな」

次の瞬間、アンジェリンが一気に身をかがめて懐に跳び込んだ。そうして鋭く剣を振るってパーシヴァルの二の腕を切り裂く。鮮血が舞った。パーシヴァルは目を剝いたが、アンジェリンの動きが止まったのを即座に見極め、空いた左手でみぞおちに掌底を叩き込んだ。

これにはアンジェリンもたまらず、体をくの字に曲げて後ろに吹っ飛んだ。

「……さ、びしい」

アンジェリンはぽつりと呟いた。

その時、グラハムの大剣が怒ったように吠え、刀身が輝いた。輝く、というよりは光を発するという方が正確だろう。その光はアンジェリンを照らし出す。

アンジェリンは苦し気に呻いて動きを止めた。持っていた剣が手からするりと抜け、地面に落ちた。

頭にかかっていた靄が晴れたようだった。奇妙な寂しさが収まり、意識が戻って来る。同時に、閉ざされていた何かが開かれたようだった。しばらく苦しめられた悪夢。忘れていた筈のそれが、濁流のようにアンジェリンの頭の中を埋め尽くす。

すべてを諦めていたカシムの目。

憎しみとやるせなさに覆われていた血まみれのパーシヴァルの姿。

絶望に嘆いていたサティの震える背中。

それが目の前の現実の彼らと重なる。

そして、もっと奥に秘められていた記憶、それがありありとアンジェリンの胸中に浮かび上がった。

「違う……違う違う違う違う！」

アンジェリンは両手で髪の毛を掻きむしった。

不意にパーシヴァルが目を見開いた。カシムも驚いたように身を乗り出した。サティも足を止めて驚愕に口をぱくぱくさせている。

アンジェリンの足元の影が質感を持って浮かび上がっていた。それは確かに四足の獣の姿だった。隆々とした体軀《たいく》の狼のように見えた。それがアンジェリンを包むようにして揺れていた。

「わたし……わたし……」

アンジェリンは口の中に血の味を感じた。目から涙が溢れて来た。サティがぜえぜえと息をしながら胸元に手を当てる。

「まさか、そんな……」

「嘘だろ……」

「な、なんだよ！　どうしたんだよ！」

状況が呑み込めていないらしいマルグリットが慌てたように言った。

パーシヴァルが険しい顔をして口を開いた。

「忘れもしねえ……あの魔獣だ。あの狼みたいな影法師が……ベルの足を奪ったんだ」

「え……？」

「そんな……嘘でしょう⁉　アンジェがその魔獣だって言うんですか⁉」

ミリアムとアネッサがアンジェリンとパーシヴァルとを交互に見た。

「……信じたくないけど、本当だよ」

カシムがそう言って山高帽子を傾けた。パーシヴァルが頭を掻きむしる。

「馬鹿な、馬鹿な……ッ！　それじゃあ俺は、どうすればッ――！」

「アンジェリンなどという人間はいなかった」

シュバイツが冷たい声で言い放った。アンジェリンは振り向く。

「違う……わたしは、わたしは確かに……」

「足を奪い、過酷な運命を与えておいて、まんまと愛だけせしめようとしても無駄だ。お前は彼らを騙していた。それが真実だ」

「違う、わたしはッ――！」

「アンジェ！」

ハッとした。声のした方を見た。

降り荒ぶ雪の向こうに、赤髪がなびいているのが見えた。ベルグリフが走って来ている。しかし苦しそうだ。右足を庇うような足取りから、きっと幻肢痛が襲って来ているのだろう。

胸を押さえた。心臓が激しく打つ。


物陰に身をひそめていた。

獲物の気配が近づいた。騒がしい話し声。四人組の足音。

枯草色の髪の毛が見える。その後ろの赤髪も。

――わたしが、あの足を奪った。

後ろ足を踏ん張る。飛びかかって、命を奪う。

肉を食らい、血をすする。その為に。

――あの右足を食いちぎった時の、生温かい血の味。うまかった。

飛び出した。洞窟の生ぬるい空気が顔を撫でて行く。

牙を剥き、口を開ける。

――違う。おいしくなんかない。

驚いた顔が見えた。反応しきれないようだった。

それでいい。大人しく殺されればいい。

大人しく食われればそれでいい。

――うまかった。もっと食いたかった。
後ろから誰かが飛び出して来た。一番前のを押しのけて。
だからそいつに食らいついた。
右足にかじりついて、思い切り口を閉じる。牙が肉を裂く。
――そんな事ない。わたしはそんな事思わない。
口いっぱいに血の味がする。うまい。
――もっと殺したい。殺して、食べたい。
赤髪は身をよじって抵抗した。頭を押さえられた。
だがそんなもので止められない。
唸り声を上げ、強引に頭を動かして、足を食いちぎった。うまい。
血の味が満ちる。
――違う。食べたくない。そんな事は望んでない。
血が溢れる。もう一口。
こいつを食い尽くしてもまだ三匹もいる。なんて嬉しいんだろう。
しかし、赤髪が何か巻物を開いた。四人の姿は薄くなって、掻き消えた。
口の中に血がいっぱい。鼻の奥には臭いがこびりついている。
うまい。でも物足りない。
――ああ、でも。否定しても事実は事実だ。

「……わたしが、全部の原因だったんだ」

カシムが悪事に手を染めたのも、パーシヴァルが自らを傷つけるように戦いに身を投じ続けたのも、サティが悲しみと絶望を繰り返したのも。自分がベルグリフの足を奪い去ったからだ。

そしてベルグリフも、足を失ってどれだけ苦しかっただろう。口の中の血の味が、鼻の奥に抜けるその臭いが、記憶を鮮明に思い起こさせた。

他の雛を追い落とした醜い小鳥。巣から落とした卵には、どんな素敵な未来があったのだろう。

「うぅあ……あぁあああぁぁああ!!」

アンジェリンは膝を突いて、両手で顔を覆った。

どの面下げてベルグリフに会えるだろう。お父さんなんて呼べるだろう。そんな資格、自分にはない。

アンジェリンを包む影法師が膨れ上がった。

地鳴りのような音が響いて来る。竜巻のように風が巻き上がった。背後に見えていた空間が捻じれた。影法師がアンジェリンの背後で渦を巻く。渦の中心が少しずつ広がり、その奥に真っ暗な空間が見えた。

アンジェリンとして生きた楽しい日々を思い出す度に、仲間たちや家族たちと過ごした温かな思い出が浮かぶ度に、却ってその罪悪感は増した。自分ばかりが幸せになっていたような気がした。

ここにはいられない。いない方がいい。自分なんて、消えてなくなればいい。

髪の毛がのたうつ蛇のように暴れた。

三つ編みがほどける。前髪に付けていた髪飾りがぽろりと落ちた。

「ごめんなさい……」

広がって来た漆黒の空間は、アンジェリンを呑み込んだ。アネッサが悲痛な声を上げた。

「アンジェ！」

「な、なに、あれ……」

ミリアムが震えながら言う。

「事象流による空間の穿孔」

シュバイツが呟いた。

「長い過去から流れて来た事象の流れは、ここで合流した。礼を言うぞ」

「テメエッ！」

マルグリットが剣を構えて疾走する。しかし到達する前に、シュバイツも漆黒の空間へと消えて行った。流石にあれに飛び込むだけの勢いはなかったらしく、マルグリットは足を止めた。

「なんでだよ……なんでだよッ！」

マルグリットは地面を殴りつけた。

義足を引きずるようにしてベルグリフがやって来た。困惑に顔をしかめている。

「……何があった？」

「ベル君……」

サティが涙でぐしゃぐしゃになった顔でベルグリフを見た。

パーシヴァルは力なく地面に腰を下ろして俯いている。カシムは帽子を目深にかぶって腕組みしていた。ビャクはぐったりと地面に突っ伏して、荒く息をしている。

アネッサはぼろぼろと涙をこぼしている。

「ベルざぁん……」

ミリアムが泣きじゃくりながらベルグリフに抱き付いた。

「アンジェが……アンジェがぁ……！」

「……グラハム」

「……すまぬ。力不足だった」

剣にもたれながら膝を突いたグラハムは震える手の平を見つめていた。全力の一撃でシュバイツを仕留められなかった事を悔いているようだった。

ベルグリフは顔を上げた。まだあの空間は開いている。漆黒の闇が渦を巻いている。

雪は少し弱まったようだ。

一五三　すすり泣くような声に、ベルグリフは

すすり泣くような声に、ベルグリフは目を覚ました。隣に眠る五歳のアンジェリンが、眠りながら涙を流しているらしかった。

窓から月明かりが射し込んで、部屋の中はうっすらと明るかった。ベルグリフはそっとアンジェリンのお腹に手を当ててさすってやった。アンジェリンは薄く目を開けた。

「……おとうさん？」

「ああ、いるよ」

アンジェリンはもそもそと身じろぎして、ベルグリフに抱き付いた。その頭を優しく撫でてやりながら、ベルグリフは微笑んだ。

「どうした？」

「……こわいゆめ、みた」

アンジェリンはベルグリフの胸元に顔を押し付けながら続ける。

「おとうさんがいないの。わたしひとりで……まっくらなの」

「うん……そうか。怖かったたな」

「……でも、ゆめだった。よかった」

アンジェリンはベルグリフを見上げて涙を流しながら笑った。ベルグリフは笑い返して、アンジェリンの頭をぽんぽんと撫でた。

「寝られそうか？」

「……わかんない」

「何か飲もうか」

そう言って寝床から出る。ランプを灯し、暖炉の埋め火を熾した。ケリーからもらった山羊乳が残っていたから、それを小鍋に入れて温める。砂糖も少し入れた。湯気の立ち始めたそれを木のコップに移し、アンジェリンに手渡す。

「ほら、ふうふうして飲むんだよ」

「うん！」

アンジェリンは嬉しそうにコップを受け取り、温かな山羊乳を冷ましながら飲んだ。

「あまーい。おいしい」

「よかった。それを飲んだら寝ような」

ベルグリフは笑いながら、自分の分の山羊乳をすすった。

ぱちんと音を立てて薪がはぜる。煙が一筋立ち上って、煙突に吸い込まれて行った。

アンジェリンはコップを両手で持ち、ベルグリフの膝の上に座って、ぼんやりと揺れる炎を眺めていたが、やがて最後の一口を飲み、立ち上がった。

「おくちゅすいで……それからねる」

「そうそう。偉いぞ」

流しでコップを洗い、水で口をすすいで、二人は寝床に入った。アンジェリンはベルグリフにぴったりとくっついて、服の裾を握り締めた。

「……おとうさん」

「ん？」

「おとうさんは、どこにもいかないよね？」

「ああ。お父さんは何処にも行かないよ」

ベルグリフは微笑んで、そっとアンジェリンの頭を撫でた。

○

説明を聞いたベルグリフは、何の迷いもなくアンジェリンを迎えに行くと言った。籠を下ろし、腰の剣の位置を整える。まだ幻肢痛は少し疼《うず》くが、さっきよりは随分ましだ。

アンジェリンが、自分の足を奪った魔獣だった。その事を知っても、驚くほどベルグリフの心は平静だった。もっと動揺しても良い筈なのに、と思ったくらいだ。自分でもどうしてこんなに落ち着いているのか分からなかったが、特段掻き立つ事がないのだから仕方がない。

ただ、アンジェリンが悲しんでいるであろう事がありありと分かった。それに手を差し伸べる事が自分の役目だと思った。

「あの子は優しい子だ。きっと自分を責めている。辛い筈だ」

ベルグリフは呟いた。サティが涙を流しながら鼻をすすった。

「わたし……アンジェの事、信じてあげられなかった。母親なのに、あの子を怖がったりして……最低だ……」

「いいんだ。君のせいじゃない」

ベルグリフはそっとサティの背中をさすった。

「……オイラ、どうすればよかったんだろ」

カシムが膝を抱えながら呟いた。

「たまーに、思ってたんだ。あの時、あいつがいなければ、ベルの足を奪って行かなかったら、まだ四人で冒険者やれてたのかなあって。オイラも、変にねじ曲がって悪さばっかりしなくてもよかったのかなって……それで、足が止まっちゃった。アンジェはアンジェだってのは分かってるのにさ」

「カシム君……」

サティは息を詰まらして嗚咽した。

確かにそうかも知れない。そうだったら、彼らの苦しい過去はなかったのかも知れない。

それでも、とベルグリフは道具袋の中を点検し、義足の付け根を丁寧に確認した。それからとんとんと地面を蹴って、ぐらつきがない事を確かめる。大丈夫だ。ベルグリフは小さく頷いて、それから傍らに腰を下ろすグラハムを見た。

「グラハム、君は……」

「……老いには勝てぬ。一振りでこのザマだ。情けない」

グラハムは目を伏せて嘆息した。そうして、手にした大剣を差し出した。

「持って行け。私は動けぬが、こやつはまだ元気が有り余っている」

大剣は小さく唸った。ベルグリフは微笑んで受け取った。

「ありがとう」

「……気を付けてな」

「ベルさん」

アネッサが弓矢を担ぎ直した。神妙な顔をしている。ミリアムも同じだ。それぞれに得物を携え、ベルグリフを見つめている。

「わたしたちも行きます」

「皆の昔の事とか分かんないけど、アンジェは仲間だし、リーダーだし……」

「ああ、それでいい。誰も君たちを止める権利なんかないよ」

ベルグリフは微笑んだ。

そこにマルグリットが駆けて来た。毛糸の玉が沢山入った籠を持っている。

「持って来たぞ！」

「ああ、ありがとう。子供たちの様子はどうだった？」

「なんか突然暴れ出したらしくて、ヤクモたちも大変だったみたいだぞ。今は寝てる」

やはり、あの枝は魔王を覚醒させる力があったのだな、とベルグリフは眉をひそめた。それで村は少し騒動になっていたらしいが、ヤクモとルシールに加え、ダンカンやボルドー家の三姉妹、それに行商人の護衛で来ていた冒険者たちがいた為、怪我人も出なかったようだ。

ここにいない子供たちにまで影響を与えるとは、ソロモン恐るべしである。大事に至らなくて幸いだったが。

軽く傷を手当てしたマルグリットはムスッと口を尖らして足を踏み鳴らした。

「これで準備は出来たな？　アンジェのヤロー、勝ち逃げなんて絶対に許さねえ。まだあいつの事ボコボコにしてねえんだ。負けっぱなしで幕引きなんて認めねえぞ」

マルグリットも傷だらけだが行く気満々だ。グラハムも止める様子はない。アンジェリンのパーティ三人は過去のしがらみなど何もない。そんな姿が頼もしく見えた。

パーシヴァルがばりばりと頭を掻いた。

「……本当にいいのか、ベル？」

「なにがだ？」

「アンジェはアンジェかも知れん。だが、あいつは俺たちの仇でもあるんだぞ」

「そうだな」

「俺はあいつを追い続けた。まだ追うつもりだった。それが、あんな形で……」

「パーシー」

「どうしろって言うんだ？　俺はあいつが憎くて仕方がなかった。何を置いてもあいつだけは殺してやらなきゃ気が済まなかった。あいつが俺たちを引き裂いたからだ。それなのに……何だってんだ。何なんだよ、チクショウ！」

「パーシー」

ベルグリフはパーシヴァルの肩に手を置き、真っ直ぐにパーシヴァルを見据えた。

「アンジェは俺の娘だ。ここにいる全員の家族であり、友達だ。他の何者でもない」

「――ッ！」

パーシヴァルは胸が詰まったような顔をしたが、やがて諦めたように目を伏せ、腕組みしてどっかりと座り込んだ。

「分かった」

ぱしん、と両手で頬を叩いた。思い切りやったらしく、手を離すと少し赤くなっていた。

「昔の事をぐだぐだ言うのはやめだ！　どの道あの頃に戻れるわけじゃねえんだ。そんなら今摑める一番良い未来を目指すのが筋ってもんだ！　いいな！　カシム！」

カシムは立ち上がって帽子をかぶり直した。

「へへ……リーダーがそう言うなら、仕方ないね！」

しかし嬉しそうだった。踏ん切りがついたらしい。カシム自身はパーシヴァルほど仇にこだわっているわけではなさそうだ。パーシヴァルは久々に咳き込んで、匂い袋を取り出している。

雪は止んでいた。しかし空はまだ真珠色だ。低い所を灰色の千切れ雲が、強い風に吹かれて速く流れている。冬の貴婦人はどうしただろう。雪が止んだという事は、もう何処かへ行ったのだろうか。彼女はこの出来事に引かれて現れたのだろうか。

ベルグリフは捻じれた空間の前に立った。向こう側は真っ暗だ。何があるのかも分からない。聖剣が唸り声を上げている。

ミリアムが息を呑んだ。

「この空間……いつまで開いてるんだろ？　突然閉じたりしないかな……？」

「分からない、けど、行くしかないだろ」

アネッサが言った。マルグリットも頷いた。

「冒険者だぞ。冒険しに行くんだ！」

「ふふ、マリーはいいですにゃー」

マルグリットの変わらない勢いに、少し雰囲気が和やかになった。

ベルグリフは地面に落ちていたアンジェリンの髪飾りを拾い上げた。ぐっと一度握り締めてから、道具袋にしまう。それからサティの方を見た。

「……君は残ってくれ。ビャクを手当てして、子供たちを頼む」

サティはくっと唇を嚙んだ。

「……戻って来られないかも知れないよ？　それを承知の上でわたしに残れって言うんだね？」

「すまん。だが、これは俺の役目だと思う」

「……そうだね。分かった。アンジェをよろしくね」

サティは目に涙を浮かべたまま微笑んだ。ベルグリフはそっとサティを抱き寄せ、ぎゅうと抱きしめた。

「大丈夫。必ず戻る」

「……信じてるよ」

サティはそっとベルグリフの唇に口づけて、離れた。

パーシヴァルが腰の剣を引き抜いた。

「行くぞ」

「ああ」

「親父」

ベルグリフは振り向いた。ビャクがジッとベルグリフを見つめていた。

「……頼んだ」

「ああ、任せろ」

ベルグリフは微笑んだ。

○

真っ暗な空間だった。しかし、不思議と自分の足元は見えた。

とぼとぼと、当てもなくただ前へと歩いて行く。いや、前に進んでいるのかも分からない。ただその場で足踏みをしているだけのようにも思える。それでも足を動かさずにいられない。

鼻の奥には、相変わらず血の臭いがこびりついていた。それがたまらなく不快だったが、自分にはふさわしいような気もした。

目からは涙が流れて来る。もう家族とも仲間とも二度と会えないだろう。会えたとしても、会う気などない。自分は自分の大切な人の未来を奪っていた。それなのに、その人の所に入り込んで、何食わぬ顔で幸せを享受していた。それが自分自身で許せなかった。

「なにが娘だ……」

呟いた。その呟きが心臓を刺すようだった。

いっそ、自分で命を絶てればいいのに。そんな事も思った。しかし怖かった。深い絶望があるのに、まだ心のどこかで希望を抱いていた。

そんなものは抱いてはいけない。自分にはふさわしくない。

足の先、指先から何かが這い上がって来るような気配がした。見ると、まるで影法師のように黒く染まって来ていた。

ああ、そうか。わたしも魔王に戻るんだ。

そう納得した。それでいいと思えた。その方がいい。

喉の奥がきゅうと締まった。寂しかった。鼻の奥がつんとして、目の裏が熱かった。涙が止まらない。

もう二度とお父さんに会えないんだ。

そう思うと悲しくて仕方がなかった。それが当然の報いだといくら言い聞かせても、悲しみは止むことがなかった。

早く魔王になってしまえばいい。アンジェリンではなくなれば、この苦しみや悲しみもなくなるだろうか。友人や仲間、家族の事もすべて忘れて。

「……うう」

足が止まった。かくんと膝を突いて、両手で顔を覆った。涙が溢れて来る。嫌だ。忘れたくなんかない。忘れていい事なんか何もない。

だが、温かな思い出が却って自分を苛んだ。胸の奥を掻きむしられるようだ。心がある事が辛かった。嗚咽が漏れ、涙が溢れ、とても歩いていられない。うずくまり、膝小僧に顔を埋める。

周囲を取り巻くように、黒い靄が漂い始めた。

○

穿孔された空間の中は真っ暗だった。しかし、自分の体や足先は見える。暑くも寒くもなく、また足音がしないから、奇妙な静寂が包みこんでいた。仲間の息遣いや、自分の心臓の鼓動が大きく聞こえる。

かなり早足で進んだ筈なのだが、アンジェリンは元よりシュバイツの姿すらない。

ただ、同じような真っ暗な空間がどこまでも続いているだけだ。しかし、時折上の方に、人の輪郭をした、透明な幽霊のようなものがひらひらと流れて行くのが見えた。

ベルグリフは後ろを見た。毛糸が一筋、ずっと向こうまで伸びている。警戒して、毛糸玉を垂らしながら歩いているのだ。意味があるかは分からないが、帰り道の当てがあるというのは精神的に楽になる。尤も、長さが足りるかが分からないのだが。

しばらくは警戒して黙ったまま進んでいた一行だったが、やがて静寂に耐えきれなくなったのか、誰からともなく口を開き、話が始まった。

「……事象が集束したと言っていたんだよな？」

「うん。与太話だと思ってたけど、こりゃ本当だったかな……」

カシムがそう言って頭を掻いた。

帝都でサラザールが言っていたという事象流の話は、ベルグリフにもよく分からなかった。カシムですら理解が追い付いていないのだから仕方がない。

ただ、シュバイツがそれによって引き起こされる空間の穿孔を狙っていたらしい事は確かだ。何故その鍵がアンジェリンだったのか。それはまだ分からない。

アネッサが言った。

「……アンジェが人間なのは、魔王の魂を持ってエルフの体から産まれたかららしいです」

「誰から聞いたの、それ？」

カシムが言った。ミリアムが答える。

「アンジェが言ってたんですよ。一人でオババに会いに行って色々聞いて来たみたいで」

「マリアさんの言う事なら……信ぴょう性はあるか」

「しかし、魔王とエルフの合いの子は人間か？　おれにはよく分かんねえ」

とマルグリットが言った。アネッサが腕組みする。

「えっと、人間の魂は中庸で、白でも黒でもなくて……」

「ふむ……どっちにもなり得るって事か。良い奴も悪い奴もいるみたいに」

「それと事象の流れがどう関係するんかねえ……シュバイツの奴、面倒な事ばっかり考えやがって、まったく」

カシムが嘆息して、やれやれと頭を振った。

話をする連中をよそに、黙ったまま先頭を歩くパーシヴァルを見て、ベルグリフは目を細めた。

「パーシー……大丈夫か？」

「心配すんな。アンジェを斬ろうなんて考えはねえよ」

パーシヴァルは素っ気なく言った。この素っ気なさは、あえて感情を出さないようにしているな、とベルグリフは思った。二十年以上の時間を、アンジェリンに宿った魔王を求めて戦い続けていたのだ。そう簡単に割り切れるものでもないのだろう。

ベルグリフは目を伏せて髭を捻じった。

「……すまん。だが、こればかりは俺も譲れない」

「いいんだよ。元々俺の独りよがりでしかねえ」

パーシヴァルは大きくため息をついた。

「俺にとって……あいつへの怒りと憎しみは生きる原動力だった。遠慮なく憎しみを抱ける相手がいるってのは心を荒ませるが、自分の立ち位置をはっきりさせてもくれる……あいつは、何のしがらみもなく、追いかけて殺せる相手だと思ってた。ごほっ、ごほっ」

パーシヴァルは匂い袋を取り出して口元に当てた。

「……それがお前の娘になってるなんてな。ったく、俺は親友の娘を殺す趣味はねえんだぞ。俺の怒りは何処に向けりゃいいんだよ」

パーシヴァルはわざとらしくおどけて言った。それが痛々しくて、ベルグリフは言葉が紡げなかった。

しかし後ろからマルグリットがひょいと顔を出す。

「怒るのを止めりゃいいじゃねえか。いい年こいていつまでもしかめっ面しやがって、そんなだから怪物って言われんだよ」

「あんだと！」パーシヴァルは怒鳴った。

「なんだよ！」マルグリットも怒鳴った。

パーシヴァルはしばらく顔をしかめていたが、やにわに大口を開けて笑い出した。

「はっははは！　本当にそうだな！　いつまで怒ってるつもりなんだかな、俺は」

カシムが噴き出して笑い出す。

「お馬鹿には敵わないねえ、パーシー」

「誰が馬鹿だ！」

とマルグリットが頬を膨らます。何となく雰囲気が和らいだ。その間にも一行は歩を進める。しかし周りの景色は変わらない。

雰囲気は和らいだが、とベルグリフが何となくバツの悪い顔をしていると、パーシヴァルにばしんと背中を叩かれた。

「そんな顔するんじゃねえよ、ベル」

「う……すまん」

「俺も全部吹っ切れたわけじゃねえ。だが今はそんな事は言いっこなしだ」

「……ありがとう」

ベルグリフは微笑んだ。

それからまたしばらく早足で進んだ。地面があるのかも分からないような空間だが、ずっと平坦である。毛糸の玉はもう二つ使った。残りが少なくなると端を結び合わせて継いで来たが、このままでは不安になって来る。

ふと、何か奇妙な気配が満ちて来た。少しずつ黒い靄が辺りに漂い出していた。元々周りが暗いから誰も気に留めていなかったのだが、その濃度が明らかに増している。

聖剣が一際大きく唸った。

「――――！　何か来るぞ！」

ベルグリフが言った。一行はたちまち得物を構えて周囲を警戒する。靄に紛れて、まっ黒な人影のようなものが幾つも近づいていた。摑みかかって来ようとしていたそれを、カシムの魔法が吹き飛ばした。

「魔王……じゃなさそうだけど、味方でもなさそうだね」

「へへっ、退屈してたんだ。ちょうどいいぜ！」

マルグリットも張り切って剣を振りかざし、近づいて来た黒い影に斬りかかった。影は何体も闇の向こうに潜んでいるらしかった。それがアンデッドのようなふらふらした動きでこちらにやって来る。

パーシヴァルが剣の一振りで五、六体をまとめて吹き飛ばした。

「俺は機嫌が悪いんだ……憂さ晴らしさせてもらうぜ」

影は切り裂かれると靄になって消えた。人影を倒すほどに、靄が晴れて行くような感じだった。これは一体何なのだろう。そもそもこの空間はどういう場所なのだろう。

不意に、ベルグリフの幻肢痛が疼いた。手に持った大剣が唸った。薄くなった靄の向こうに、何かが膝を抱いているのが見えた。その人影を中心に靄が軽く渦を巻いているように見えた。

「……！　アンジェ!!」

ベルグリフは叫んだ。

膝を抱いていた影はびくりと体を震わせてこちらを見た。確かにアンジェリンだ。すっかり怯えたような表情で、涙をいっぱいにたたえた目でこちらを見ている。困惑しているようにも見えた。

「アンジェ！　戻って来い！　逃げるなんて、お前らしくないぞ！」

「そうだよ！　わたしたちを見捨てて行くつもり!?」

アネッサとミリアムが叫ぶ。アンジェリンは耳を塞ぐようにしていやいやと頭を振った。

――わたしに皆といる資格なんかない！

口から発された、というよりは、空間そのものが振動したように聞こえた。マルグリットが怒ったように声を荒らげる。

「資格なんか要るか！　勝ち逃げなんて許さねえぞ、馬鹿アンジェ！」

マルグリットは迫って来た影を一気に蹴散らすと、アンジェリンに向かって駆けた。アンジェリンは怯えたように身をすくませて、マルグリットの方に両手を出した。

――来ないで、マリー！

黒く染まった指先が槍のように伸びた。マルグリットは目を剝いて身をかわす。それでも肌に切り傷が走り、鮮血が滲んで舞った。

意図した事ではなかったらしく、アンジェリンの方が困惑したように手の平を見、焦ったように身じろぎした。

「テメエ……いいぜ、ボコボコにして無理矢理連れて帰ってやる！」

マルグリットはいきり立って剣を構え直した。

だが、頭上から奇妙な気配がした。見上げると、一際大きな影が頭上から一行を見下ろしていた。嫌に長い手を突いて、こちらに覆いかぶさるような恰好だ。

「新手か！」

「くそ、数ばっかり多い……」

ミリアムの雷鳴がとどろき、アネッサの術式入りの矢が炸裂する。それでも影はより勢いを増して、靄の向こうから次々と現れた。

「うーん、大魔法撃ちたいけど、アンジェも巻き込んじゃうし……」

魔弾を連射しながらカシムがぼやいた。

「ベルさん……」

ミリアムがすがるような目をしてベルグリフを見た。アネッサもジッとベルグリフを見ている。

「俺がやる」

ベルグリフは聖剣を握り締めて一歩前に出た。アンジェリンがびくりと体を震わせる。

——来ないで！

しかしベルグリフは剣を振りかざした。

大きく息を吸い、吐くと同時に剛！　と振り下ろす。激烈な魔力が迸り、一行に殺到していた影たちがまとめて吹き飛ばされた。

剣と魔力とが放つ光が辺りを照らし出し、影たちの動きが鈍くなった。

アンジェリンは苦しそうに頭を押さえながら立ち上がると、踵を返して駆け出した。奥の方は一層靄が濃く、その中へと駆け込んで行く。向こう側に微かに穴のようなものが見えた。そこへ逃げ込んで行くらしい。ベルグリフは一気に地面を蹴ってアンジェリンの後を追う。

「アンジェ！　待て！　いい加減にしねえと怒るぞ、俺は！」

パーシヴァルが怒鳴って、ベルグリフに続いて行こうとしたが、影が飛び込んで来て足が止まった。

ベルグリフが靄の中を通り抜けると、剣の光が鈍くなった。まるで自分たちを拒むアンジェリンの意思を表すように、影たちは周囲から現れ出でて、一人飛び出したベルグリフと、その後ろの仲間たちとを分断した。

さっきまでの影とは違って、倒しても靄が薄くならない。むしろ濃くなって周囲を取り巻いた。体が重くなるようだった。

「くそ、邪魔だ！」

「ベル！」

ベルグリフは走りながら後ろを見た。間にはすっかり影が詰まって、仲間たちは合流できそうにない。それどころか、さらに数を増して、すっかり取り囲まれているようだ。

このままではまずい。

ベルグリフは手に持った大剣に言った。

「皆を守ってやってくれ」

そうして後ろを向き大剣を振りかざすと、思い切り放り投げた。ずん、と地鳴りがして剣が地面に突き立ち、刀身が唸りを上げて光り輝く。影たちの動きが鈍くなった。

カシムが目を剝く。

「ベル、どうするつもりだよ！」

「あの子は俺に会いたがってる。父親が娘と話すのに武器は要らないさ」

そう言って、アンジェリンの行った方向に向かう。靄の向こうの穴は小さくなっている。不思議と、影たちはベルグリフには向かって来ない。もしこの影がアンジェリンの意思だとすれば、彼女は自分を求めている。そんな風に思う。

パーシヴァルが影を斬り裂いて叫ぶ。

「おい！　ベル！」

「待っていてくれ。必ず戻るから」

「――ッ！　馬鹿野郎が！　絶対に戻れよ！　二人でな！」

パーシヴァルは怒鳴って、上から伸びて来た大きな手を粉砕した。

「信じてるぞベル！　皆揃って晩飯食おうなー！」

「ベルさん、お願いします！」

「戻って来てくださいね！　アンジェと一緒に！」

「死んだりしたら承知しねえからな！」

カシムと少女たちも口々に叫ぶ。ベルグリフは小さく頷いて応えた。

進む程に幻肢痛がひどくなる。しかしベルグリフは歯を食いしばった。こんなもの何という事もない。

やがてベルグリフの姿も見えなくなった。

パーシヴァルが裂帛《れっぱく》の気合で剣を振る。物凄い剣撃が勢いの鈍った影たちを薙ぎ払い、その余波だろうか、靄すらも薄くなった。

靄は晴れたが、その向こうに見えていた筈の穴は消えてなくなり、ベルグリフが垂らしていた毛糸も、そのあたりでふっつりと消え去っていた。

聖剣が悲し気に唸った。誰もが脱力したように肩を落とす。カシムは山高帽子を顔に傾けた。

「行っちゃったね……」

「うぅ……」

ミリアムは涙を堪えるようにしてアネッサに抱き付いた。アネッサは唇を噛むようにして、その背中を撫でている。マルグリットは険しい顔をして穴のあった場所を睨んでいた。

パーシヴァルが呟いた。

「……戻って来いよ。信じてるぞ」

一五四　靄の向こうの穴を抜けると、再び

靄の向こうの穴を抜けると、再び視界が明瞭になった。しかし暗い事に変わりはない。どこまでも暗く、前も後ろもあるか分からない。

ベルグリフは振り向いた。垂らした毛糸が、途中からふっつりと消えている。

「……行くしかない、か」

前に進むだけだ。元々そのつもりだったのだ。今更怖気づきはしない。

不思議と幻肢痛も治まっていた。あの黒い靄がいけなかったのだろうかと思ったが、推測の域を出ない。

ベルグリフは急ぎ足で、しかし慎重に進んで行った。当てはない。しかしアンジェリンはこの先にいる筈だ。

どれくらい進んだのか分からなかった。時間の感覚すら希薄になって来るようだった。

それでも足早に進んで行くと、少し先に人影が見えた。

「アンジェ」

ベルグリフはそう言って駆け出す。

しかし近づくと、それはアンジェリンではない事が分かった。ドキリとして、腰の剣に手をやった。白いローブに、目深にかぶったフード。シュバイツだった。グラハムにやられた左腕はないが、血は流れていない。

シュバイツは足を止めてベルグリフを見た。

「来たか、〝赤鬼〟」

「……」

ベルグリフは目を細めていつでも剣が抜けるよう構える。シュバイツはくっくっと笑った。

「そう怯えるな。お前と戦う理由などない」

さんざんやりたい放題しておいて、随分勝手な言い草だ、とベルグリフは少しムッとしたが、確かにここでシュバイツと戦う意味はない。そもそも勝てる相手ではない。

「あの娘を捜しているのだろう」

シュバイツが言った。ベルグリフはハッとして顔を上げる。

「知っているのか？」

「この先に行った」

シュバイツは進んでいた方向を顎で示した。ベルグリフは目を細めて遠くを見やる。しかし何も見えない。相変わらず暗い空間が広がっているだけだ。

「一緒に来るか。どうせ俺も同じ方へ行く」

「……何を企んでいる？」

「単に行き先が同じだけだ。来るか？　来ないか？」

シュバイツはそうとだけ言って、さっさと歩き出した。

ベルグリフは少し考えていたが、確かに結局行き先は同じだ。不本意だが道連れになる他なかろう。それで少し後ろを付いて行った。

シュバイツは前を向いたまま口を開いた。

「俺はお前に感謝している。お前がいなければ、俺はここに来る事は出来なかった」

「……ここは一体何なんだ？」

「時空を一つ越えた所だ。かつてソロモンが去った場所」

「ソロモンが……」

ベルグリフは辺りを見回した。しかし相変わらず何も見えない。口ぶりからして、シュバイツはここに来たかったような節がある。ベルグリフは怪訝な顔をして前を行くシュバイツの背中を見た。

「結局、君の目的は何だったんだい？」

「ここに来る事が一つ。その向こう側を見る事がもう一つ」

シュバイツは淡々と続けた。

「俺はあの世界に飽き飽きしていた。少し長く生き過ぎたというのもある。魔法の限界も思い知った。何よりも、歴史上最も優れた魔法使いであるソロモンが去って行った場所が気になった。死後ではない。死霊術を散々研究してそれは分かった。そうして時空魔法に辿り着いた。ソロモンが去ったという別の次元に興味が出たわけだ」

種を明かしてみれば、実に単純だ。前にグラハムが推測した通り、魔法使いの桁外れの好奇心と探求心が発端だったのだ。

「……そんな事の為に」

ベルグリフが呟くと、シュバイツはふっと笑った。

「そんな事か。確かにお前たちからすればそうかも知れんな。だが、俺からすればお前たちの言う幸せとやらの方が「そんな事」だ。歓喜も幸福も所詮はひと時の感情に過ぎん。後に何も残りはしない」

「好奇心も同じだろう」

「違う。好奇心は別のものを生み出す。魔法はすべて魔法使いの好奇心の結果だ。発展は好奇心が生み出す。幸福は満足であり、満足は停滞だ。何も作り出す事はない。尤も、好奇心は呪縛にも似た執着とも言えるが」

「それに君も縛られてしまったわけだ」

珍しく皮肉気な言葉が口から出た事に、ベルグリフ自身もびっくりした。シュバイツはくっくっと笑った。

「だが、それだけでも限界があった。この空間への道を穿孔する為の強大な事象流は、強い感情がなければ動かない。落差があるほど落ちた時の衝撃が大きいように、エネルギーを生み出すには幸福と愛が必要だった。俺にはどうあがいても不可能だったわけだが、それをお前がやってくれた」

「……そもそも事象流とは何なんだ？　どうしてアンジェを利用した？」

「一つずつ説明してやろう。まず、あらゆる事象はつながっている。風が波を起こすように、呼吸をする事が心臓を動かすように、一つの行動が別の現象を起こし、それらが一つの大きな流れとなり、世界は構築されている」

それはそうだろう、とベルグリフは頷いた。あらゆる物事には原因がある。

「だが、人間には意思がある。いや、人間に限った話ではないな。時空魔法の、特に事象流を研究する一派は「魂」と呼ぶものだ。本来の動物的な生存本能とは別の欲求を魂は持つ。権力、名声、快楽……愛と呼ばれるものもその一つだろう」

「それらが事象の流れを作ると？」

「そうだ。無意識の流れ、すなわち風が波を作るような現象とは違い、魂は目的を持って行動して流れを作る、あるいは干渉する事が出来る。その魂の器が大きなものは英雄と呼ばれた。そういった者は周囲を巻き込む強大な流れを作り出した。戦乱の英雄、建国の英雄、或いは討伐譚の英雄。彼らは強大な事象の流れの中心となった」

「……彼らもこうやって別の時空へ来たとでも？」

「必ずしもそうではない。しかし、そういった例は幾度かあったと聞いている。戦乱には英雄と持て囃《はや》されたが、平時には邪魔とされ殺された者、そういった者の嘆きと絶望は空間を穿孔したという。そのような流れには人ならざる者も引き寄せた。先ほど〝冬〟が現れたのも、そういった要因だろう」

シュバイツは少し言葉を切った。ベルグリフは目を細める。

「それで？」

「時空を穿孔するほどの力の多くは絶望から生まれる。ソロモンがそうであったように、あの世界に居場所がないと思う心、感情の爆発が、事象の流れに渦を巻き起こす。その螺旋の動きは空間を穿孔する。だから俺は最初、世界に混乱を起こそうと思った。オルフェンでバアルを育てていたのはその一環だ。あの娘に阻止されたがな」

「……戦乱から生まれる英雄の絶望、か。しかし
なぜアンジェリンだったんだ？　とベルグリフは眉をひそめた。もし世界への絶望が鍵になるのであれば、パーシヴァルだってその資格がありそうなものだ。

納得出来ていない顔のベルグリフがそう言うと、シュバイツは口を開いた。

「〝覇王剣〟か。確かに奴も英雄の器だろう。しかし大事象には、そこに至るまでの流れが重要だ。〝覇王剣〟に限らず、お前の仲間たちも英雄の器を持つ者ばかり。しかし、彼らは大事象を起こすには至らなかった。それはそこに至るまでの流れがなかったからだ。絶望するのが少し早かったのだろうな。あの娘は旅路のうちに彼らの流れもすべて巻き込んだ。それゆえにここまでの大きな事象の流れになったのだ」

「……まるで、芝居のクライマックスを演出するような話だな」

「言い得て妙だな。まさしくその通りだ。公都であの娘を間近に見た時、どうやら事象の流れがあの娘を中心に動いているらしい事が窺えた。力があり、困難を打ち破って先に進む事が出来る者は大いなる流れを作り出す。あの娘は周囲の重圧を跳ね返し、古森も撃退してみせた」

ベルグリフはハッとして顔を上げた。

「あの古い森の襲撃は……」

「いかにも、俺が差し向けた。尤も、俺はあの娘に強固な依存先がある事を予想し、故郷が襲撃される事による感情の高まりを狙ったが、その狙いは外れた。事象流は複雑だ。単純化すれば目論見が外れる。だからこそ、俺は疑似人格を使ってお前たちを観察した」

イシュメールの事か、とベルグリフは目を伏せた。仲間たちから事情は聞いている。共に肩を並べて戦い、野営の時に語り合った友人が最大の敵だったとは、ベルグリフはなんともやるせなかった。シュバイツは淡々と語っている。

「出会い、成長、別れ、愛、『悪』との戦い……あらゆる要因があの娘を育て、関わった者たちの流れが合流した。それで確信したわけだ。この娘が大事象流の要だと。しかし、流れの終着点が読めない。だから、強引にその流れを渦にする事にした」

「どうやって……？」

「まず、帝都ではあえて敗北を選んだ。仲間と家族との合流、『悪』との戦いの勝利。お前の仲間は英雄の器を持つ者ばかりだ。流れ込む事象の勢いは膨大になる筈だったが……これも思ったほどではなかった。やはり感情を負の方向に爆発させねばならん。そこで一計を案じた。初めは幸福を与えてやる。問題は解決したと、目的は達せられたと安心させてやる。それがいつまでも続くと希望を抱かせてやる。それから、すべてを奪う」

ベルグリフは思わずシュバイツを睨みつけた。しかしシュバイツは飄然とそれを見返した。

「俺は他人の過去を読み取る事が出来る。尤も、少し触れたくらいでは無理だ。だからイシュメールとしてお前たちと交流を重ね、過去を読み取った。あのエルフ女は俺たちに協力していた時期もある。だから過去の記憶を得る事は難しくなかった。そして、最も辛い過去と感情をあの娘に夢として見せた。これを使ってな」

シュバイツは懐から林檎の枝を出してベルグリフに見せた。ソロモンの鍵と呼ばれるものだ。

「まさしくそれは激流だった。だが最大の決め手は、お前の足だ。最も愛し、依存していた存在を最も傷つけたのが自分自身だった、という事実はあの娘の心を揺らがせるには十分過ぎたわけだ。そして彼女の感情は溢れ、世界に居場所を失った」

「……まさか、サティにアンジェを産ませたのは」

「それは違う」

シュバイツはきっぱりと言った。

「それは俺にも想定外の出来事だった。無論、その赤ん坊がお前の許に行くなど想像もしていない。しかしその時から事象は一定の方向に流れ始めていたのかも知れん。川の大きな流れが浮かぶ落ち葉を引き寄せるように、あの娘を取り巻く流れは既に定まっていた。そう考えるのが自然だ。俺はその流れを見定め、誘導しただけに過ぎん」

「魔王を人間にしたがっていたのは何故《なぜ》だ?」

「強大な力を持った魂を生み出したかったからだ。ソロモンのホムンクルスは強大な力を持つが、所詮は作りもの、魂を持たないプログラムでしかない。事象の本流となるのは不可能だ」

「だから人間に……」

「そうだ。尤も、俺以外の連中は強力な兵器としてしか見ていなかったがな。まあ、俺の目論見など、理解できる人間は他にいるとも思っていなかった。互いに利用し合っていたわけだが、魔王など兵器にしたところで高が知れている。俺以外は全員失敗したと言っていい」

シュバイツは手に持った枝を無造作に投げ捨てた。ベルグリフは怪訝な顔をして枝を見、それからシュバイツを見た。

「……落としたぞ？」

「もう必要ない。俺は流れを乗り切った。ここまで来た以上、後は呑まれても問題がない」

それで少し会話が途切れた。二人は黙ったまま歩いて行った。

やがてシュバイツが口を開く。

「怒らないな」

「……俺がか？」

「ああ。イシュメールとしてお前たちと共にいた記憶はある。俺はお前の娘をひどい目に遭わせた張本人だぞ？　随分な子煩悩だと思っていたが、そうでもないのか？」

「怒ってるさ。君を殺せばアンジェが戻って来るというなら、刺し違えてでもそうするつもりだ」

「ほう」

「……だが、俺はアンジェを連れ戻しに来た。君を殺しに来たわけじゃない」

ベルグリフは嘆息した。

「君のして来た事には同意も理解もできない。ただ、皮肉だけど……君がいなければ俺はアンジェに会えなかったわけでもある。サティの苦しみも、パーシーやカシムの悲しみも分かっている筈なのに……自分の勝手さに少し嫌気が差しているよ」

シュバイツは声を上げて笑った。

「まったく、おかしな奴だ。お前のような奴は珍しい。身を挺して娘を助けに来るのに、その娘を苦しめた原因に怒りをぶつけないとはな」

「……君の目的は、本当にここに来る事だけだったのか？」

「そうだ」

「俺にはその方が余程変な事のように思うよ」

ふと気づくと、空と地面に境目が出来たように思われた。果てのない地平線が広がって、頭上にはいつの間にか星が瞬いている。だが目を凝らしても、見覚えのある星座の形は一つもなかった。

やがて遥か向こうに薄ぼんやりとした光が見えるようになって来た。二人はそれを目当てにひたすらに歩を進めた。

地面は硬くも柔らかくもないが、歩き続ければ疲労は溜まる。少し足がくたびれた頃、段々と光が近づいて来て、光を放っているものの輪郭もうっすらと分かるようになった。

「……木？」

ベルグリフは目を細めた。

それは確かに木であった。枝葉を伸び伸びと広げた林檎の木だ。それが木全体から淡い光を放っている。虫食いなどまったくない青々とした葉が沢山茂り、真っ赤な実をたわわにぶら下げている。その根元に誰かがいるのが見えた。黒髪だ。アンジェリンだろうか、と思ったが、そうではないらしい。

シュバイツは迷いのない足取りで木へ歩み寄って行く。ベルグリフは警戒しながらもその後に付いて足を速めた。

座っていたのは艶のない黒髪を地面に付くくらい伸ばし放題に伸ばした男だった。分厚いローブを着て、木に寄り掛かるようにして根元に腰を下ろしている。片手に持った林檎の実をボールのように放っては受け止めていた。

黒髪の男は顔を上げて近づいて来る二人の方を見た。まだ若い。子供と言ってもいいくらいだ。眠たそうな目をしているが、その奥の眼光は鋭かった。

「おや……嫌に客の多い日だ」

「ソロモンか。この先には何がある？」

シュバイツが言った。

ベルグリフは驚いてシュバイツを見る。

黒髪の男は怪訝そうな顔をした。

「んん？　ぼくを知ってるのか。誰だお前は？」

「シュバイツ。魔法使いだ」

ソロモンは放り投げた林檎をぱんと受け止めて、面白そうな顔をした。

「ははん、魔法使い。下で見るものがなくなってここに来たってトコだな」

「分かるのならば話が早い」

「期待して来て悪いけど、ここには何にもありゃしないよ」

「ほう」

「信じてない顔だな」

「ここには、という事はもっと先がある筈だ」

「ちぇ、嫌な奴だ。ぼくの嫌いなタイプだな」

ソロモンはそう言って、林檎に息を吐きかけてローブの袖で拭き始めた。

「本当に先を見たいか？　ここみたいに整った世界じゃないよ？」

「構わん」

「物好きめ。好きにしろ」

ソロモンはぱちんと指を鳴らした。

ベルグリフはハッとして剣の柄に手をやった。シュバイツの右腕がまるで土塊《つちくれ》のようにぼろりと崩れた。

シュバイツは一瞬驚いたようだったが、すぐに笑い始めた。

「成る程、これはいい！　まだ知らないものが多いようだ！」

「……昔のぼく並みの馬鹿だ」

ソロモンが呆れたように呟いた。

シュバイツはベルグリフの方を見た。常に顔に陰を落として見えなくしていたフードの下から覗いた顔は、確かにイシュメールのものだった。

「その顔は……」

「シュバイツと名乗ってから素顔を見せたのは、これが初めてだ」

とシュバイツはにやりと口端を上げた。

「さらばだ〝赤鬼〟。もう二度と会う事もあるまい」

「――ッ！　おい！」

ベルグリフは思わず手を伸ばした。しかしシュバイツの体はぼろぼろと崩れて粉々になり、それも細かく宙に霧散して消え去った。後にはシュバイツの笑い声だけが木霊のように残っていたが、それもやがて小さくなり、消えた。

しん、とした。ベルグリフは呆気に取られて立ち尽くしていた。

ソロモンは磨いた林檎を脇に置き、また新しい林檎を手に持って磨いている。それから目だけベルグリフの方にやった。

「で、お前は？」

「……ベルグリフといいます」

ソロモンはおやという顔をベルグリフに向けた。

「こっちは礼儀正しいな。そんな離れてないでもっとこっちにおいでよ」

ベルグリフはそろそろと近づいた。

何だか現実味がなかった。目の前の若者が、かつて魔王を生み出し、大陸の頂点に立ち、最後は時空の彼方に消えた異端の大魔導だという。それとなく腰の剣の柄に手を置いていたが、ソロモンから敵意は感じられなかった。

ソロモンは磨き終えて光る林檎を見て満足げに頷いた。

「お前の友達は行っちゃったよ。形のない狂気の世界にね。色彩も音も感情も何もかもが肉体と同じように迫って来るんだぜ？　気がおかしくなるよ」

「……彼は友達ではありませんよ。言うなれば敵同士、だったんですが」

「敵同士？　それが何で仲良く一緒に歩いて来たのさ」

「私は娘を捜しに来たんです。彼とは進む方向が同じだっただけで」

「娘？」

「見ていませんか。あなたと同じ黒髪で」

「来たよ。通り過ぎて行った。でもありゃぼくの子供だ。お前の娘じゃないだろ」

ソロモンはそう言って林檎を放り投げた。

「あの子らには可哀想な事をしたな。置き去りにして……今どうしてるか知ってる？」

「暴れていますよ。あなたがここに去った後は、あなたが作り出したものを殆ど破壊したと聞いていますが」

「……そっか」

ソロモンは林檎を受け止めて息をついた。

「それからどうなった？　世界は滅びた、わけじゃなさそうだな。お前が来たんだもの」

「彼らは主神ヴィエナに祝福を受けた勇者に討伐されたそうです」

尤もその後も完全に破壊されてはいないが、とベルグリフが言うと、ソロモンは懐かしそうに目を細めた。

「ああ、懐かしい名前だ……そうか。結局あの子が全部収めてくれたんだな。主神か。旧神の奴らはあの子以外は全部倒したからな」

「……？」

話が呑み込めないベルグリフの前で、ソロモンは独り言のようにぶつぶつと呟いた。

「良い子だった。人間が好きで、戦いが嫌いだった。ぼくはあの子に笑っていて欲しかっただけなんだがなあ……どこで間違っちゃったんだろ」

「……あなたは大陸を力で支配したのでは？」

「そうさ。でもその前に人間を支配していた旧神どもを退治した。そりゃ喜ばれたよ。あの頃の人間たちは奴隷も同然だった。旧神の気分次第で虫みたいに殺されたし、ボードゲームみたいな感じで戦争をさせられてた。あの子だけは違ったけどね」

ソロモンは林檎を向こうに放り投げた。林檎は地面を何回か跳ね、少し転がって止まった。

「人間が喜ぶと、あの子も嬉しそうだった。だからぼくは色々頑張ったさ。でも便利になって来ると、皆どんどん調子に乗り出した。些細な事でいがみ合って、戦争まで始めやがった。あの子は悲しそうでね、何度も止めさせようとあちこちの王だの将軍だのを説得してた。でも駄目だった。ぼくはがっかりしたよ。何の為に旧神どもを倒したのか分からなくなった」

「それで、大陸を支配した……？」

「ああ。七十二も強力な子供がいたんだ。簡単だったよ。その後も楽ちんさ。逆らう者は力で押さえ付けた。誰もぼくと子供たちには敵わなかったからね。それなのに、逆らう奴は後を絶たなかった……ま、全部殺したさ。だから戦争も起こらなかったし、人間同士で殺し合う事なんかなかった筈だ。ぼくが殺したのは反逆する悪人ばかり。でもあの子は笑ってくれなかった。段々すれ違って、分かってくれないあの子にイラついたよ。ぼくはあの子の為にやったのに！」

ソロモンは両手で頭を掻きむしった。髪の毛がばさばさと乱れる。

「いつしか人間たちはぼくを敵視した。勝手な奴らだよ、旧神から解放してやったのに！　あの子もぼくの許を去って行った。子供たちだけはぼくの味方だったが、当たり前だ！　ぼくがぼく自身を慕うように術式を組んで生み出したんだから。所詮は作り物、まがい物だ！　結局誰も本当にぼくを理解してくれなかった。それで、ぼくはもう全部がどうでもよくなったんだよ。そうしてここに逃げた。それっきりさ」

ソロモンは熱に浮かされたようにまくし立てると、ベルグリフを見た。瞳に狂気の色が宿っていた。

「なあ、どう思う？　ぼくはどうすればよかったと思う？　ぼくは間違っていたのか？」

「……もう分かっているのではないですか？」

ベルグリフは静かに言った。

ソロモンはびくりと硬直した。ジッとベルグリフを見つめる。ベルグリフは動じる事なくそれを見返した。

段々とソロモンの瞳から狂気の色が薄れ、やがて肩を落として目を伏せた。

「……そう、だな。本当は分かっているのに、分かりたくなかったんだ。分かってしまうのが怖かった……」

ソロモンは膝を抱いて黙ってしまった。ベルグリフは周囲を見回して、言った。

「ここに来たという娘は、どこに？」

「……見つけて、どうするんだ？　確かに肉体は人間になっていたけど、半分はぼくが作った時の状態に戻ってたぜ。連れ帰れると思ってるのか？」

ベルグリフは黙ったままジッとソロモンを見た。ソロモンは居心地悪そうに口をもぐもぐさせた。

「……あの子が娘だって言ったな？　育てたのか？」

「ええ。小さな時から」

「大事か？」

「何にも代えがたい宝物です」

「……ぼくが作ったホムンクルスなのは間違いないぞ？　まがい物の魂だ。それでもか？」

「あの子はまがい物なんかじゃない」

ベルグリフはソロモンを睨み付けた。

「俺の娘、アンジェリンだ」

ソロモンは俯いていたが、やがて腕を上げ、そっと一方向を指さした。

「……行けよ。あっちだ」

「ありがとう」

ベルグリフはマントを翻した。

数歩歩いた所で、後ろからソロモンの声がした。

「なあ」

振り向くと、ソロモンがもじもじした様子でベルグリフを見ていた。

「……親は、子供の幸せを願うもんだよな？」

「少なくとも、私はそう思っています」

「……そうか」

ソロモンはそう言うと、木に寄り掛かって目を閉じた。

「アンジェリン、か……良い名前だ」

ベルグリフは小さく会釈して踵を返した。空には星が瞬いている。早足で歩いて行った。次第にソロモンと林檎の木は遠くなり、やがて光も見えなくなった。

気が付くと、空に真っ黒な雲がかかり始めていた。微かに生ぬるい風が吹いて来て頬を撫でた。

向かう先に黒い靄が立ち込めている。息をひそめていた幻肢痛がずきずきと疼き始める。

「アンジェ……」

ベルグリフは呟いた。近づくほどに、ない筈の右足の痛みは増して行く。

それでも歩みを止めずに進んで行った。靄が体を包む。

○

アンジェリンはうずくまり、頭を抱えていた。怯えて縮こまる小さな子供のような格好だ。その手足はもう影法師のように黒くなり、その黒が這い上がるようにして顔の方まで侵食して来ていた。周囲では嵐のようにごうごうと風が吹き荒れ、黒い靄が渦を巻くようにして彼女を取り巻いていた。まるで彼女をあざ笑うかのようでもあった。

「ううううぅ……」

――お前のせいだ。お前がいなければ、誰も苦しまずに済んだ。

そんな声が、ずっと頭の中で叫び続けていた。パーシヴァルが、カシムが、サティが、そしてベルグリフが、自分を指さして責めているように感じた。

「お父さんは……お父さんはそんな事言わない……」

自分でも無意識に口からこぼれる。しかしそれが耳に入るや、心の中では別の声が叫び出す。

――何がお父さんだ。足を奪って、本来あるべき未来を奪った癖に。

そして、何食わぬ顔で娘面して潜り込んでいた癖に。

イシュメールの、シュバイツの言う通りだ。カッコウの托卵だ。寄生して、育ててもらい、何食わぬ顔で愛を奪う。カッコウは卵を落とすが、自分はベルグリフの未来を奪っていた。

もし冒険者を続けていられたら、きっとあの四人は幸せだったろう。名のある冒険者としての人生が待っていた筈だ。カシムは厭世観《えんせい》に囚われて悪事に手を染める事もなく、パーシヴァルは憎しみに溺れて戦い続ける事もなく、サティは悲しい別れを繰り返さずに済んだだろう。ベルグリフだって、その方が良かったに決まっている。

アンジェリンは歯を食いしばった。自分を責め立てる声は止む事なく頭の中に響いている。かつてボルドーで影法師と戦った時、頭の中に響いた声もした。

――オマエモオナジダ！

「嫌だ……嫌だよう……」

ぼろぼろと涙がこぼれる。助けて欲しかった。しかし助けを求める資格などないと思った。

どうして、生まれて来てしまったんだろう。

どうして、幸せなど求めてしまったのだろう。

いよいよ、顔全体が影法師と同じになった。影法師が服を着ているといった風だ。目も鼻も口も分からない。それなのに、目のあった場所からは涙がこぼれている。

早く魔王になってしまえ。そうして全部忘れてしまえ。

自分にそう言い聞かせるのに、そんなのは嫌だと嘆く自分もいる。自分を責め立てる声、呼ぶような声も響いている。おかしくなりそうだ。

「ううぅう……」

うめき声が漏れた。もう自分の声ではないようだった。

頭がぼんやりとして来る。アンジェリンとして過ごした温かな日々の思い出が、次々と浮かんで来ては、溶けるように消えて行く。

ああ、これで忘れられる。

安堵した。ようやくアンジェリンじゃなくなれる。それなのに、助けを求めて嘆き続ける心が邪魔をする。だがそれも時間の問題だ。思い出と同じで、やがて溶けて消えるに決まっている。

あと少し。

「アンジェ」

風の音の向こうからベルグリフの声が聞こえた。

心臓が跳ね上がった。幻聴ではない。確かに耳に届く声だ。

顔を上げた。吹き荒ぶ風の向こうに、人影が見えた。

——どうして？

静まりかけていた心が再び波立って暴れ出す。どうしてこんな所まで来たの？　どうして忘れさせてくれないの？

ざわつく心を抑えるようにアンジェリンは立ち上がった。

「アンジェ、そこにいるのか？」

——来ないで！

叫んだ。しかし声が出た、というよりは空間そのものが振動したようだった。

それでも、風の向こうの人影は一歩ずつ歩み寄って来た。アンジェリンはよろめきながら後ろに下がる。今すぐにでも駆け寄ってすがり付きたいのに、逃げたい。

「……帰っておいで。お前の居場所はこんな暗い所じゃないだろう？」

よろよろとした足取りで逃げる。

――わたしにそんな資格なんかない！

叫んだ。

――だからもう放っておいて！

懇願にも似た叫びだった。人影は足を止めた。しかしもう随分近くにいた。ベルグリフはアンジェリンを見つめていた。赤髪が揺れている。アンジェリンを見る目はあくまで優し気だ。それがアンジェリンには余計に辛く、胸を貫かれるようだった。

全部分かったのに、全部自分が原因なのに、どうしてそんな風な目でわたしを見る事が出来るんだろう、と思った。涙が溢れて来て止まらない。

――お願い。帰って。

アンジェリンは両手で顔を覆った。

――皆、わたしのせいで傷ついた。愛される資格なんかない。ただ辛いだけ。わたしなんか……生まれて来なければよかった。

ベルグリフはそっと口を開いた。

「なあ、アンジェ」

アンジェリンはびくりと体を震わせる。

「まだお前が小さかった時、一緒に夜の散歩に行ったね。お月様が綺麗で、夜露がきらきら光ってた。お前は早足で先に行って、夜露でズボンの裾がびっしょり濡れてた」

アンジェリンは胸を押さえた。溶けて消えた筈の思い出が、またはっきりと浮かび上がって来た。

「夜中に目を覚まして……一緒に温かい山羊乳を飲んだ時もあったな」

ベルグリフはそっと足を前に出した。一歩、近づく。

「怖い夢を見たって言ってたな。一人ぼっちで、真っ暗で、怖かったたって」

お父さんはどこにも行かないよ、と記憶の中のベルグリフが微笑む。アンジェリンは耳を押さえるようにして膝を突いた。

――やめて、やめて。

「お前がオルフェンに旅立つ前、お父さんは約束した。世界中の人が敵になっても、お父さんは絶対にお前の味方だって」

――やめて！

「アンジェ……生まれて来てくれてありがとう。お父さんの所に来てくれて」

ベルグリフがもう目の前にいた。そっと両腕を広げている。

「帰っておいで」

アンジェリンは身悶えした。父親を求める心と、拒絶する心とが激しくぶつかり合った。息が詰まる。苦しい。

――嫌だ、嫌だ！　来るな！

突き飛ばそうと、両手を前に出した。しかし自らの意思に反して、影法師になったそれは、槍のように細く鋭く先端を尖らせていた。

ずぶり、と生温かい感触がした。右手の先がベルグリフの脇腹を貫いていた。

――あ、あ、あ……。

ずるりと腕を抜いた。血がべっとり付いている。がくがくと膝が震える。また傷つけてしまった。自分を責める心の声が一層高まり、頭の中を覆い尽くす。

やっぱり、やっぱり、やっぱりわたしは駄目だ。駄目なんだ。この人と一緒にいる資格なんかないんだ。

だが、そっと背中を大きな手がさすった。響いていた声がたちまち小さくなる。驚いて顔を上げた。

ベルグリフは微笑んでいた。苦し気な表情など一切なかった。

「大丈夫だ、アンジェ。もう大丈夫」

そっと抱き寄せられて、頭を撫でられる。ごつごつした手の平だ。鍬と剣とを握り続け、幾度も自分を抱き上げてくれた、大好きな手だ。

――あ、あああ、ああ。

ぼろり、とアンジェリンの顔から黒いものが剥がれた。白い肌が覗く。それを皮切りに、体を覆っていた影が吹き払われて行く。

「ああああああ……」

涙が溢れて来る。

ベルグリフはアンジェリンを抱きしめて、愛おし気な手つきで髪の毛を撫でた。

「……辛かったな。よく帰って来た」

「ああ、ああ……」

胸の中は温かかった。物心つく前から親しみ続けて来た温もりだ。体中から力が抜ける。

「ごめんなさい……っ、ごめんなさい……」

「いいんだよ、アンジェ。いいんだ」

「許して、くれるの……?」

「最初から許してる。何もかも」

「わたし……わたし……」

ここにいてもいいの?

「当たり前じゃないか。お前は、お父さんの娘なんだから」

ベルグリフはアンジェリンの髪の毛を梳くように撫でた。

「うっく……ぐすっ」

アンジェリンは鼻をすすった。

お父さんはお父さんだったんだ。今までも、これからも。

顔を上げる。ベルグリフはそっと頬に手を当ててくれた。

「そんな顔は似合わないぞ?」

「――ッ!」

アンジェリンは涙でくしゃくしゃになった顔で、無理矢理に笑顔を作った。

何と言えばいいだろう?

そうだ。帰って来たら、こう言いたかった。

ずっと、言いたかった。

「ただいま……お父さん!」

ベルグリフはにっこりと笑った。

「おかえり、アンジェリン」

エピローグ

「サティさん、野菜採って来ましたよ」

「思ったよりいっぱいあったー」

籠を手に、アネッサとミリアムが入って来た。畑にわずかに残った夏野菜が満載されている。サティはパン生地をこねながら振り向いた。鼻先に粉が付いている。

「ありがと、二人とも。シャルに渡してくれる？　……ちょっとパーシー君、薪を運んどいてって言ったじゃない」

「あ、やべえ、忘れてた。すまん」

サティに怒られたパーシヴァルが慌てた様子で外に出て行った。サティは呆れたように腰に手を当てて嘆息した。

「もう、気が抜けたようになっちゃって。ほらほら、食器出すからテーブル片付けて。夜のままじゃないの。マリー、水汲んで来て」

「あいよー」

マルグリットが桶を持って出て行った。

双子が皿を運んで来る。

「はい、おさら」

「カシム、早く」

「へいへい」

カシムがテーブルの上の酒瓶やカードを乱暴にまとめてどけた。

「カシムおじさま、お鍋運んで」

シャルロッテがそう言って暖炉にかけられた鍋の蓋を木べらでこんこんと叩く。

「人使い荒いなあ、もう」

そう言いながらもカシムは笑っている。

暖炉の火を調節していたビャクが怪訝な顔をした。

「何が可笑しいんだ」

「ははは、いやあ、何か今までになく幸せな気分でね」

「……ふふ、そうだね」

サティもそう言ってくすくす笑う。

薪を抱えて戻って来たパーシヴァルが首を傾げた。

「どうした」

「や、幸せだなあってさ」

「ああ……」

「君はちょっと引っかかってそうだね」

「うるせえ。俺は繊細なんだ」

パーシヴァルが口を尖らして言うと、ミトがびっくりしたような顔をした。

「繊細？　パーシーが？」

「……テメー、ミト。カシムに何を吹き込まれた」

「ちょっと、なんでオイラが出て来るんだよ」

ルシールがちゃらんと六弦を鳴らした。

「昔の人は言いました、日頃の行いは大事」

「珍しく同意できるのう」

ヤクモが口から煙を吐きながらからからと笑った。カシムは鬚を捻じった。

「くそー、味方がいないじゃんか。ベルとアンジェはどうしたんだよ」

「散歩に行ったわ。お父様が歩きたいって」

と言いながら、シャルロッテがシチューをよそう。アネッサがくすくす笑った。

「ベルさんもなんだかんだ言って頑丈だよな。わたし、あの時は血の気が引いたよ」

ミリアムが野菜を切りながら頷く。

「びっくりしたよねー。皆でやきもきしながら待ってたら、突然ベルさんが血を流しながらアンジェに支えられて現れたんだもん」

「毛糸の消えた辺りから唐突にな。まったく、あいつは俺を何度驚かせりゃ気が済むんだか……」

パーシヴァルがそう言って嘆息した。パン生地を伸ばしながらサティが言う。

「ヘルベチカちゃんが霊薬を分けてくれてよかったねえ。おかげでもう歩けるくらいになってるんだもの」

「まったく、ベルの奴、無茶しやがってなー。いつもは慎重なのに、自分の身を切るのに躊躇《ちゅうちょ》しないところあるから、オイラはらはらするよ」

「けど、よく戻れましたよね。わたし、あの穴が塞がった時はもう駄目かと思ってしまって……」

アネッサが言った。ミリアムが頷く。

「ね。なんでかなー。今更言っても仕方ない事だけど」

「そうだぞ、気にしたってしょうがないって」

水汲みから戻って来たマルグリットが言った。上げ床に腰を下ろしていたグラハムが考えるように目を伏せた。

「……アンジェリンが、そうしたのだろう」

「え？」

「何言ってんだ、大叔父上？」

「アンジェリンは帰りたがっていた。だから道は閉ざされなかった。それだけだ」

「……そうかもね」

「はは、結局あいつの帰る所はソロモンじゃなくてベルだったたって事だな」

パーシヴァルがそう言って笑った。つられるように家の中が笑い声で満ちる。

「というかパーシー、君はどうするんだよ。捜してた相手がいなくなっちゃったじゃん」

「さあな。まあゆっくり考えるさ」

「一緒に東に行きますー？」

ミリアムがいたずら気に言った。パーシヴァルはからから笑う。

「それも悪くはねえが、ま、ダンジョンが落ち着くまではトルネラでのんびりするさ」

「のんびりするのはいいけど、家事くらい手伝ってよね」

サティが言った。パーシヴァルは口を曲げる。また笑い声が起こった。

その時、ばたんと勢いよく扉が開いた。サーシャが現れた。

「おはようございます！　おお、賑やかですね！」

「あ、サーシャだ。おはよー」

「なんだ、朝から？」

アネッサが首を傾げた。

「いえ、何やら教会から神像を運び出すとかで、一緒に見物でもどうかと思いまして！」

「あれ、もうそんな時間？」

「早いとこ朝飯食っちまおうぜ」

「ベルたち、戻って来ないなあ」

◯

秋祭りが翌日に迫っていた。村には多くの行商人たちがやって来て、流浪の民たちが毎日愉快な音楽を奏でていた。まるでもう祭りが始まっているかのようだ。そのせいか、いつもは当日に教会から運び出す主神ヴィエナの神像も、今日運び出す算段になっているらしい。

丘の上にいた。

ベルグリフは杖を突き、アンジェリンがその隣に寄り添うように立っている。前髪に付けた髪飾りの宝石が光っていた。

「お父さん、痛くない？」

「ああ、大丈夫だよ」

ベルグリフは脇腹に手をやった。

「ちゃんと急所は外してくれたんだからな。やっぱりアンジェは優しい子だよ」

「むう……」

アンジェリンは口を尖らした。ベルグリフは笑って、ぽんとアンジェリンの頭に手を置いた。

魔王化しかけたアンジェリンに貫かれた脇腹だったが、故意か偶然か急所は外れていたようで、村に戻ってからヘルベチカがくれた霊薬で治療した。まだ多少痛むが、杖を突けば立って歩けるくらいには回復している。

風が吹いていた。平原を撫でて、どこかへ抜けて行く。

アンジェリンがベルグリフの手を握った。

「もう秋祭りだね」

「ああ。早いなあ」

村からは煙が立ち昇り、微かながらここまで喧騒が聞こえて来る。一年で一番人が多くなる時期だ。しかしダンジョンが動き出せば、そうでもなくなってくるのかも知れない。

ベルグリフはふうと息をついて、ゆっくりと地面に腰を下ろした。アンジェリンも隣に座る。

不思議と、帰って来る事が出来た。毛糸を辿って行くと、突然目の前に仲間たちが現れたのだ。合流してからも糸を辿り、来る時よりも時間をかけずに戻る事が出来たのが不思議だった。

奇妙な空間だったな、とベルグリフは思う。来た道を戻った筈なのに、ソロモンには会わなかった。彼はまだあの空間で、林檎の木の下に一人で座っているのだろうか。

自分たちには帰る道があった。しかし彼の道はもう閉ざされてしまっているのかも知れない。

「寂しそうだったな……」

「どうしたの、お父さん……？」

「ん、いや……東への旅は、どれくらいかかりそうかな？」

「分かんないけど……一年以上はかかると思う」

アンジェリンは秋祭りの後にオルフェンへと戻り、そして東へ旅に出る。アネッサとミリアム、マルグリットも一緒だ。ヤクモとルシールもいるというから、随分賑やかな道中になるだろう。

「色んな人に会って、色んなものを見て……帰って来たらいっぱいお話するね」

「それは楽しみだな」

ベルグリフは微笑んで、アンジェリンの頭を撫でた。アンジェリンは気持ちよさそうに目を閉じた。

空は薄雲がかかっているが、太陽が高くなる頃には抜けるように青くなるだろう。

あまりに色んな出来事が起こった。傷つき、怒り、悲しみ、それでも何とか乗り越える事が出来た。だからこそ、こういう何でもない時間がとても愛おしく感じられた。

「……ギルド、大変そう？」

と、アンジェリンがベルグリフの顔を覗き込んだ。

ベルグリフは苦笑して髭を捻じった。

「ああ、大変そうだ。でもやらないとな」

「ふふ……帰って来たらお手伝いするね」

「それは助かるが、リオさんが悲しむんじゃないのか？」

「いいの。どうせギルドマスターもそのうちトルネラに来る……」

「おいおい」

しかし本当にそうなるかも知れない。先の事は分からないが、あり得ないとも言い切れないのが恐ろしい。賑やかなのは嫌いではないが、あまり事が急だと自分の方が追い付かなくなる。

ベルグリフは困ったように笑いながら、空を見た。太陽が段々と高く昇って行く。アンジェリンが立ち上がった。

「朝ご飯、出来てるかも」

「そうだな。そろそろ帰ろうか」

ベルグリフも杖を突いて立ち上がった。アンジェリンは鼻歌交じりに森の方を見る。

「岩コケモモ、採りに行くんだよね？」

「朝ご飯を食べたらね」

「えへへ……」

アンジェリンは嬉しそうに顔をほころばせてベルグリフに抱き付いた。その拍子に脇腹の傷がずきんと痛んだ。

「いたた」

「あ、ごめんなさい……お父さん、大丈夫？　採りに行けるの？」

アンジェリンはおずおずと言った。ベルグリフは脇腹を撫でながら笑った。

「アンジェが支えてくれるなら平気だよ。今日は一日かけてゆっくり行こう。ミトやシャルロッテも一緒に、色んな話をしながらね」

「うん」

アンジェリンははにかんで、そっとベルグリフの腕を取った。

「行こ」

「ああ」

二人はゆっくりと、一歩一歩確かめるような足取りで丘を下る。

シュバイツは時空の彼方の更に先へと消えた。確かに、もう二度と会う事はないだろう。すべての問題が解決したかどうかは分からないが、少なくとも平穏を乱す存在はいなくなった。

しかし、彼との別れ際の事を思い出すと、イシュメールという人間はいなかったというのは本当だろうかと思う。もしかしてイシュメールとは、好奇心という業に囚われる以前のシュバイツの姿だったのではないか？　〝蒼炎〟と呼ばれる前の彼は、『大地のヘソ』で共に戦った時のような素朴な性格をしていたのではないだろうか？

今更考えても詮無い事だ。しかし、仮にそうだとすれば一抹の寂しさを感じるのも確かだった。

いずれにせよ、敵は去った。また日常が戻って来る。いや、日常と言っていいのか、ベルグリフには分からない。

新しい事が始まる。セレンが来て、ダンジョンが出来、ギルドを動かす。出て行く人、入って来る人、多くの人々と出会い、別れる事になるだろう。今まで通りの日常とはいかない筈だ。

ふと足を止めた。アンジェリンが不思議そうにベルグリフを見る。

「どうしたの、お父さん？　痛いの？」

「ん、いや……」

目を伏せた。背中を押すように風が吹いて来た。

ベルグリフは目を開けて、ちらと娘の姿を見た。アンジェリンは首を傾げてベルグリフを見返した。黒髪が風に揺れている。

アンジェリンも成長した。自分も年を取り、いずれは老いて死ぬ。アンジェリンもいずれは巣立って行かねばならない。

敵はいなくなったが、すべて解決したわけではない。パーシヴァルも明るく振る舞ってはいるが、まだぎこちない所がある。アンジェリン自身も、まだ心の整理の付いていない部分があるようだ。それが東への旅の後押しにもなっているらしい。一度距離を置いて、別の物事を見て、少しずつ着地する所を探したいのだろう。

しかし、過去の清算は終わった。きっと時間が解決してくれる筈だ。

何もかもを笑って話せる時がきっと来る。ベルグリフはそう信じている。尤も、その頃には自分は何歳になっているのだか分からないが。

その間にトルネラだって変わって行く。同じように見えても、自分がまだ少年だった時と今とではすっかり違うという風に思う。

自分も大人になった。友人たちも年を取る。

時間が経てば子供は大人になり、大人は老人に、老人たちは死者となる。そして新しい命も生まれて来るだろう。良くも悪くもいつまでも同じではいられない。時代が変わり、世代が変わり、百年も経てばまったく違う景色が広がっているかも知れない。

ベルグリフはそっとアンジェリンの頭に手をやった。アンジェリンは目を閉じて、嬉しそうに頭を手に擦りつけた。

「えへへ、あったかい……」

「……行こうか」

「うん」

二人は再び歩き出した。

あの頃は想像もしていなかった出来事が自分たちを押し流して行く。

これからも変化は続いて行くだろう。過去を振り返れば、変わった事ばかりのように思う。

それでも、この丘を吹いて行く風だけは、旅立ちのあの日、ここに立った時と少しも変わっていない。

ベルグリフにはそんな気がした。

書き下ろし

番外編

MY DAUGHTER
GREW UP TO
"RANK S"
ADVENTURER.

EX　おとうさん

また夜泣きだ。

寝床のすぐ脇に据えた揺り籠から、不意にわあと大きな鳴き声がして、ベルグリフは跳ね起きた。義足を付ける間も惜しいまま、あたふたと揺り籠を覗き込むと、暗闇の中で黒い髪の赤ん坊が顔をくしゃくしゃにして泣いていた。

「ほらほら、大丈夫だ」

おっかなびっくり、といった手つきで抱き上げて、そっとあやしてやると、赤ん坊は泣き止んで目を閉じる。それで揺り籠に戻してやると、しばらくしてまた泣き出してしまう。

この娘を山で拾って来て数日、毎夜毎夜ベルグリフは起こされてまともに眠れていなかった。うとうとしていると赤ん坊が泣き出してしまうのだ。昼間は畑だの山仕事だのと忙しなく動き回っているから、夜はゆっくり眠りたいのだが、赤ん坊がそれを許してくれない。

ベルグリフはこめかみを軽く手で叩いて、諦めたようにランプに火をともした。何とか眠ろうとしても、どうせ起こされてしまうだろう。それならばいっそ起きている方がいい。

穏やかに寝息を立てている赤ん坊を見ると、何とも恨めしい気分になるのも確かだった。しかしベルグリフは頭を振った。親が誰だか分からないが、この子は見知らぬ場所、見知らぬ男の所にいるのだ。眠っていれば微かに残る親の姿、あるいは匂いや気配の記憶に揺り起こされるのも無理はないだろう。拾って育てると決めた自分の責任だ。赤ん坊を恨む筋合いなどない。

もう秋祭りも近い。冬が間近で、夜が更ければすっかり冷え込む。暖炉に火種は欠かせない、それでも寝床を出れば家の中でも吐息は白く漂った。

ベルグリフは蠟燭《ろうそく》の明かりで、読み古した分厚い本をぺらぺらとめくった。古今の魔獣の生態や危険性、行動原理などが書かれた本だ。さらにそれらが生息するダンジョンなどの植物や鉱物なども書かれている。都で冒険者をやっていた頃に買って、暇さえあれば幾度も読み返した。自分の覚書でページの余白は埋まっている。それでも読み返すとまだまだ書き込んだ方がいい事があるように思われる。

筆はどこだったか、と思いながら、ふと赤ん坊の事が気になって、ランプを片手に揺り籠を見る。照らされた赤ん坊の頰は赤く、黒々とした髪の毛は艶やかにランプの火を照り返している。眠っているようだ。ベルグリフが安心して眺めていると、瞼越しに明かりが眩しかったのか、赤ん坊が「うあぅ」と顔をしかめて身じろぎした。

「ああ、ごめんよ……」

ベルグリフは慌ててランプを引っ込めて、毛布を掛け直してやった。赤ん坊はそれでまた安心したように落ち着いてしまう。自分が起きていると、不思議と赤ん坊は泣き出さないように思われた。

夜には起こされるし、昼の仕事の最中も、事ある毎に山羊の乳を含ませてやったり、おしめを替えてやったり、抱いてあやしてやったりと、ここ数日はひどく忙しかった。友人のケリーの妻に助けてもらったりもしたが、赤ん坊は不思議とベルグリフに懐いており、機嫌が悪い時は他の者がいくらあやしても駄目だったが、ベルグリフが抱いてやるとたちどころに泣き止んだ。

そんな風だからおいそれと他人に任せておくわけにもいかず、ベルグリフは赤ん坊を背負って畑と山、家を行き来した。

何とも大変だと思う。他の家の子供たちの面倒を見る事はあったけれど、それはあくまでもその時だけで、預かっている時が終われば子供たちは銘々の家に帰って行く。しかしこの子の家はここなのだ。相手を終えて一息というわけにはいかない。

仮に妻がいたとすれば、十月十日の妊娠を経て子が生まれる間に、少しずつ親としての覚悟や自覚が芽生えて来るのかも知れないが、ベルグリフにとってはまったく唐突である。親になる覚悟などあろう筈もない。

そんなわけで、日常の仕事に加えて、まったく予想もしていなかった育児が舞い込んで来たものだから、ベルグリフはやや狼狽《ろうばい》気味だった。子だくさんの友人たちを見ているとそれほどでもないように思われていたのだが、想像以上に手がかかる。事ある毎に相手してやらなくてはいけないし、おしめも毎日洗って干さねばならない。数が足りず、ケリーの家から何枚も融通してもらった。傍から眺め、時折手を貸すだけなのと、実際に自分がするのとでは大きな違いがあると思い知った。

これから冬が来る。そうなったら青空の下で洗濯物を干してもおけない。水も冷たい。冬は汗をかく場面も減るから、洗濯の頻度は減る。自分一人ならば洗い物も高が知れているけれど、赤ん坊のおしめを洗わずに放っておくわけにもいかないから、毎日辛抱して冷たい水に手を突っ込まねばならないだろう。

ベルグリフは本を広げて、読むともなくぱらぱらとめくった。冬が近いから、本当はランプの油も節約したいところだが、それで寝床に横になってからまた起こされるのを考えると明かりを消して横になろうとも思えなかった。

正直、大変だと思う事の方が多い。軽挙だったかという考えが頭をよぎる事もあるが、それでも間違っていたなどとは思わなかった。片足を失い、今となっては妻を娶《めと》るなど到底望めないベルグリフの許に、子供だけでも来てくれたのだ。大いに苦労してはいるが、赤ん坊の寝顔を見たり、自分の指を握る小さな手を感じたりする度に、その苦労が吹っ飛ぶくらいに、心の底の方がじんわりと温かくなって来るのだった。

ともかく色々な苦労はあるのだが、目下の悩みは名前だった。

まだ赤ん坊は名無しである。子だくさんの家の子たちは、下になるにつれて適当につけたのではないかと思われるような名前もあったし、親たちもある意味ではおおらかに子供に当たっている。子育ても慣れが出て来るうちに手を抜いた扱い方を覚えるのかも知れない。しかしベルグリフには初めての子であるし、適当に名付けようなどとは思いもよらない。だから却って悩ましく、拾ってからもう七日は経とうというのに、名前はちっとも決まらない。

ベルグリフは頬杖を突いた。少しでも女の子らしい方がいいかと思い、花や鳥の名から取ろうかとあれこれと思いを巡らしてはみたものの、どうにもしっくり来ない。

ふうと息をついて、再び本に目を落とす。いつまでも名無しでいるのは可哀想だと思いながらも、こだわり出すと埒が明かない。だからといってこだわれるほどに自分に教養があるわけでもない。悩みながら、ふと本の一節に目が留まった。

「……エヴァンジェリン」

ある魔獣にまつわる英雄譚に出て来る冒険者だ。女性ながら男に劣らぬ実力を持ち、しかも優しく、聡明で誇り高い女性だったとある。

名をもらう、というのも悪くはないなと思った。そのように育って欲しい、という願いを込めるにもいいかも知れない。冒険者になって欲しいと思っているわけではないが、強く優しい人間に育って欲しい。しかし音の響きがこの赤ん坊に合わないように思われた。

「イヴ……という感じじゃないな。頭から取って……アンジェリン」

ベルグリフは何となくしっくりした気分で一人頷いた。

「アンジェリンか……うん」

悪くない。

ベルグリフは赤ん坊の傍らに行って、寝顔を覗き込んだ。すうすうと寝息を立てている。この顔を見るのがベルグリフには堪《たま》らなく幸せだった。

「アンジェリン」

ベルグリフは呟いた。そっと手を伸ばして、指先で頬を撫でてやる。赤ん坊はむにゃむにゃと口を動かして、小さく身じろぎした。不快そうではなく、どことなく嬉しそうに見えるのは気のせいだろうか。

ランプの火が、ぢぢと音を立てて黒い煙を一筋立てた。ベルグリフは少し悩んだが、ランプを消して寝床に横になった。なぜだか、今日はもう赤ん坊は泣かないだろうという気がした。そうして、その通りに朝までゆっくりと眠る事ができたのだった。

○

少し前にはいはいが上手になったと思っていたら、もう何かに掴まって立つようになっている。立つだけではない。もう短い距離なら歩くようになって、油断できなくなって来た。自力で動き出すようになった子供からは目が離せなくなりがちだ。揺り籠から逃げ出そうとする事はしょっちゅうだし、動き回るうちに躓《つまず》いて泣き出す事もある。

拾った日を誕生日と定め、既に一歳を巡った。そうして冬を越して春を迎え、山野に新芽が萌え出す頃には一歳半となり、アンジェリンははいはいを卒業して、足を使って歩き回るようになっている。手もよく動き、物を掴むのも上手だ。自由に動けるようになっているから、手の届く所においそれと物を置いておく事が出来なくなった。研ぎかけたまま置いてあった剣を持ち上げようとしていた事もあり、その時は流石のベルグリフも仰天して思わず大きな声を出してしまい、泣き出したアンジェリンを抱いてあやしたものだ。

アンジェリンは元気な娘だった。父親の事が大好きで、いつも傍にいたがった。ベルグリフが誰かに預けて仕事をしようとするとぐずり出し、結局畑まで連れて行って近くで遊ばしている。それでも完全に目を離すわけにもいかないから、ベルグリフはちょくちょくアンジェリンの方を気にした。

「おとーしゃん」

耕してでこぼこした畑を、アンジェリンがぽてぽてと歩いて来る。両腕と両足を広げ、踏ん張る様な恰好である。しかしまだまだ危なっかしく、ベルグリフは慌てて近寄って手を取った。

「ああ、本当にあんよが上手になったなあ」

「むふー」

アンジェリンは自慢気に鼻腔を膨らまして、ベルグリフの手に両手を重ねた。そうして指を握りしめてくいくいと引っ張る。

「おとーしゃん、だっこ」

「はいはい」

ひょいと抱き上げてやる。体重も増えているから前に比べてずっしりと重いが、苦にはならない。舌っ足らずながらもお父さんと呼ばれる度に、ベルグリフの表情はついついほころんでしまう。

アンジェリンはベルグリフに抱き付いて頬ずりした。

「んー」

「よしよし」

ぽんぽんと背中を軽く叩いてやると、アンジェリンは気持ちよさそうに目を閉じてもそもそと身じろぎした。そういえばぼつぼつ昼が近い。昼寝の時間だろうか。しかしその前に何か食べさせておかねば。

「アンジェ、寝る前にご飯にしようか」

「や」

アンジェリンはいやいやと頭を振って、離されまいと余計にベルグリフにしがみついた。素直に言う事を聞く時もあれば、こうやって妙な反抗心を起こす事もある。

まだ言い聞かすというには早い年齢だ。理屈よりも感情が先に立つ。ベルグリフは苦笑しながらアンジェリンを抱き直し、畑の脇に注意深く腰を下ろした。義足だからしゃがむにも一動作余計にかかる。子供を抱いていればなおさらである。

あぐらをかいて座り、抱き付いていたアンジェリンを何とか膝の上に座らせた。アンジェリンはベルグリフに寄り掛かるように背中をもたれさせている。

ベルグリフは手を伸ばして弁当箱を取り、一度沸かしてから冷ました山羊乳を、水筒から椀に注いだ。

「ほら」

とアンジェリンに飲まそうとするが、アンジェリンは「やーあ」と言って顔をあっちに向けたりこっちに向けたりしている。埒が明かないので、ちょっと無理やりに頭を押さえて口に椀を付けると、ぶうと息を拭いて山羊乳がそこいらに跳ね散らかった。

「ああ、もう……」

楽しかったらしくはしゃいでいるアンジェリンに苦笑しつつ、ベルグリフは山羊乳で汚れた口の周りを拭ってやった。

「後でお腹が空いちゃうぞ？　ちゃんと食べておきなさい」

「や！」

どうやら反抗するのが楽しくなってしまっているらしく、アンジェリンはどうしても食べようとしない。ベルグリフはやれやれと頭を振って椀を引っ込めた。

「じゃあお父さんは食べるからね？」

と、パンを山羊乳に浸して頬張っていると、相手にされなくなったのを不満に思ったのか、アンジェリンは手足をばたばたさせた。

「アンジェも！」

「食べる？」

「うん」

食べ始めると簡単なもので、口に慣れた山羊乳をアンジェリンはごくごくと飲んだ。柔らかくなったパンも食べるし、干し肉も、ベルグリフが噛んで柔らかくしたのを食べた。母親がいないから山羊乳で育ったアンジェリンは、一歳を回る頃には、ふやかしたパンや柔らかく煮込んだ麦粥などを自然に食べるようになっていた。いつまでも母親のおっぱいを飲みたがる子供もいるから、そういう点では楽だったかも知れない、とベルグリフは思った。

それでお腹がいっぱいになったら、いよいよ眠くなって来たらしい。目線がぼんやりとして、完全にベルグリフに体を預けて脱力している。ベルグリフはそっとアンジェリンを抱きかかえ、背中に回した手で優しく背中をさすってやった。

段々とアンジェリンの体があったかくなって来たと思ったら、もう眠ったらしかった。そっと確認すると目を閉じている。ベルグリフはホッとして、地面に敷いた茣蓙《ござ》の上にアンジェリンを寝かすと、自分のマントをかけてやった。

昼寝の時は、こうやって寝かしていても起き出す事は少ない。一日のうち、ベルグリフが最も気が抜けて、しかも仕事もできる時間である。

それでもベルグリフはしばらくアンジェリンの傍らに腰を下ろしたまま、お腹の所に手を当てて優しく叩きながら寝顔を眺めていた。

赤ん坊の成長の速度は驚異的だ。昨日と今日、などという話ではなく、ほんの少し何かをする前と後で、もう顔つきが違うように見える事も珍しくはない。

友人たちの子供の相手をして、そういった事は知っているつもりだったが、毎日起居を共にして、ほとんど四六時中一緒にいると、その変化に驚かされる。言葉も覚えるし、おそらくは無意識に自分がしているのであろう行動を真似されたりして、自分の事を再確認する場面もある。

ベルグリフには、それが不思議に嬉しかった。

足を失い、失意のうちに故郷へと帰って来た彼は、努めて明るく前向きに振舞ってはいたが、心のどこかではやはり未来への展望というものがなかった。だからこそ、村に貢献するという目標を定めて、がむしゃらにそこへ邁進していた一面もある。

だがそこには常にある種の虚しさが付きまとっていた。

確かに、ベルグリフの行動は確実に村の利益になったし、そのおかげで、帰郷したばかりの頃には馬鹿にされ、蔑まれていた自身の評価を回復させる事もできた。

それでも、やはりこれから自分がさらに年老いた時の事を思うと、漠然としてはいるが、奇妙に実感を伴ったような不安が襲って来たものだ。どれだけ頑張ってもいずれは死に、忘れられて行くであろうという予感。

都で一度手痛い失敗を経験していただけに、ベルグリフは自己評価が低い。村での仕事も当然の事と考えているだけに、自分で何かを成し、残したという実感がないのだ。

それが、今は娘がいる。子供は未来だ。自分は今未来を育てているのだ、と思う。だから寝不足気味であろうと、苦労が続いていようとも、ベルグリフにとっては、アンジェリンが来てからの日常の方が遥かに尊く、喜びに満ちたものに感ぜられた。

ふと、両親にとっては自分もこんな存在だったのだろうかと思った。そうだとすれば、同じ思いを共有できている事になる。今では顔もおぼろげな両親だが、この気持ちが同じであるならば、まだ彼らも自分の中で生きているような、そんな気がした。

アンジェリンがむにゃむにゃと口を動かして、小さな手を握ったり開いたりした。ベルグリフは微笑んでから立ち上がり、再び鍬を担いで畑に入って行った。ヒバリの甲高い声が遠くから響いて来た。

○

アンジェリンが冒険者になりたいと言い出したのはいつだったか、と思うけれど、どうも最初がいつだったかというのは思い出せない。気がつけばそんな事を言っていて、小さな木剣を作ってやったり、剣の練習をしてやったりしていた。

初夏のお茶づくりや羊の毛刈りがひと段落すると、トルネラの村人たちにとって一番楽しい時間がやって来る。短い夏は新鮮な野菜や果物が食卓を賑わし、川で泳ぐ事もできて、子供にも大人にも嬉しい季節だ。

ベルグリフが井戸の傍らで野菜を洗っていると、鞄を下げ、釣竿を持ったアンジェリンがやって来た。

「お父さん、行って来ます……」

「ああ、気をつけてな。晩御飯のおかず、期待してるぞ?」

「まかせて……」

七歳のアンジェリンはにんまり笑うと家を駆け出て行った。朝から昼まで畑を手伝い、昼食の後は友達と川に行って遊ぶらしい。夏の川は風呂も兼ねている。汗を掻いた後に冷たい水で泳ぐのは気分がいいだろう。

三歳代まではイヤイヤが多かったアンジェリンだが、気づくとそういった反抗が少なくなって、むしろ積極的にベルグリフを手伝って、あれこれと仕事を覚えたがるようになっていた。当然ベルグリフとしてもこれが嫌なわけはなく、畑仕事に羊の世話、林檎の手入れやレントのお茶の作り方、他にも洗濯や料理、掃除などの家事も教え、共にやった。

その合間に剣を教え、山に連れて行ったり、本を読み聞かせてやったりもした。

やがて教会で文字を教わるようになる頃には、もういつもベルグリフと居たがる事はなくなって、同年代の子供たちと一緒に遊びに行く事も増えた。

しかしアンジェリンは女の子と一緒にままごとや編み物をするよりも、男の子に交じって野を駆け回ったり、ちゃんばらをしたりする方が好きらしかった。だから髪の毛も短く切っていたし、服も動きやすい、ひらひらしないものばかり着ていた。

冒険者になりたがるくらいだから、そっちの方が自然だとは思う。しかし、ベルグリフはこれでいいのだろうか、とも思っていた。男親一人の上、剣を振るう姿ばかり見せていたせいで、こういう風に育ったのだとしたら、何だか悪いような気がした。

しかし、剣を振るったり駆け回ったりしているアンジェリンは心底楽しそうだ。それを今更女の子らしくしろなどと言って変に矯正する方がおかしいように思われる。男らしいとか女らしいとか、そんな事にこだわってばかりいるのも、考えてみれば馬鹿馬鹿しい。

「アンジェはアンジェだからな」

それでも、たまにはおしゃれな服などを着せてやりたいとも思う。しかしベルグリフにはおしゃれというのがよく分からないので、結局何もしないままでいる。駄目な親だなあ、とベルグリフは頬を掻き、それからまた野菜を洗い、笊に上げて家に入った。

そうして夕方になって、アンジェリンは魚を三匹持って帰って来た。内臓と鱗を落として、すっかり綺麗に洗ってある。ついさっきまで泳いでいたのだろう、髪の毛はまだしっとりと濡れて、きちんと体を拭かなかったのか、服も所々体に張り付いていた。

「ただいま！」

「ああ、おかえり。ちゃんと拭かなかったな？」

アンジェリンはごまかすように「てひひ」と笑った。さしずめ泳ぐのに夢中になって、日が暮れかけていたのに気づくのが遅れたのだろう。それで体を拭き切らずに無理やりに服を着て帰って来たらしい。

ベルグリフはやれやれと笑いながら乾いた布を持って来て、アンジェリンを拭いてやった。

「いいのが釣れたな」

「うん。あのね、わたしがナイフでね、やったんだよ……」

「そうか。綺麗にさばけてるぞ。上手だ」

「えへへ……」

トルネラでは刃物の扱いくらいは出来なくては話にならない。前に与えてやったナイフを、アンジェリンはすっかり使いこなしているようだった。

魚と夏野菜で夕飯を作り、すっかり食べてしまってから、親子は暖炉の前に座ってレントの葉のお茶を淹れた。トルネラは夏でも夜になればひんやりする。暖炉には小さな火がちろちろと燃えていた。

「お話のつづき、聞きたい……」

「うん。どこまで話したっけな……」

「オルフェンの外の草原で、薬草とってた時にまじゅうが出て来て……」

「ああ、そうだったね。それで、お父さんの友達がびっくりしたみたいに大声を上げてね。魔獣の方も驚いたみたいで」

夜ごと、ベルグリフは自分の現役時代の話をしてやったり、本を読み聞かせてやったりした。冒険者時代の話は、まだ心にちくちくと刺さるものがあり、特に仲間たちの事はまだ口に出して順序だてて話す事は出来なかった。だから、話の中でも「友達」としか言っていない。

それでも、アンジェリンはその話に熱心に聞き入り、毎晩眠るのが惜しそうな顔をしていたが、やはり段々と眠くなるようで、ベルグリフの膝の上でいつの間にか寝息を立てている事も多かった。

その日も膝の上ですうすうと寝入ってしまったアンジェリンを、ベルグリフは優しく抱き上げて寝床に運んでやった。

○

十二歳頃になると、トルネラではいっぱしの仕事を任されるようになって来る。まだ大人がついている事も多いけれど、日々手伝いをして体で覚えた畑仕事や動物の世話などは、子供だけに任される事も多くなり、少しずつ大人として扱われるようになるのだ。

だから、アンジェリンが十二歳で都に出る、というのも変な話ではなかった。しかし、今までは漠然とした冒険者という職業が、十二歳という期限を設けた事で急に現実味を帯びて来た。その為、ベルグリフは今まで以上にアンジェリンに知識を与え、野山を歩いて実地を教え、剣も厳しく鍛錬した。

アンジェリンは覚えが早く、ベルグリフの教える事柄を次々に吸収してものにした。剣の腕も既に大人顔負けで、師であるベルグリフでもひやりとさせられる場面が増えた。

それでも、アンジェリンの癖や動きを熟知しているベルグリフが一撃を受ける事はまだない。アンジェリンの方もなぜだかそれが嬉しいようだった。

娘の才能は嬉しい。しかしベルグリフはどことなく複雑な気分でもあった。

仮に剣の才能がなかったとすれば、おそらくアンジェリンがどれだけ頼んで来ても、冒険者になる事を許しはしなかっただろう。そのせいで自分が恨まれる事になろうとも、みすみす子供を死地に追いやるよりはましだからだ。

しかしアンジェリンには才能があった。それもとびきりの才能だ。だから反対する理由がなくなってしまった。

かつて自分が追っていた冒険者の夢を娘に託せるのは嬉しい。そう思う反面、大事な娘を危ない所にやりたくはない。ここで一緒に暮らしていて欲しいと思うのも確かだ。

親は勝手だな、とベルグリフは頭を掻いた。そうして食器を洗っているアンジェリンの後ろ姿を見る。ついこの前山の中で拾ったばかりのように思われるのに、すっかり大きくなった。

「早いもんだなあ……」

皿を洗うアンジェリンの後ろ姿を眺めながら、ベルグリフは呟いた。もう十二歳になる。短く切った髪の毛は男の子のようだが、顔立ちは女の子らしい可愛らしさだ。冒険者になどならなければきっと良い嫁になるだろうに、と思ったがベルグリフは首を振った。

「我ながら未練がましいな」

と苦笑するベルグリフに、皿を洗い終えたアンジェリンが飛びついて来た。

「うおっ」

「お父さん……ぎゅってして……」

「手が濡れたままじゃないか……やれやれ」

ベルグリフがぎゅうと抱きしめてやると、アンジェリンは猫のように甘えた。

こんな姿を見ると、この娘をいつまでも手元にとどめておきたくなる。オルフェンなどに送り出さず、トルネラで畑を耕し、春告祭や秋祭りを楽しむ。いずれどこかの家に嫁に行けば、自分にも孫が出来るかも知れない。

そんな事を思うけれど、それはやはり自分の勝手なのだ。子供には子供の人生がある。ベルグリフは両親とも死んでから冒険者になったから親元を飛び出したわけではなかったが、もしも親が生きていたならば、自分が冒険者になる事を許さなかっただろう。そして、許されなくても自分は冒険者になっていただろう。そう思う。

アンジェリンはベルグリフの胸に頬を押し当てながら、呟くように言った。

「……わたし、頑張る」

「うん」

「一人でも……きっと頑張って、弱い人を守れる立派な冒険者になる」

「うん」

そんな事を言われては、笑って送り出してやる他ない。自分よりも娘の方がよっぽど強い。自分は未来を怖がっている。しかしアンジェリンは未来を見据えている。

アンジェリンはむふうと鼻から息を吐いて、ベルグリフをまともに見た。

「それで、いつかお父さんに一太刀当てる」

「はは、それは楽しみだな」

それはきっと、そう遠くない未来の話だろう。

方角の読み方、水場の探し方、魔獣との相対の仕方などの質問にすらすらと答える娘に、ベルグリフは満足気に頷いた。きっといい冒険者になるだろう。だからこそ、不思議と寂しいような気分でもあった。

「それでいい。冒険者は命あっての物種だからね。絶対に無理はしちゃいけないよ」

「うん……分かった」

アンジェリンはこくりと頷き、ぐりぐりとベルグリフの顎鬚に頬ずりした。

「じょりじょり気持ちいい……」

「何やってるんだか……さて、明日は早い。そろそろ寝ようか」

「お父さん……」

立ち上がったベルグリフの裾をアンジェリンは摑んだ。

「今日は一緒に寝てもいい……?」

「んー?　一人で寝る訓練はいいのか?」

「……いじわる」

ムスッと口をとがらせるアンジェリンを見て、ベルグリフは呵々《かか》と笑った。

「嘘だよ。おいで」

「やった……!」

アンジェリンは嬉しそうにベルグリフの腕に抱き付いた。

暖炉の火を灰に埋め、寝床に潜り込む。ランプが消えると家の中は真っ暗だ。しかし、段々と暗闇に目が慣れて来ると、置いてあるものの輪郭が見えて来る。

辺りはしんとしている。すぐ隣にいるアンジェリンの吐息や心臓の音が大きい。

アンジェリンはベルグリフの胸元に顔を埋めて、ぎゅうと抱き付いていた。微かに震えているようだった。ベルグリフはその背中をさすってやった。

「寒いか?」

アンジェリンは返事をせず、もそもそとベルグリフにくっついただけだった。

「……アンジェ」

「うん」

アンジェリンは小さく返事をした。

「本当に、大丈夫か？　もし不安なら、無理して旅立たなくてもいいんだぞ？」

何を言っているんだ、と思いながらも口が勝手に動いてしまう。だが、これは紛れもないベルグリフの本心だった。腕の中で震える娘を見れば、そんな事が自然に口をついて出て来てしまう。

アンジェリンもやはり怖いのだろう。トルネラしか知らないのに、急に大きな都へと旅立つのだ。知らない人と知らない生活が待っている。帰る家は遠くなり、何よりも大好きな父親と離れなくてはならない。いくら才能があっても、いくら剣の腕が強くても、まだ十二歳の少女なのだ。

アンジェリンはしばらく黙っていたが、やがて顔を上げた。

「行く。不安だけど……」

「……そうか」

ベルグリフはアンジェリンを抱きしめて、頭を撫でてやった。娘が堪らなく愛おしかった。アンジェリンも嬉しそうにベルグリフを抱き返した。

「お父さん。わたし、頑張るから……」

「うん……うん」

なぜだか涙が出そうだった。ベルグリフはアンジェリンを腕の中に抱えたまま、年甲斐もなく溢れて来る嗚咽をじっと堪えていた。

やがてアンジェリンは安心したように目を閉じ、静かに寝息を立て始めた。しかしベルグリフの方は色々な思い出が浮かび上がって来て、まだ眠れそうもない。

「……情けないな」

アンジェリンの方が余程立派だ。この子を育てた事で、自分も成長できた。そんな風に思う。冒険者として生きた結果、足と仲間とを失ってしまった。しかし、それで故郷に帰って来たおかげで、何よりも大きなものを授かった。ベルグリフにとって、アンジェリンは一番大きな存在になっていた。

寝息を立てる娘の髪を撫でながら、ベルグリフは呟いた。

「ありがとうな、アンジェ」

俺の所に来てくれて。

きっと大丈夫だろう。アンジェリンは上手くやる。そうして、いつか大成してから、再び会いに帰って来てくれるだろう。その時の土産話はきっと嬉しいものになる筈だ。

ベルグリフは目を閉じた。もう心は穏やかだった。

「……行ってらっしゃい」

物語は始まる。

物語は続いて行く。

おわり

あとがき

ミュージシャンズ・ミュージシャンと呼ばれる人たちがいる。世間的に大きなセールスを上げたわけではないけれど、その音楽性や演奏力の高さで、主に同業者たちから高い評価を得ているミュージシャンの事だ。

この小説は、そういった世間的に売れている人間から評価される目立たない人間、というのを主人公に据えて書いてみようと思い立ったのが出発点である。

とはいえ、真面目な小説にするつもりはなかった。元々はアンジェリンが帰りたいのに帰れないのに憤りつつも父親を過剰に宣伝し、ベルグリフが勝手に評価されててんやわんやし、最終的には帰郷して似非感動で締める、という一章部分、つまり書籍では一巻部分で完結する予定のコメディ小説のつもりだったのだ。

小説を趣味にしていたけれど、十万字程度の物語をきちんと完結させて書いた経験があまりに少ない。だからともかく遊びのつもりで完結するまで書こうと決めて書き始めた。

この小説を発表した小説投稿サイトではランキングというのがあり、ブックマークだとか評価点だとかでポイントがつく。それを集計して日間だとか週間だとかのランキングが変動するのだが、この小説は一週間経たずに日間の一位あたりに躍り出てしまった。それで短期連載のつもりだったのが、欲に駆られて長期化し、百万字を超える長編になってしまった。

そうなると不思議なもので、あちこちの出版社さんからお声がかかり、色々悩んだ末に一番最初に声をかけてくだすったアース・スターノベルさんにお世話になる事になった。それで有難くも最終巻まで出す事が出来ている。

そういった遊びの作品であったから、書籍刊行の折の推敲で、諸々の世界設定の作り込みが甘いと感じる事が多々あって、作者が感じるのだから読者も感じたであろう。しかし書籍の発刊中にもサイトでの連載は続けており、頭の出来がよくない作者は書籍で独自の世界を創ると頭がこんがらがってしまうから、結局そのままになってしまった。

しかしながら、あまりこだわり過ぎて難解な物語世界にしてしまっては、そもそもここまで読者がつく事もなかったのではないか、と思う事もあり、これは結局今でも答えが出ていない。

結局のところ、この物語はアンジェリンがベルグリフの所に帰って来るという話であった。その芯だけはぶれる事なく貫けた事が、読者が読むに堪えうる事が出来た要因の一つではないかと作者は思っている。

ともかく、ネット発の書籍が次々と出て来て、多くが数巻で消えてしまう中、何とかこうやって作者が書きたい部分をすべて書き切る所まで本にする事ができて、本当に有難く感じている。

しかしながら、当然作者一人で出来た事ではない。様々な人の尽力があって、書籍という形になり、そうして読者の目に届く事になる。最終巻であるから、そういった方々にきちんと謝辞を述べておきたい。

まずは十一巻の長きに渡り、素晴らしいイラストで作品に華を添え続けていただいたイラストレーターのtoi8さん。単なるネット発小説のひとつでしかなかった当作品が多くの方の目に留まり、かつ手に取って読んでいただくに至ったのは、間違いなく氏のイラストのおかげである。世界に奥行きが出来て、読者諸賢がより深く物語世界に入り込めた筈だ。ここで改めて感謝の意を示したい。本当にありがとうございました。

次に、現在も漫画版を執筆いただいている漆原玖さんにも最大の感謝を。原作の空気感を損なわず、かつ漫画として素晴らしいものに仕上げていただいて、幸甚の至りである。漫画から原作に流れて来てくれた読者諸賢もいるという事で、非常に嬉しい。体調が思わしくない中執筆を続けていただき、本当にありがとうございます。今後ともよろしくお願いいたします。

それから編集諸氏にもお礼を言いたい。まず書籍化の声をかけてくださったMさん。あなたのおかげでこの作品は世に出る事ができました。

それからMさんとダブル編集で入っていただき、その後Mさんが抜けた後は一人で担当編集をしてくださったMさん（ややこしいな）は、恐らく当作品に関わっていただいた時間は最も長かったと思う。大分まで足を運んでいただいて、デッキの屋根張りを手伝ってもらった事はいい思い出である。真剣にこの作品に向き合っていただいて、本当に感謝しております。ありがとうございました。

そして長々と続いた作品の終盤で担当を引き継ぐ、という難題を見事にこなしてくれたＩさん。

途中から入り仕事を引き継ぐ、というのは何事も大変だと思いますが、根気強くお付き合いいただいたおかげで最後まで書き切る事が出来ました。ありがとうございます。

それから漫画版の担当をしてくれたTさんとOさん、それに書籍が売れるように努力してくださった営業諸氏、他アース・スターノベルの関係者各位にも謝辞を述べたいと思います。ありがとうございました。

最後に、最終巻のこんな所まで目を通してくれているそこのあなたに最大限の感謝を。あなたが読んでいてくれたからこそ、この作品はここまで続く事が出来ました。またどこかで門司柿家の名前を見たら、ちょっと気にかけていただけると幸いです。本当にありがとうございました。

さて、ひとまずこれでこの物語は終わる。物語は書いている最中は作者のものだが、読まれれば読者のものにもなる。読んだ人の中でベルグリフやアンジェリンが動き出してくれるならば、作者としてこれ以上の喜びはない。

秋も深まり、もうすっかり冷え込むようになって来た。木々は紅葉し、既に風には冬の気配も乗っている。ダンジョンもギルドも稼働しているだろうし、おそらくアンジェリンたちもぼつぼつ帰って来ている筈で、東の国の土産話なども聞けるだろう。稲刈りがすっかり終わったら、トルネラにでも行って様子を見て来ようと思っている。

二〇二一年一〇月吉日　門司柿家

祝！完結！
門司先生 おつかれさまでした
2021.吉日
toi8

世界へ!
ヘルモード
～やり込み好きのゲーマーは
廃設定の異世界で無双する～
二度転生した少年は
Sランク冒険者として
平穏に過ごす
～前世が賢者で英雄だったボクは
来世では地味に生きる～
贅沢三昧したいのです!
転生したのに貧乏なんて
許せないので、
魔法で領地改革
領民0人スタートの
辺境領主様
戦国小町苦労譚
毎月15日刊行!!
https://www.es-novel.jp/

ようこそ異
反逆のソウルイーター
～弱者は不要といわれて
剣聖（父）に追放
されました～
転生した大聖女は、
聖女であることをひた隠す
冒険者になりたいと
都に出て行った娘が
Sランクになってた
即死チートが
最強すぎて、
異世界のやつらがまるで
相手にならないんですが。
俺は全てを【パリイ】する
～逆勘違いの世界最強は
冒険者になりたい～
アース・スターノベル
EARTH STAR NOVEL

EARTH STAR NOVEL

冒険者になりたいと都に出て行った娘がSランクになってた　11

発行 ―――――― 2021年11月16日　初版第1刷発行

著者 ―――――― 門司柿家

イラストレーター ―――― toi8

装丁デザイン ―――― ムシカゴグラフィクス

発行者 ―――――― 幕内和博

編集 ―――――― 今井辰実

発行所 ―――――― 株式会社アース・スター エンターテイメント
〒141-0021　東京都品川区上大崎3-1-1
目黒セントラルスクエア　7F
TEL：03-5561-7630
FAX：03-5561-7632
https://www.es-novel.jp/

印刷・製本 ―――――― 中央精版印刷株式会社

ISBN 978-4-8030-1576-8